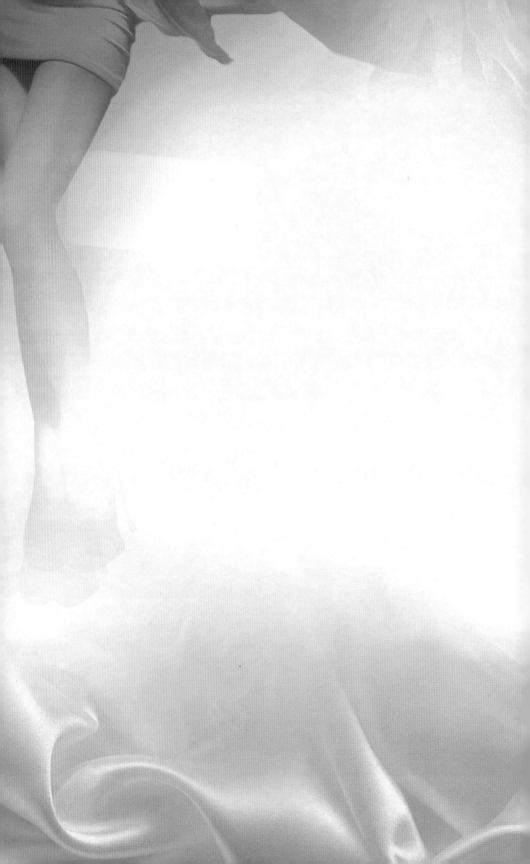

SALVE-me

RACHEL GIBSON

SALVE-me

TRADUÇÃO:
Cássia Zanon

Título original:
Rescue me

Copyright © 2014 by Jardim dos Livros
Copyright © 2012 by Rachel Gibson. Published by arrangement
with Folio Literary Management, LLC and Agencia Riff.

1ª Edição – Fevereiro de 2016

Grafia atualizada segundo o Acordo Ortográfico da Língua Portuguesa
de 1990, que entrou em vigor no Brasil em 2009

Editor e Publisher
Luiz Fernando Emediato

Diretora Editorial
Fernanda Emediato

Assistente Editorial
Adriana Carvalho

Capa
Alan Maia

Diagramação
Kauan Sales

Preparação de texto
Juliana Amato

Revisão
Gypsi Canetti
Marcia Benjamim

DADOS INTERNACIONAIS DE CATALOGAÇÃO NA PUBLICAÇÃO (CIP)
(Câmara Brasileira do Livro, SP, Brasil)

Gibson, Rachel
    Salve-me / Rachel Gibson ;
[tradução de Karla Lima]. -- São Paulo :
Jardim dos Livros, 2015.

    Título original: Rescue me

    ISBN 978-85-8484-007-6

    1. Romance norte-americano I. Título.

15-06287   CDD: 813

Índice para catálogo sistemático

1. Romances : Literatura norte-americana   813

EMEDIATO EDITORES LTDA
Rua Gomes Freire, 225 – Lapa
CEP: 05075-010 – São Paulo – SP
Telefax: (+ 55 11) 3256-4444
E-mail: geracaoeditorial@geracaoeditorial.com.br

Impresso no Brasil
Printed in Brazil

Um

Em 3 de dezembro de 1996, Mercedes Johanna Hollowell cometeu um suicídio *fashion*. Por anos, Sadie se arriscou muito — misturando estampas e xadrezes ao mesmo tempo que usava sandálias brancas depois do trabalho. Mas o prego derradeiro em seu caixão, pior do que a gafe das sandálias brancas, aconteceu na noite em que ela compareceu ao baile Texas Star Christmas com o cabelo liso que nem boi lambeu.

Todo mundo sabia que, quanto mais alto o cabelo, mais perto de Deus. Se Deus quisesse que as mulheres tivessem cabelos achatados, não teria inspirado o homem a inventar musses estilosas, penteados provocantes e *Aqua Net Extra Super Hold*. Assim como todos sabiam que cabelos alisados eram uma abominação *fashion*, também sabiam que era praticamente um pecado. Como beber depois do culto de domingo ou odiar futebol.

Sadie sempre foi um pouco... desligada. Diferente. Não diferente do tipo *louca de pedra*. Não como a sra. London, que colecionava gatos e revistas e cortava a grama com tesouras. Sadie era mais imaginativa. Como quando desenvolveu a teoria, em sua cabecinha de seis anos de idade, de que, se cavasse fundo o bastante, encontraria ouro. Como se sua família precisasse do dinheiro. Ou como quando pintou o cabelo loiro de cor-de-rosa e pôs batom preto. Isso foi mais ou menos na época em que largou o vôlei, também. Todo mundo sabia que, se uma família fosse abençoada com um filho homem, ele naturalmente iria jogar futebol. Garotas jogavam vôlei. Era uma regra. Tipo um décimo primeiro mandamento: meninas devem jogar vôlei ou enfrentar o desprezo do Texas.

Depois veio a época em que ela decidiu que os uniformes da equipe de dança da Lovett High eram de alguma forma sexistas e pediu à escola que baixasse as franjas na roupa das Beaverettes. Como se franjas curtas fossem um escândalo maior do que cabelo escorrido.

Mas se Sadie era imaginativa e do contra, ninguém podia realmente culpá-la. Ela fora um bebê tardio. Nascida de um rancheiro durão, Clive, e sua amada esposa, Johanna Mae. Sua mãe fora uma *lady* sulista, amável e generosa. Quando escolheu viver com Clive, a família dela, bem como a cidade de Lovett, ficou um pouco chocada. Clive era cinco anos mais velho do que ela e teimoso como uma mula velha. Ele era de uma família antiga e respeitada, mas nascera irritadiço e seus modos eram um tanto rudes. Não como Johanna Mae. Ela fora uma rainha da beleza, ganhando tudo, de Pequena Miss Amendoim até o Miss Texas. Ficou em segundo lugar no concurso de Miss América no ano em que concorreu. Teria vencido se o jurado número três não fosse um simpatizante do feminismo.

Mas Johanna Mae era tão esperta quanto bonita. Acreditava que não tinha importância se o seu homem não sabia a diferença entre um prato de sopa e uma lavanda. Uma boa mulher sempre poderia ensinar a ele. O importante era que ele pudesse pagar por ambas, e Clive Hollowell certamente tinha dinheiro para mantê-la em Wedgwood e Waterfort.

SALVE-ME

Depois do casamento, Johanna Mae estabeleceu-se na casa grande do Rancho JH para esperar a chegada das crianças, mas depois de quinze anos tentando de tudo, do método da tabelinha à fertilização *in vitro*, não conseguiu conceber. Os dois se resignaram ao casamento sem filhos, e Johanna Mae atirou--se ao trabalho voluntário. Todo mundo concordava que ela era praticamente uma santa. Finalmente, aos quarenta anos, ela foi premiada com seu "bebê milagroso". O bebê nasceu aos oito meses de gravidez porque, como sua mãe dizia, "Sadie mal podia esperar para aflorar do ventre materno e mandar nas pessoas ao redor".

Johanna Mae cedeu a cada capricho da filha única. Inscreveu Sadie no primeiro concurso de beleza aos seis meses, e nos cinco anos seguintes Sadie acumulou uma pilha de coroas e faixas. Mas, por sua propensão de girar um pouco demais, cantar um pouco alto demais e cair no palco ao final de uma troca de passos, nunca chegou nem perto de realizar o sonho da mãe com um título supremo. Aos quarenta e cinco anos, Johanna Mae morreu de uma inesperada insuficiência cardíaca, e os sonhos de beleza para seu bebê morreram com ela. Sadie foi deixada aos cuidados de Clive, que ficava muito mais à vontade entre Herefords e a fazenda do que com uma garotinha com *strass* em vez de esterco de vaca nas botas.

Clive fez o melhor que pôde para Sadie crescer como uma *lady*. Enviou-a para a Escola de Boas Maneiras da srta. Naomi para aprender as coisas que ele não tinha tempo ou habilidade para ensinar, mas a escola não podia tomar o lugar de uma mulher em casa. Enquanto as outras garotas iam para casa e praticavam suas lições de etiqueta, Sadie deixava de lado o vestido e saía correndo. Como resultado dessa educação mista, Sadie sabia dançar uma valsa, arrumar uma mesa e conversar com governadores. Também era capaz de dizer palavrões como um caubói e cuspir como um rancheiro.

Logo após se formar na Lovett High, ela fez as malas e rumou em seu Chevy para alguma sofisticada universidade na Califórnia, deixando o pai e as luvas sujas de baile para trás. Ninguém falou muito dela depois disso. Nem mesmo seu pobre pai, e, até onde todo mundo sabia, ela nunca se casou, e isso era apenas triste e incompreensível porque, realmente, qual é a dificuldade de arrumar um homem? Mesmo Sarah Louise Baynard-Conseco, que tivera o azar de nascer parecida com o pai, Big Buddy Baynard, conseguira encontrar um marido. Naturalmente, Sarah Louise conhecera seu homem pelo *site* prisioneiro.com. O sr. Conseco residia a 2.200 km, em San Quentin, mas Sarah Louise estava convencida de que ele era totalmente inocente das acusações pelas quais estava encarcerado e planejava começar sua família com ele após a esperada condicional, em dez anos.

Que Deus a abençoe.

É claro que, às vezes, em uma cidade pequena há poucas escolhas, mas é por isso que uma garota vai para a universidade. Todo mundo sabe que, para uma garota solteira, a razão número um para ir à faculdade não é a educação superior, ainda que esta também seja importante. Saber calcular o preço da prataria da bisavó em qualquer dia é sempre crucial, mas a prioridade número um de uma garota solteira é encontrar um marido.

E Tally Lynn Cooper, a prima de vinte anos de Sadie Jo por parte da mãe, fez exatamente isso. Tally Lynn conheceu seu pretendente no Texas A&M e estava pronta para subir ao altar em alguns dias. A mãe de Tally Lynn insistiu que Sadie Jo fosse uma das damas de honra da noiva, o que, em retrospecto, concluiu ser um erro. Mais do que o vestido de Tally Lynn ou o tamanho do seu diamante, ou se o tio Frasier ia deixar o trago de lado e se comportar, a pergunta que queimava a cabeça de todo mundo era se Sadie Jo já tinha conseguido se prender a um homem, porque, realmente, quão difícil isso

SALVE-ME

podia ser? Mesmo para uma garota do contra e imaginativa com o cabelo alisado?

* * *

Sadie Hollowell apertou o botão no painel da porta do Saab e o vidro deslizou dois centímetros para baixo. O ar fresco soprou através da brecha, e ela apertou o botão novamente e baixou o vidro mais um pouco. A brisa juntou várias mechas do seu cabelo loiro e as soprou direto sobre o rosto.

— Cheque aquela listagem de Scottsdale para mim — ela falou no BlackBerry encostado à bochecha. — A de três quartos, em San Salvador. — Enquanto sua assistente Renee procurava a propriedade, Sadie olhou para fora da janela, para as longas e estreitas planícies do Texas. — Ainda aparece como pendente? — Às vezes, um corretor esperava alguns dias para listar uma venda pendente com esperança de que outro agente pudesse mostrar uma propriedade e ganhar um pouco mais. Cretinos dissimulados.

— Sim.

Ela expirou.

— Boa — no mercado atual, cada venda contava. Mesmo as menores comissões. — Ligo para você amanhã. — Desligou e jogou o telefone no porta-copos.

Do lado de fora da janela, manchas de marrom, marrom e mais marrom, quebradas apenas pelas fileiras de turbinas eólicas a distância, com as hélices girando lentamente no vento quente do Texas. Memórias da infância e velhas emoções deslizaram por sua cabeça, uma rodada lânguida por vez. Ela sentiu a velha mistura de emoções. Antigas emoções que permaneceram adormecidas até ela cruzar a fronteira do Texas. Uma confusão de amor e saudade, decepção e oportunidade perdida.

Algumas de suas primeiras lembranças eram sua mãe a vestindo para um desfile. As memórias ficaram borradas com a idade, os extravagantes vestidos de desfile e as pilhas de cabelo falso colocadas na sua cabeça eram apenas recordações pálidas. No entanto, ela se lembrava dos sentimentos. Da diversão, da excitação e do reconfortante toque das mãos de sua mãe. Ela se lembrava da ansiedade e do medo. Querendo fazer direito. Querendo agradar, mas sem chegar nem perto disso. Ela se lembrava da decepção que a mãe tentava mas não conseguia esconder a cada vez que ela ganhava a "melhor foto de bicho de estimação" ou "melhor vestido", mas falhava em conquistar a grande coroa. E, a cada desfile, Sadie tentava ainda mais. Cantava um pouco mais alto, balançava os quadris um pouco mais rápido ou colocava um salto a mais em sua rotina. E quanto mais tentava, mais ficava fora do tom, fora do passo ou fora do palco. Sua professora de desfile sempre lhe dizia para se manter na rotina que praticavam, seguir o roteiro. Mas é claro que ela nunca seguia. Sempre teve problemas para fazer e dizer o que mandavam.

Tinha uma vaga lembrança do funeral da mãe. A música do órgão saindo das paredes de madeira da igreja, os bancos brancos duros. O encontro depois do funeral no JH e os seios das tias, com aroma de lavanda. "Pobre criança órfã", elas balbuciavam entre mordidas nos biscoitos de queijo. "O que vai acontecer ao pobre bebê órfão da minha irmã?" Ela não era nem um bebê, nem uma órfã.

As lembranças do pai eram mais vívidas e definidas. O perfil rígido dele contra o azul sem fim do céu de verão. Suas mãos grandes jogando-a numa sela e ela balançando enquanto corria para acompanhá-lo. O peso da palma da mão dele na cabeça dela e sua pele áspera roçando seus cabelos com ela parada em frente ao caixão branco da mãe. Os passos dele passando pela porta do quarto dela enquanto ela chorava até dormir.

Sua relação com o pai sempre fora confusa e difícil. Tentativa e erro. Um cabo de guerra emocional que ela sempre perdeu. Quanto mais emoção ela demonstrava, quanto mais tentava chegar até ele, mais ele a afastava, até que ela desistiu.

SALVE-me

Por anos, ela tentou viver de acordo com as expectativas de alguém. As da mãe. As do pai. As de uma cidade cheia de pessoas que esperavam que ela fosse uma garota simpática, charmosa e bem-comportada. Uma rainha da beleza. Alguém de quem eles pudessem se orgulhar, como sua mãe, ou a quem pudessem admirar, como seu pai, mas, no ensino médio, ela se cansou da difícil tarefa. Largou aquela carga e começou a ser apenas Sadie. Olhando para trás, podia admitir que às vezes era exorbitante. Às vezes, de propósito. Como o cabelo cor-de-rosa e o batom preto. Não era uma declaração *fashion*. Ela não estava tentando encontrar a si mesma. Era um pedido desesperado de atenção da única pessoa no planeta que a olhava do outro lado da mesa de jantar, noite após noite, mas nunca parecia notá-la.

O choque capilar não funcionou, nem a sequência de namorados ruins. A maioria, o pai havia simplesmente ignorado.

Já haviam se passado quinze anos desde que ela colocara as malas no carro e deixara Lovett, sua cidade natal, para trás. Voltava sempre que podia. Um Natal aqui e ali. Alguns dias de Ação de Graças, e uma vez para o funeral da tia Ginger. Isso havia sido cinco anos atrás.

Seu dedo pressionou o botão e o vidro desceu inteiro. Sentiu a culpa pressionando sua nuca e o vento açoitando seus cabelos enquanto recordava a última vez que tinha visto o pai. Fora há cerca de três anos, quando ela morou em Denver. Ele foi de carro até lá para o National Western Stock Show.

Apertou o botão novamente e o vidro subiu. Não parecia tanto tempo assim desde que o vira, mas talvez tenha sido, porque ela se mudou para Phoenix logo depois daquela visita.

Para alguns, ela devia parecer uma nômade. Havia morado em sete cidades diferentes nos últimos quinze anos. O pai gostava de dizer que ela nunca ficava muito tempo em um mesmo lugar porque tentava fincar raízes em solo árido. O que ele não sabia era que ela nunca tentou fincar raízes de jeito nenhum. Gostava da liberdade de arrumar as coisas e se mudar quando bem entendesse. Sua carreira mais recente lhe permitia isso. Depois de anos de educação superior, indo de uma universidade para outra sem receber diploma em nada, tropeçou no mercado imobiliário, num capricho. Agora, tinha licença em três estados e adorava cada minuto vendendo casas. Bem, não todos os momentos. Lidar com instituições de crédito às vezes a deixava louca.

Uma placa ao lado da estrada marcava os quilômetros restantes até Lovett e ela apertou o botão do vidro. Havia alguma coisa em voltar para casa que a fazia se sentir inquieta, impaciente e ansiosa para ir embora mesmo antes de chegar. Não era seu pai. Ela tinha esclarecido algo sobre a relação deles anos atrás. Ele nunca seria o pai de que ela precisava, e ela jamais seria a filha que ele sempre quis.

Não era necessariamente a cidade que a tornava ansiosa, mas a última vez que ela estivera em casa, ficou em Lovett menos de dez minutos antes de se sentir uma perdedora. Parou na Gas & Go para abastecer e comprar uma Coca Diet. De trás do balcão, a dona, sra. Luraleen Jinks, deu uma olhada no dedo sem aliança e quase engasgou no que teria sido uma expressão de horror, não fosse a sua respiração difícil, de um maço de cigarros por dia.

— Você não está casada, meu bem?

Ela sorriu.

— Ainda não, sra. Jinks.

Luraleen era a proprietária da Gas & Go desde quando Sadie podia se lembrar. Bebida barata e nicotina tinham curtido sua pele enrugada como um casaco de couro.

— Você vai encontrar alguém. Ainda há tempo.

Querendo dizer que era melhor ela se apressar.

— Tenho trinta e três anos. — Trinta e três era jovem. Ela ainda estava construindo a vida.

Luraleen estendeu o braço e afagou a mão sem aliança de Sadie.

— Bem, Deus a abençoe.

SALVE-me

Ela tinha as coisas mais resolvidas ultimamente. Sentia-se mais calma. Até alguns meses atrás, quando recebera uma ligação da tia materna Bess, informando-a de que deveria estar no casamento de sua jovem prima Tally Lynn. Foi tão rápido que teve de se perguntar se alguém havia caído fora e ela era uma substituta de última hora. Nem sequer conhecia Tally Lynn, mas Tally Lynn era da família e, por mais que tentasse fingir que não tinha raízes e por mais que detestasse a ideia de estar no casamento da prima, Sadie foi incapaz de dizer não. Nem mesmo quando o vestido verde-esmeralda de dama de honra chegou em sua casa para ser ajustado. Era sem alças com espartilho, e a saia curta de tafetá estava tão ondulada e tinha tantas dobras que suas mãos desapareciam no tecido quando ela as punha ao lado do corpo. Não seria tão ruim se ela tivesse dezoito anos e estivesse indo para o baile de formatura, mas seus anos de ensino médio eram uma memória distante. Ela tinha trinta e três e parecia um tanto ridícula em seu vestido de baile/dama de honra.

Sempre dama de honra. Nunca a noiva. Era como todos a veriam. Todo mundo em sua família e todo mundo em sua cidade. Eles teriam pena dela, e ela detestava isso. Detestava não ter um namorado para levá-la. Detestava tanto que, na verdade, chegou a pensar em contratar um acompanhante. O maior e mais estonteante sujeito que conseguisse encontrar. Só para calar a boca de todos. Assim, não precisaria escutar os cochichos e ver os olhares de lado, explicar sua vida atual sem homem. Mas a logística de contratar um homem em um estado e transportá-lo para outro não havia sido possível. As questões éticas não incomodaram Sadie. Homens contratam mulheres o tempo todo.

A quinze quilômetros de Lovett, um cata-vento e parte de uma velha cerca quebram o marrom sobre marrom do cenário. Uma cerca de arame farpado corre ao longo da autoestrada para o áspero portão de madeira e ferro forjado na entrada do rancho JH. Tudo era tão familiar como se ela nunca tivesse ido embora.

Tudo menos a caminhonete preta ao lado da estrada. Um homem com o quadril encostado no para-choque traseiro, as roupas pretas misturadas com a pintura preta, um boné protegendo o rosto sob o brilhante sol do Texas.

Sadie diminuiu a velocidade e se preparou para virar na estrada para o rancho do pai. Supôs que deveria parar e perguntar se ele precisava de ajuda. O capô da caminhonete, aberto, era uma grande dica de que ele precisava, mas ela era uma mulher sozinha numa estrada deserta, e ele parecia realmente grande.

Ele se endireitou e se afastou da caminhonete. A camiseta preta estava justa sobre o peito e em torno dos grandes bíceps. Alguém mais apareceria.

Em algum momento.

Ela virou na estrada de terra batida e dirigiu através do portão. Ou ele poderia caminhar até a cidade. Lovett estava a quinze quilômetros de distância pela estrada. Olhou no espelho retrovisor enquanto ele esfregava as mãos nos quadris e olhava para as luzes traseiras dela.

— Droga. — Ela pisou no freio. Apenas algumas horas no estado, e o Texas dentro dela colocava sua cabeça hospitaleira para fora. Já passava das seis. A maioria das pessoas estaria em casa após o trabalho, e poderia levar minutos ou horas antes que mais alguém passasse.

Mas... as pessoas têm celulares. Certo? Ele provavelmente já havia chamado alguém. No retrovisor, ele ergueu uma das mãos do quadril e segurou-a com a palma para cima. Talvez estivesse numa zona sem sinal. Ela checou para ter certeza de que as portas estavam trancadas e deu marcha à ré. A luz do entardecer se derramou pela janela de trás enquanto ela manobrou para a autoestrada e dirigiu em direção à grande caminhonete.

A luz morna banhou o perfil do homem quando ele se moveu até ela. Era do tipo de cara que deixava Sadie um tanto desconfortável. Do tipo que veste couro e bebe cerveja amassando as latas vazias na testa. Do tipo que a deixava um pouco mais careta. Do tipo que ela evitava como *brownie* com calda quente porque ambos eram más notícias para suas coxas.

Parou e apertou o botão na porta. O vidro desceu devagar até a metade, e ela olhou para cima. Passou pela musculatura dura sob a camiseta preta apertada, os ombros largos e o pescoço grosso. A barba já estava vencida, e suíças escuras sombreavam a metade inferior do rosto dele e do maxilar quadrado.

— Problemas?

— É — a voz dele veio de algum lugar profundo. Como se fosse arrancada de sua alma.

— Há quanto tempo você está parado aqui?

— Mais ou menos uma hora.

— Ficou sem gasolina?

— Não — ele respondeu, parecendo aborrecido por ser confundido com o tipo de cara que ficaria sem gasolina. Como se isso insultasse sua masculinidade. — Deve ser o alternador ou a corrente de distribuição.

— Pode ser a bomba de combustível.

Ele torceu um canto da boca.

— Tem combustível. Sem energia.

— Para onde está indo?

— Lovett.

Ela tinha imaginado isso já que não havia muita coisa além de Lovett descendo a estrada. Não que Lovett fosse muito.

— Vou chamar um guincho para você.

Ele levantou o olhar e mirou a rodovia.

— Seria ótimo.

Ela pegou o número com informações e ligou para a garagem dos B. J. Hendersons. Tinha sido colega de escola do filho de B.J., B. J. Junior, que todo mundo chamava de Boner. Da última vez que ela soube dele, Boner trabalhava para o pai. A secretária eletrônica atendeu, e ela espiou o relógio no painel. Passavam cinco minutos das seis da tarde. Ela desligou e nem tentou ligar para outra garagem. Passava uma hora e cinco minutos do horário da Lone Star, e Boner e os outros mecânicos da cidade ou estavam em casa ou segurando o balcão de um bar.

Ela olhou para o homem, passou pelo peito atraente e percebeu que tinha duas opções. Poderia levar o estranho até o rancho do pai e mandar um dos homens levá-lo até a cidade ou podia levá-lo ela mesma. Dirigir até o rancho ia levar dez minutos pela estrada de terra. Levaria de vinte a vinte e cinco para ir com ele até a cidade.

Fitou a sombra projetada sobre o perfil dele. Preferia que um estranho não soubesse onde ela vivia.

— Eu tenho uma arma de choque — era mentira, mas ela sempre quis ter uma.

Ele baixou o olhar para ela.

— Como?

— Eu tenho uma arma de choque e fui treinada para usá-la. — Ele deu um passo afastando-se do carro e ela sorriu. — Eu sou letal.

— Uma arma de choque não é letal.

— E se eu a regular para realmente alta?

— Não pode regular alta o suficiente para matar, a menos que haja uma condição preexistente. Eu não tenho nenhuma condição preexistente.

— Como você sabe disso tudo?

— Eu costumava trabalhar com segurança.

Opa.

— Bem, vai doer horrores se eu precisar cozinhar seu traseiro.

— Não quero meu traseiro cozido, moça. Só preciso de um reboque até a cidade.

— As garagens estão todas fechadas — ela jogou o celular no porta-copos. — Eu levo você até Lovett, mas precisa me mostrar alguma identificação primeiro.

SALVE-me

Ele entortou um pouco a boca, aborrecido, enquanto pegava algo no bolso de trás da Levi's e, pela primeira vez, o olhar dela chegou aos cinco botões da braguilha dele.

Bom Deus.

Sem uma palavra, ele puxou uma carteira de motorista e a passou pela janela.

Sadie poderia se sentir um pouco perversa por ficar olhando o impressionante pacote dele se não estivesse mais ou menos emoldurado na janela dela.

— Ótimo — ela apertou alguns números no celular e esperou Renee atender. — Oi, Renee, é Sadie novamente. Tem uma caneta? — ela olhou para o pedaço de homem na frente dela e esperou. — Estou dando uma carona para um homem encalhado aqui até a cidade. Então, anote aí. — Ela informou à amiga o número da carteira de motorista de Washington e acrescentou: — Vincent James Haven. Avenida Central Norte, 4389, Kent, Washington. Cabelos: castanhos. Olhos: verdes. Um metro e oitenta, oitenta e seis quilos. Pegou? Ótimo. Se não tiver notícias minhas em uma hora, chame o escritório do xerife do condado de Potter, no Texas, e diga a eles que fui sequestrada e você teme pela minha vida. Dê a ele os dados que acabei de passar a você. — Desligou o telefone e entregou a carteira pela janela.

— Entre. Vou levar você até Lovett — ela olhou para cima, para a sombra sob o boné. — E não me faça usar minha arma de choque.

— Não, senhora — um canto de sua boca subiu quando ele pegou a carteira de motorista e guardou novamente. — Vou só pegar uma mochila.

O olhar dela foi para os bolsos traseiros do *jeans* enquanto ele se virou e colocou a carteira dentro. Belo peito. Ótima bunda, rosto bonito. Se havia alguma coisa que sabia sobre homens, uma coisa que havia aprendido sendo solteira todos esses anos, era que havia vários tipos deles. Cavalheiros, caras normais, cachorros charmosos e cachorros sujos. Os únicos cavalheiros verdadeiros no mundo eram *nerds* de pura estirpe que eram gentis com a esperança de transar algum dia. O homem pegando uma mochila da cabine da caminhonete era muito bonito para ser qualquer coisa de pura estirpe. Parecia mais um desses vira-latas enganadores.

Ela destravou as portas, e em seguida ele jogou uma mochila verde militar no banco de trás. Sentou-se na frente e disparou o alarme do cinto de segurança, enchendo o Saab com seus ombros largos e o irritante *bong bong bong* do alarme.

Ela pôs o carro em movimento e deu meia-volta para entrar na autoestrada.

— Já esteve em Lovett antes, Vincent?

— Não.

— Pode esperar para ver — ela colocou um par de óculos escuros e apertou o acelerador. — Ponha o cinto de segurança, por favor.

— Você vai me dar um choque se eu não colocar?

— Possivelmente. Depende do quão irritada eu ficar com o alarme do cinto de segurança daqui até a cidade. — Ajustou os aviadores dourados sobre a ponte do nariz. — E devo avisar que dirigi o dia inteiro, portanto já estou irritada.

Ele riu e colocou o cinto.

— Você veio para Lovett sozinha?

— Infelizmente — ela olhou para ele pelo canto dos olhos. — Nasci e cresci aqui, mas fugi quando fiz dezoito anos.

Ele empurrou a aba do boné e olhou para ela. A carteira de motorista dizia que os olhos eram verdes, e eram. Uma luz verde que não era exatamente assustadora. Mais perturbadora, com ele olhando para ela com aquele rosto muito masculino.

— O que a traz de volta? — ele perguntou.

— Casamento — disse, num tom perturbador, como faz uma garota querer mexer no cabelo e colocar um pouco de *gloss* vermelho. — Minha prima vai se casar — sua prima mais

SALVE-me

nova. — E sou uma das damas de honra — nenhuma dúvida de que as outras damas de honra eram mais jovens também. Elas provavelmente chegariam com um namorado. Ela seria a única solteira. Velha e solteira. Uma placa "Bem-vindos a Lovett, Texas, pessoal" marcava os limites da cidade. Tinha sido pintada de azul brilhante desde a última vez que ela estivera ali.

— Você não parece feliz com isso.

Ela estivera fora do Texas por muito tempo e suas "feiuras" estavam aparecendo. De acordo com a mãe dela, "feiuras" eram quaisquer emoções que não eram bonitas. Uma garota pode tê--las. Mas não pode demonstrá-las.

— O vestido é feito para alguém com dez anos a menos do que eu e tem a cor de uma bala de hortelã — ela olhou rapidamente para fora pela janela do motorista. — O que traz você a Lovett?

— Como?

Ela olhou rapidamente para ele enquanto passavam por uma revenda de carros usados e um Mucho Taco.

— O que traz você a Lovett?

— Família.

— Quem é o seu pessoal?

— Pessoa — ele apontou para a Gas & Go do outro lado da rua. — Você pode me deixar ali.

Ela cruzou duas pistas e entrou no estacionamento.

— Namorada? Esposa?

— Nenhuma — ele apertou os olhos e olhou para fora do para-brisa, para a loja de conveniência. — Por que você não vai em frente, liga para sua amiga Renee e diz que ainda está inteira?

Ela parou num espaço vazio perto de uma picape branca e levou a mão ao porta-copos.

— Não quer o xerife batendo na sua porta?

— Não na minha primeira noite — ele soltou o cinto de segurança e abriu a porta do passageiro. Seus pés tocaram o chão e ele parou.

Pôde sentir o cheiro da pipoca da Gas & Go enquanto apertava o número de Renee. Lady Gaga cantou *Born this way* em seu ouvido até a assistente atender.

— Não estou morta — Sadie empurrou os óculos para o alto da cabeça — Vejo você no escritório segunda.

A porta de trás se abriu e ele pegou a mochila. Colocou as mãos no teto do carro, inclinou-se para baixo e olhou para ela.

— Obrigado pela carona, eu agradeço. Se houver algum modo de eu retribuir, por favor me diga.

Era o tipo de coisa que as pessoas dizem que nunca significam nada. Como perguntar "Como vai você?", quando ninguém dá a mínima. Ela olhou para ele, dentro dos olhos verdes brilhantes e o escuro rosto masculino. Todos na cidade sempre diziam que ela tinha mais coragem do que bom senso.

— Bom, tem uma coisa.

Dois

Vince Haven baixou a aba do boné e observou o Saab saindo do estacionamento. Normalmente, não se importava de fazer um favor a uma mulher bonita. Ainda mais uma que o salvou de caminhar quinze quilômetros até a cidade. Embora em comparação com uma corrida de cinquenta quilômetros ou uma caminhada nas colinas afegãs com pelo menos vinte e oito quilos nas costas e no peito munição suficiente para explodir uma pequena vila, andar quinze quilômetros por uma língua de terra no Texas fosse um agradável passeio pelo país. De volta ao dia em que ele teria embalado uma M4A1 em seu peito, sua Sig em seu quadril e uma pistola 45ACP 1911 personalizada amarrada na coxa.

Estendeu a mão para seu velho saco da marinha e o acomodou debaixo do braço. Havia rejeitado Sadie e culpou por isso o fato de não ter um terno. O que era verdade, mas não foi por isso que ele disse não. A loira Sadie não era o seu tipo. Ela certamente era bonita. Realmente bonita, mas ele gostava das suas loiras fáceis. Descontraídas, bem-humoradas, fáceis de estar por perto e de levar para a cama. Morenas e ruivas também. Uma mulher fácil não pedia nada a ele, como vestir um terno e comparecer a um casamento em que ele não conhecia ninguém. Uma mulher fácil não enchia os ouvidos dele com conversas sobre *sentimentos*. Não exigia qualquer compromisso além do sexo, ou qualquer tipo de estabilidade, nem esperava qualquer uma das outras mil coisas que ele não sabia como dar. Para a sorte dele, havia inúmeras mulheres fáceis que gostavam dele tanto quanto ele gostava delas.

Ele não sabia o que isso dizia sobre ele. Provavelmente, muito. Provavelmente coisas que ele não gostaria de admitir. E, bom para ele, não se importava nem um pouco.

As solas de borracha de suas botas não fizeram nenhum som quando ele se moveu na direção da loja, passando uma caminhonete branca com um grande amassado no para-choque traseiro. A mulher que o trouxera estava longe de ser burra. Uma mulher burra não teria transmitido a identidade dele como se ele fosse um assassino em série antes de deixá-lo entrar no carro. Ele tinha ficado impressionado com isso, e a arma de choque não existente foi um bom toque, também. Ele não sabia se ela era fácil. Às vezes, mulheres inteligentes eram tão fáceis quanto as burras, mas ele não teria arriscado. As roupas dela — *jeans* e um grande moletom de capuz cinza — não tinham dado nenhuma pista, e ele não tinha conseguido ver se o corpo combinava com o rosto. Não que isso importasse. Mulheres como Sadie sempre queriam um relacionamento. Mesmo quando diziam que não. E ele não estava na posição de se comprometer mais de uma ou duas noites juntos. Possivelmente mais, se tudo que a mulher quisesse fosse um ótimo sexo.

Ele abriu a porta da frente, e o cheiro de pipoca, cachorro-quente e Pinho-Sol o atingiu. Um caubói estava no balcão carregado com carne-seca e um pacote com doze cervejas Lone Star, papeando com uma mulher de cabelos finos, grisalhos e rugas

SALVE-me

profundas. Uma camiseta branca com os dizeres "Não mexa com o Texas" estava enfiada no cinto da saia abaixo de seus peitos. Ela parecia um pouco um sharpei magro com longos brincos.

— Olá, tia Luraleen.

— Vince! — A irmã de sua mãe olhou por cima dos pacotes de carne-seca do caubói. — Bem, você não é apenas uma vista bonita — os olhos azuis brilharam quando ela saiu de trás do balcão. Ela se atirou no peito dele e ele deixou cair a mochila a seus pés. Ela colocou os braços em volta dele tanto quanto conseguiu e o apertou com um tipo de afeto livre que ele nunca entendeu. Os parentes texanos de sua mãe eram abraçadores natos, como se isso fizesse parte deles. Como se estivesse em seu dna, mas, de algum modo, nem ele nem a irmã haviam herdado o gene do abraço. Ele ergueu uma mão para lhe dar tapinhas nas costas. Quantos eram o suficiente? Um? Dois. Ele deixou em dois.

Ela afastou o queixo do peito dele e olhou para o rosto. Fazia muitos anos que ele a vira, mas ela não tinha mudado.

— Você é grande como o inferno e metade do Texas — disse ela, com aquele sotaque rouco de tabaco que o apavorava quando garoto. Como ela vivera tanto era um testemunho de teimosia mais do que de vida saudável. Ele achava que havia herdado essa vertente particular de dna, porque não vinha vivendo uma vida exatamente limpa. — Bonito como o pecado original, também — ela acrescentou.

— Obrigado — ele sorriu. — Puxei a aparência dos meus parentes sulistas — o que não era verdade. Seus parentes do Texas tinham a pele clara e eram ruivos. Como sua irmã. Só o que ele herdara da mãe foram os olhos verdes e a propensão para vagar de lugar em lugar. Ele puxou os cabelos pretos e o olhar paquerador do pai.

Luraleen deu-lhe um último aperto com os braços magros.

— Abaixe-se aqui para eu poder beijar você.

Quando criança, ele sempre se encolhia. Como um homem de trinta e seis anos, ex-*seal*[1] da marinha, suportou coisas piores que o hálito de Marlboro da tia. Baixou o rosto.

Ela lhe deu um longo beijo, depois voltou para os saltos dos sapatos confortáveis quando o caubói saiu da Gas & Go.

— Luraleen — ele disse ao passar.

— Te vejo amanhã à noite, Alvin.

O caubói ficou muito vermelho ao sair.

— Ele tem uma queda por você?

— É claro — as solas de borracha dos sapatos dela rangeram no linóleo quando ela voltou para trás do balcão. — Sou uma mulher solteira com necessidades e perspectivas.

Ela também estava no final dos sessenta, com um mau chiado de fumante e uns vinte anos a mais do que o caubói. Vinte anos duros e sem atrativos. Ele riu.

— Tia Luraleen, você é uma pantera. — Jesus, quem poderia imaginar? Isso apenas vinha mostrar que alguns homens não têm padrões. Algumas mulheres, principalmente a irmã dele, deviam considerar Vince um cachorro, mas ele tinha seus padrões. E velhas senhoras com tosse de fumante era um deles.

A risada rouca de Luraleen juntou-se à dele e terminou em um ataque de tosse.

— Está com fome? — Ela bateu no peito ossudo. — Tenho Wound Hounds no aquecedor. Meus cachorros *jalapeños* fazem muito sucesso com os clientes.

Ele estava com fome. Não comia desde Tulsa.

— E tenho alguns cachorros normais de carne. O pessoal gosta de enchê-los com Cheez Whiz, molho e *chili*.

Nem tanta fome assim. — Acho que vou comer apenas um Wound Hound.

---

[1] Principal força de operações especiais da marinha dos Estados Unidos. (N. T.)

SALVE-me

— Fique à vontade. Pegue uma cerveja — ela sorriu, apontando para os grandes refrigeradores. — Pegue duas, e eu vou me juntar a você na sala dos fundos.

Embora a mãe de Vince tivesse sido profundamente religiosa, tia Luraleen cultuava seu bar preferido com uma garrafa de bebida barata e um maço de cigarros. Ele foi até o refrigerador e abriu a porta de vidro. O ar frio roçou seu rosto enquanto ele pegou um par de Shiner Blondes. Ele não tomava uma Shiner desde que estivera em San Antonio visitando a mãe de Wilson. Pete Bridger Wilson fizera o BUD/S[2] com Vince e era um dos caras mais inteligentes que ele já encontrara. Ele tinha uma cabeça grande e redonda recheada com tudo, do trivial ao profundo. Era um texano alto e orgulhoso, um companheiro e um irmão *seal.* Também tinha sido o melhor e mais bravo homem que Vince conhecera, e o acidente que mudou a vida de Vince levou a de Wilson.

A caminho da sala dos fundos, Vince pôs uma garrafa embaixo do braço e pegou dois Wound Hounds do aquecedor. Os *jalapeños* e os de carne curvados para trás eram dos mais esquisitos que ele já havia visto.

— Estava esperando por você horas atrás — Luraleen disse quando ele entrou na sala.

Ela se sentou em uma mesa velha e surrada com um Marlboro entre os dedos. Obviamente, fumar no ambiente de trabalho era aceitável na Gas & Go. Provavelmente, não havia prejuízo no fato de ela ser a proprietária do lugar.

Ele entregou a cerveja e ela segurou o pescoço enquanto ele girou a tampa e abriu.

— Tive um pequeno problema com minha caminhonete a uns quinze quilômetros da cidade — ele abriu a cerveja e pegou uma cadeira do outro lado da mesa. — Ainda está parado lá ao lado da estrada.

---

[2] Basic Underwater Demolition/SEAL: treinamento da marinha dos Estados Unidos que dura seis meses. (N. T.)

— E você não telefonou?

Ele franziu a testa. Ainda incapaz de acreditar no que tinha de confessar.

— Meu telefone está descarregado. — Ele era o sr. Preparado. Sempre se certificava de que seu equipamento estivesse em perfeita ordem. Houve um tempo em sua vida em que os preparativos eram questão de vida ou morte. — Acho que tem algo errado com o carregador.

Ela deu uma longa tragada e soprou.

— Como você chegou aqui? Não teve de caminhar, teve?

— Alguém me deu uma carona — ele afastou o papel alumínio do cachorro-quente e deu uma mordida. Não era a melhor refeição, mas certamente já havia comido piores. Pupas de bicho da seda de um vendedor de rua em Seul lhe vieram à mente.

— Alguém daqui?

Eram as pupas ou ensopado de carne de cachorro. As pupas eram menores. Ele engoliu em seco e tomou um gole da garrafa. Tinha ajudado o fato de estar muito bêbado.

— Quem?

— O nome dela era Sadie.

— Sadie? A única Sadie das redondezas é Sadie Jo Hollowell, mas ela não vive mais em Lovett — Luraleen serviu sua cerveja numa caneca de café do Piu-piu. — Ela se mandou logo depois do ensino médio. Abandonou o pobre pai.

— Ela disse que não morava mais aqui.

— Ahã. Sadie está de volta, então — ela tomou um gole. — Provavelmente por conta do casamento de Tally Lynn neste fim de semana, na Sweetheart Palace Weddin'Chapel, às seis da tarde. Vai ser um festão — ela colocou a xícara na mesa. — Eu não fui convidada, é claro. Não tinha por quê. Só que eu fui à escola com o primo dela do lado do pai e Tally Lynn e seus amigos costumavam tentar comprar cerveja de mim com identidades falsas. Como se eu não os conhecesse a vida toda.

SALVE-me

Como Luraleen pareceu amargurada, ele não disse que havia sido convidado.

— Se não foi convidada, como sabe tanto sobre o casamento? — Tomou outro gole.

— As pessoas me contam tudo. Eu sou como um cabeleireiro e um *barman* ao mesmo tempo.

O mais provável é que ela bisbilhotasse tudo. Ele engoliu em seco novamente e tomou um longo gole da cerveja. A porta soou, indicando um cliente, e Luraleen deixou o cigarro. Colocou a mão sobre a mesa e se levantou.

— Estou ficando velha — ela se moveu na direção da porta e disse por cima do ombro. — Sente-se e aproveite o jantar. Quando eu voltar, vamos falar sobre aquela proposta que eu tenho para você.

Que era o motivo de ele ter ido até o Texas. Ela havia lhe telefonado algumas semanas atrás, quando ele estava em Nova Orleans ajudando um cara em sua casa. Ela não dissera mais nada, apenas que tinha uma proposta para ele e que ele não ficaria triste. Ele, no entanto, já imaginava qual era a proposta. Nos últimos cinco anos, ele trabalhara regularmente como segurança e, em paralelo, comprara uma lavanderia em ruínas. Ele a consertou e transformou em um negócio realmente rentável. Independentemente do estado da economia, as pessoas lavam suas roupas. Com o dinheiro que ganhou, investiu em uma companhia farmacêutica à prova de recessão. Enquanto outros viram suas ações despencarem, as dele subiram vinte e sete por cento desde que as comprara. E, seis meses depois, ele tinha vendido a lavanderia com um bom lucro. Agora estava aproveitando o tempo livre, olhando outras ações à prova de recessão e empresas lucrativas nas quais investir.

Antes de entrar para a marinha, teve algumas aulas de negócios na faculdade, o que foi bem útil. Algumas aulas não eram o mesmo que um diploma em negócios, mas ele não precisava de uma graduação para observar a situação, fazer uma análise mental de custo-benefício e ver como ganhar dinheiro.

Como Luraleen não parecia precisar de segurança altamente treinada, ele imaginou que ela tinha um tipo de trabalho melhor para ele.

Vince deu uma mordida e engoliu. Deu uma olhada no escritório, os velhos micro-ondas e refrigeradores, as caixas de produtos de limpeza e os copos descartáveis. O velho balcão verde-oliva e os antigos armários. O lugar estava decadente, isso era certo. Poderia dar uma mão de tinta e instalar novos pisos cerâmicos. Os balcões dali e na loja precisavam de uma marreta.

Ele terminou um Wound Hound e amassou a embalagem de alumínio na mão. No momento, tinha tempo para ajudar a tia. Desde que deixara o serviço de segurança em Seattle, tinha tempo livre. Desde que deixara as equipes um pouco mais de cinco anos atrás, seu futuro estava amplamente aberto. Aberto até demais.

Alguns meses depois de ter sido aposentado do *seals* por motivos de saúde, sua irmã deu à luz seu sobrinho. Ela estava assustada e sozinha, e precisou dele. Ele devia a ela ter cuidado da mãe, doente terminal, enquanto ele tinha ido embora, servir no Iraque. Então, ficou morando e trabalhando no estado de Washington, cuidando da irmã mais nova e ajudando a criar o filho dela, Conner. Havia bem poucas coisas na vida de Vince que o faziam se sentir culpado. A irmã mais nova cuidando da mãe deles, que podia ser difícil nos tempos mais tranquilos, era uma delas.

O primeiro ano foi duro para ele e para Conner. O bebê gritando de dor de barriga e Vince querendo gritar por causa da maldita campainha em sua cabeça. Ele poderia ter ficado nas equipes. Sempre planejara cumprir os vinte anos. Poderia ter esperado até as coisas melhorarem um pouco, mas sua audição nunca mais seria como antes do acidente. Um *seal* com perda auditiva era uma responsabilidade. Não importa sua experiência em combate armado e desarmado, sua maestria em tudo desde sua Sig até uma metralhadora. Não importam suas habilidades em demolições submarinas e nem que ele era o melhor cara em inserções nas equipes, ele era uma responsabilidade para si e para os outros caras.

Sentiu falta daquela vida movida a adrenalina e testosterona. Ainda sentia. Mas, quando saiu, engajou-se numa nova missão. Estivera ausente por dez anos. Sua irmã, Autumn, cuidara da mãe absolutamente sozinha, e era sua vez de cuidar dela e de seu sobrinho. Mas nenhum dos dois precisava dele agora, e, depois de uma briga particularmente ruim em um bar no início do ano, que deixara Vince ferido, sangrando e trancafiado, ele precisou de uma mudança de cenário. Não havia sentido esse tipo de raiva por um longo tempo. Aquela raiva reprimida sob a superfície da carne, como uma panela de pressão. Do tipo que explodiria se ele deixasse, o que ele nunca fazia. Ou pelo menos não fazia havia muito, muito tempo.

Jogou a embalagem de alumínio no lixo e começou o segundo cachorro-quente. Nos últimos três meses tinha viajado muito, mas, mesmo depois de meses de reflexão, ainda não tinha clareza do porquê de entrar num bar cheio de motoqueiros. Não tinha clareza sobre quem havia começado, mas tinha clareza sobre acordar na cadeia com o rosto e as costelas doloridos e um par de acusações de agressão. As acusações foram todas retiradas graças a um bom advogado e ao seu brilhante registro militar, mas ele era culpado. Totalmente. Sabia que não tinha escolhido a briga, nunca. Ele nunca procurava briga, também, mas sempre soube onde encontrar uma.

Pegou a cerveja e levou à boca. A irmã gostava de lhe dizer que ele tinha problemas para lidar com a raiva, mas ela estava errada. Engoliu e pôs a cerveja sobre a mesa. Ele não tinha problemas para lidar com a raiva. Mesmo quando ela rastejava sob sua pele e ameaçava explodir, ele podia controlá-la. Mesmo no meio de um tiroteio ou de uma briga de bar.

Não, o problema dele não era a raiva. Era o tédio. Ele tendia a se meter em encrenca se não tivesse uma meta ou uma missão. Alguma coisa para fazer com a mente e as mãos. Apesar de ter o dia de trabalho e a lavanderia para preencher o tempo, ele se sentia desnecessário desde que a irmã decidira se casar de novo com o filho da puta do ex. Agora que ele voltara à cena, Vince estava sem uma das suas tarefas.

Deu uma mordida e mastigou. No fundo, sabia que era melhor para o sujeito assumir a responsabilidade e ser um bom pai, e ele nunca tinha visto sua irmã tão feliz como na última vez em que fora à casa dela. Nunca tinha escutado a irmã tão feliz como na última vez que falara com ela por telefone, mas a felicidade dela criou um enorme vazio na vida de Vince. Um vácuo que ele não sentia desde que deixara as equipes. Um vazio que preenchera com o tempo em família e o trabalho. Um vácuo que tentava preencher desta vez dirigindo pelo país, visitando caras que compreendiam.

O rangido dos sapatos de Luraleen e seu pigarro de fumante anunciaram sua entrada no escritório.

— Era Bessie Smith, mãe de Tally Lynn. O casamento a está deixando nervosa como gato em dia de faxina — ela se moveu pela lateral da mesa e largou o corpo na cadeira de rodinhas. — Eu disse a ela que Sadie está na cidade — acendeu o resto do cigarro e pegou a caneca do Piu-piu. Quando era garoto, Luraleen sempre lhe trazia cigarros de chocolate nas visitas. Sua mãe tinha um ataque, e Vince suspeitava que era justamente o motivo de a tia fazer isso, mas ele sempre adorou seu maço de Kings. — Ela queria saber se Sadie ganhou muitos quilos como as mulheres do lado do pai dela costumam fazer.

— Ela não pareceu gorda para mim. Não olhei muito para ela realmente — a coisa mais memorável a respeito de Sadie foi o jeito como seus olhos azuis ficaram arregalados e sonhadores quando ela falou sobre cozinhar o traseiro dele com sua arma de choque imaginária.

SALVE-*me*

Luraleen deu uma tragada e assoprou na direção do teto.

— Bessie disse que Sadie ainda não é casada.

Vince encolheu os ombros e deu uma mordida.

— Por que você me chamou um mês atrás? — ele perguntou, mudando de assunto. Falar de casamento normalmente levava a falar sobre quando ele iria se casar, e isso simplesmente não estava nos seus planos. Não que ele nunca tivesse pensado nisso, mas, sendo militar, entre os quais a taxa de divórcio era alta, sem falar no divórcio dos seus próprios pais, ele apenas não havia conhecido nenhuma mulher que o fizesse querer arriscar. Claro, isso poderia ter algo a ver com a preferência dele por mulheres com baixas expectativas. — O que está passando pela sua cabeça?

— Seu pai me disse que telefonou para você — Luraleen pôs o cigarro no cinzeiro e uma espiral de fumaça subiu.

— É, ligou, há uns quatro meses — depois de vinte e seis anos, o velho tinha telefonado e evidentemente queria ser um pai. — Embora me surpreenda ele ter ligado para você.

— Fiquei surpresa também. Droga, eu não falava com o Grande Vince desde que ele deixou a sua mãe — ela deu uma tragada no cigarro e soprou uma baforada espessa. — Ele ligou porque achou que eu poderia incutir algum juízo em você. Ele disse que você não iria escutá-lo.

Vince o havia escutado. Ele se sentou na sala do velho e o ouviu por uma hora, até ter escutado o suficiente, e saiu.

— Ele não devia ter incomodado você — Vince tomou um longo gole da garrafa e voltou a sentar-se na cadeira. — Você mandou ele ir se foder?

— Quase isso — ela pegou a caneca. — Foi mais ou menos o que você disse a ele?

— Mais ou menos, não. Foi exatamente o que eu disse a ele.

— Você não quer reconsiderar?

— Não — perdão não era fácil para ele. Era algo que precisava trabalhar, mas Vince Haven sênior era uma pessoa que não valia o esforço. — Foi por isso que me chamou para vir aqui? Pensei que você tivesse uma proposta para mim.

— E tenho — ela tomou um gole e engoliu. — Estou ficando velha e quero me aposentar. — Largou a caneca na mesa e fechou um olho contra a espiral de fumaça que saía da ponta do cigarro. — Quero viajar.

— Parece razoável — ele havia viajado pelo mundo. Alguns lugares eram o inferno puro. Outros, tão lindos que lhe tiraram o fôlego. Ele pensava em voltar a alguns desses lugares como civil. Talvez fosse exatamente do que precisava. Não tinha amarras agora. Poderia ir para onde quisesse. Quando quisesse. Pelo tempo que quisesse ficar. — E o que posso fazer para ajudar?

— Você pode comprar a Gas & Go, só isso.

Três

Ele a rejeitou. Ela pediu a um estranho para levá-la ao casamento de sua jovem prima e ele recusou definitivamente.

— Não tenho terno — foi tudo o que ele disse antes de sair caminhando. Mesmo se ela não tivesse visto a carteira de motorista dele ou escutado sua voz sem o som nasal, ela teria sabido que ele não era um nativo do Texas, porque nem sequer se preocupou com uma boa mentira. Alguma coisa como seu cachorro morreu e ele estava de luto ou que ele estava programado para doar um rim amanhã.

O sol poente banhava o JH em laranja brilhante e dourado, filtrado pelas tênues nuvens de poeira levantadas pelos pneus do Saab. Ele ofereceu retribuir o favor a ela, mas claro que não se referia a isso. Convidá-lo havia sido uma ideia absurda e impulsiva. E ela sempre se metia em problemas por ideias absurdas e impulsivas. Então, olhando por esse lado, Vince, o cara encalhado, tinha feito um favor a ela. Afinal o que ela iria fazer com um estranho enorme e extremamente *sexy* o resto da noite depois que ele tivesse servido ao seu propósito? Ela claramente não pensara nisso antes de convidá-lo.

A estrada de terra para o JH levava de dez a vinte minutos, dependendo de quão recentemente o caminho tivesse sido terraplenado e o tipo de veículo. A qualquer momento, Sadie esperava ouvir latidos enlouquecidos e ver o súbito aparecimento de meia dúzia ou mais de cães pastores. A casa e os prédios anexos ficavam oito quilômetros para trás da autoestrada, no rancho de 4 mil hectares. O JH não era o maior do Texas, mas era um dos mais antigos, manejando muitos milhares de cabeças de gado por ano. O rancho foi estabelecido e as terras compradas no rio Canadian no início do século XX pelo trisavô de Sadie, o major John Hollowell. Depois de bons e maus momentos, os Hollowell alternadamente mal sobreviveram e prosperaram, criando Herefords de raça pura e cavalos American Paint. No entanto, quando se tratou de assegurar o futuro da família com um herdeiro homem, os Hollowell deixaram a desejar. A não ser por alguns primos distantes que Sadie raramente via, ela era a última na linhagem dos Hollowell. O que era fonte de grande decepção para seu pai.

Não era exatamente a estação de pasto, e o gado estava mais próximo da casa e dos prédios anexos. Enquanto Sadie dirigia ao longo da linha da cerca, as silhuetas familiares pastavam nos campos. Logo seria época de marcar e castrar o gado e, desde que se mudara, Sadie não sentira falta dos sons e cheiros daquele acontecimento horroroso, ainda que necessário.

Parou na frente da casa de 370m² que seu avô construiu nos anos 1940. A propriedade original ficava pouco mais de oito quilômetros a oeste, em Little Tail Creek, e estava agora ocupada pelo capataz Snooks Perry e a família dele. Os Perry trabalhavam para o JH havia mais tempo do que Sadie tinha de vida.

Pegou a bolsa Gucci do banco traseiro e fechou a porta do carro atrás de si. Curiangos cantaram à brisa fresca que tocou suas bochechas e desceu pela gola do moletom cinza com capuz.

SALVE-me

O sol poente tornou dourada a casa de pedra branca e madeira, e ela seguiu na direção das grandes portas duplas de carvalho áspero com a marca JH no centro de cada uma. Voltar para casa sempre foi inquietante. Um emaranhado de emoções repuxando o estômago e o coração. Sentimentos ternos misturados a familiares, culpa e apreensão que sempre se apoderavam dela quando chegava ao Texas.

Abriu a porta destrancada e parou na entrada vazia. Os cheiros de casa a saudaram. Ela respirou no aroma de limão, madeira e couro polidos anos de fumaça da enorme lareira na sala principal e décadas de refeições feitas em casa. Ninguém a cumprimentou e ela seguiu pelo chão de pinho nodoso e os tapetes Navajo na direção da cozinha, nos fundos da casa. Era necessária uma equipe em tempo integral para manter o JH funcionando tranquilamente. A governanta deles, Clara Anne Parton, mantinha tudo limpo e arrumado na casa principal e nos alojamentos enquanto sua irmã gêmea, Carolynn, cozinhava três refeições todos os dias, menos aos domingos. Nenhuma havia se casado, e as duas moravam juntas na cidade.

Sadie seguiu o *tump-tump* constante de alguma coisa pesada sendo jogada dentro de uma secadora. Atravessou a cozinha vazia, passou pela despensa e foi até a lavanderia. Parou na porta e sorriu. O grande traseiro de Clara Anne a saudou enquanto a governanta se curvava para pegar algumas toalhas no chão. As duas gêmeas tinham curvas consideráveis e cinturas finas que gostavam de exibir apertando-as nas calças com fivelas do tamanho de pratos de sobremesa.

— Você está trabalhando até tarde.

Clara Anne pulou e se virou, com a mão no coração. Seu volumoso cabelo negro balançou um pouco.

— Sadie Jo! Quase me matou de susto, garota.

Sadie sorriu e sentiu o coração se aquecer enquanto ela se movia no aposento.

— Desculpe. — As gêmeas haviam ajudado a criá-la, e ela estendeu os braços. — É bom ver você.

A governanta a abraçou apertado contra os seios grandes e a beijou no rosto. O calor ao redor do coração se espalhou pelo peito.

— Há milênios que não nos vemos.

Sadie riu. As gêmeas eram resistentes quando se tratava de cabelos altos e antigas falas clichês. E se Sadie dissesse que Clara Anne estava sendo exagerada, a governanta a teria contestado. Uma vez, quando criança, ela retrucou para Clara Anne e perguntou se ela havia vivido um milênio inteiro. A governanta olhou direto nos olhos dela e respondeu seriamente: "Claro que vivi. Mil anos". Quem diria que ela receberia mesmo uma resposta?

— Não faz tanto tempo assim.

— Quase — ela se inclinou para trás e olhou para o rosto de Sadie. — Meu Deus, você está igualzinha à sua mãe.

Sem a pose e o charme e tudo o mais que fazia as pessoas naturalmente amarem-na.

— Eu tenho os olhos do papai.

— É. Azuis como os jacintos do Texas — ela subiu as mãos ásperas pelos braços de Sadie. — Sentimos sua falta por aqui.

— Senti falta de vocês, também — o que era verdade. Ela sentia falta de Clara Anne e Carolynn. Sentia falta dos abraços calorosos e do toque dos lábios delas em seu rosto. Obviamente, não sentia falta suficiente para voltar. Pôs as mãos do lado do corpo. — Onde está papai?

— No refeitório, comendo com os rapazes. Está com fome?

— Morrendo de fome. — É claro que ele estava comendo com os homens do rancho. Era onde geralmente comia, porque fazia sentido. — Ele lembrou que eu estava vindo?

— Lembrou, sim — a governanta aproximou-se da pilha de toalhas. — Ele não iria esquecer uma coisa dessas, você vindo para casa.

SALVE-me

Sadie não tinha assim tanta certeza. Ele tinha esquecido sua formatura do ensino médio. Ou melhor, estava muito ocupado vacinando o gado. O cuidado com os animais sempre foi mais importante do que o cuidado com os homens. Os negócios vêm primeiro, e Sadie tinha aceitado isso há muito tempo.

— Como está o humor dele?

Clara Anne olhou para ela por sobre a pilha de toalhas em seus braços. Ambas sabiam por que ela perguntava.

— Bom, agora vá encontrar seu pai, e nós botamos os assuntos em dia amanhã. Quero ouvir sobre tudo o que você anda fazendo.

— Durante o almoço. Talvez Carolynn nos faça sua salada de frango em *croissants*. — Não era algo que a cozinheira fizesse para o pessoal do rancho. Eles tendiam a gostar mais de substanciosos sanduíches para o almoço, com grossas fatias de carne em pães fortes. Mas Carolynn costumava fazer salada de frango especialmente para a mãe de Sadie e, mais tarde, para Sadie.

— Vou dizer a ela que você falou disso. Embora eu ache que ela já tenha planejado.

— É — Sadie deu uma última olhada para Clara Anne, depois caminhou de volta para a cozinha e para a rua. Andou pelo mesmo caminho de concreto pelo qual caminhara milhares de vezes. A maioria das refeições era feita na cozinha de campanha, e quanto mais perto ela chegava da construção cilíndrica de concreto e estuque, mais sentia o cheiro de churrasco e pão assado. Seu estômago roncou quando ela pisou o largo alpendre de madeira. Os rangidos da porta de tela anunciaram sua chegada, e alguns dos homens do rancho levantaram os olhos dos pratos. Uns oito chapéus de caubói pendiam de ganchos perto da porta da frente. O aposento parecia exatamente igual à última vez que ela entrara nele. Chão de pinho, paredes caiadas, cortinas de tecido fino de algodão vermelho e branco e a mesma dupla de refrigeradores Frigidaire. A única coisa diferente era o novo e brilhante fogão com forno.

Reconheceu alguns dos homens quando eles ficaram de pé. Acenou para que permanecessem sentados, e então seu olhar encontrou seu pai, a cabeça curvada sobre o prato, vestindo a mesma camisa clássica do oeste de sempre. A de hoje era bege com botões de pressão perolados. Sentiu o estômago apertar e prendeu um pouco a respiração. Não sabia bem o que esperar. Tinha trinta e três anos e ainda era muito insegura a respeito de seu pai. Ele se mostraria caloroso ou indisponível?

— Oi, papai.

Ele olhou para cima e deu um sorriso cansado que não chegou aos cantos enrugados dos olhos azuis.

— Aí está você, Sadie Jo — ele colocou as mãos sobre a mesa e se levantou, e pareceu levar mais tempo do que o normal. Ela sentiu o coração afundar no estômago apertado enquanto se aproximava dele. Seu pai sempre fora um homem magro. Alto. Pernas longas e cintura alta. Mas nunca foi macilento. Estava com as bochechas afundadas e parecia ter envelhecido uns dez anos desde que ela o viu em Denver, três anos antes. — Estava esperando por você cerca de uma hora atrás.

— Dei carona a alguém até a cidade — ela disse enquanto colocava os braços em volta da cintura dele. Ele tinha o cheiro de sempre. Sabonete Lifebuoy, poeira e ar limpo do Texas. Ele ergueu uma mão retorcida e lhe deu tapinhas nas costas. Dois. Eram sempre dois, a não ser em ocasiões especiais, quando ela fazia alguma coisa para merecer três tapinhas.

— Está com fome, menina Sadie?

— Morrendo.

— Pegue um prato e sente-se.

Ela deixou cair os braços e olhou para o rosto dele enquanto um medo egoísta se instalava em seus ombros como um peso de mil quilos. Seu pai estava ficando velho. Aparentando cada pedaço dos seus setenta e oito anos. O que ela ia fazer quando ele se fosse? E o JH?

— Você emagreceu.

Ele voltou para a cadeira e pegou o garfo.

— Talvez um quilo ou dois.

Mais parecia uns dez.

Ela se moveu para o forno do outro lado da sala, serviu-se de arroz e pegou um pedaço de pão recém-assado. Além de manejar algumas ovelhas e Herefords no Clube Agrícola 4-H anos atrás, Sadie não sabia muito sobre a lida cotidiana de um rancho de gado. E, no fundo da sua alma traidora, lá onde ela guardava segredos sombrios, havia o fato de que tampouco tinha interesse em saber. Aquele particular amor dos Hollowell pela terra lhe havia escapado totalmente. Preferia viver na cidade. Qualquer cidade. Menos Lovett: 10 mil habitantes.

A porta telada bateu novamente contra o batente quando Carolynn Parton entrou na cozinha de campanha. Ela guinchou e levantou as mãos no ar e, exceto pela saia camponesa e a blusa de babados, parecia exatamente igual à irmã.

— Sadie Jo! — Sadie largou o prato no balcão entalhado um segundo antes de ser esmagada contra os grandes e macios seios de Carolynn.

— Meu Deus, menina, faz milênios que não nos vemos!

Sadie sorriu quando Carolynn beijou seu rosto.

— Ainda não.

Depois de alguns minutos de papo, Carolynn pegou o prato de Sadie e encheu de costeletas. Serviu um copo de chá doce e seguiu Sadie até a mesa do outro lado da sala. Alguns dos caubóis saíram, e ela pegou um lugar perto do pai.

— Botamos os assuntos em dia amanhã — Carolynn disse a Sadie enquanto colocava o chá na mesa. Depois, voltou a atenção para Clive. — Coma — ordenou, e voltou para o outro lado da sala.

Clive pegou um pedaço de pão de milho.

— Quais são seus planos enquanto está aqui?

— Tenho o jantar de ensaio amanhã e o casamento é às seis horas no sábado. — Comeu um pouco do arroz espanhol de Carolynn e suspirou. O calor do conforto de casa estabeleceu-se em seu estômago junto com o arroz. — Estou livre todo o dia amanhã. Devíamos fazer algo divertido — ela pensou no que ela e o pai fizeram juntos no passado. Deu outra mordida e precisou pensar bastante. — Talvez atirar, ou pegar a trilha de Little Tail e jogar conversa fora com Snooks — ela costumava adorar atirar com o pai e pegar a trilha para Snooks. Não que fizesse muito isso. Normalmente, se ela o aborrecia, ele mandava um dos rapazes levá-la.

— Snooks está em Denver examinando umas ações para mim — ele tomou um longo gole do seu chá doce. — Estou indo amanhã para Laredo.

Ela nem sequer ficou surpresa.

— O que há em Laredo?

— Estou levando Maribell lá para cruzar com um garanhão tobiano chamado Diamond Dan.

O trabalho vinha primeiro. Fizesse chuva ou sol, fosse feriado ou volta para casa. Ela entendia aquilo. Havia sido criada para entender, mas... o JH empregava muita gente. Muitas pessoas que eram perfeitamente capazes de deixar uma égua para cruzar em Laredo. Ou por que simplesmente não enviar um pouco do sêmen de Diamond Dan à noite? Mas Sadie sabia a resposta para essa pergunta. Seu pai era velho e obstinado e queria supervisionar tudo, eis o motivo. Ele tinha que ver a cobertura ao vivo com os próprios olhos, para ter certeza de que estava levando o garanhão pelo qual pagara.

— Você estará de volta para o casamento? — Não precisou perguntar se ele havia sido convidado. Ele era da família, mesmo que não fosse uma relação de sangue, e mesmo que o pessoal de sua mãe não se importasse com ele.

Ele sacudiu a cabeça.

SALVE-me

— Vou voltar muito tarde. — Ele não se preocupou em parecer chateado. — Snooks deverá estar de volta no domingo. Podemos ir até lá então.

— Eu preciso ir embora domingo de manhã — ela pegou uma costeleta. — Tenho um fechamento na segunda-feira — Renee provavelmente podia cuidar do fechamento muito bem, mas Sadie gostava de estar lá apenas para o caso de algo inesperado aparecer. Ela parou com a costeleta em frente ao rosto e olhou para os cansados olhos azuis de seu pai. Ele estava a apenas alguns anos dos oitenta. Poderia não estar por perto nos próximos cinco anos. — Mas posso remarcar os compromissos e voltar na terça.

Ele pegou seu chá, e ela percebeu que estava prendendo a respiração. Esperando, como sempre. Esperando que ele lhe desse um sinal, uma palavra ou toque... qualquer coisa, qualquer sinal de que se importava com o que ela fazia.

— Não precisa fazer isso — ele disse, tomando um gole. Em seguida, do jeito típico dos Hollowell, mudou de assunto para longe de qualquer coisa que parecesse importante. — Como foi a viagem?

— Boa — ela deu uma mordida e mastigou. Amenidades. Eles eram bons em amenidades. Ela engoliu passando o nó na garganta. De repente, não estava mais com tanta fome e largou a costeleta no prato. — Há uma caminhonete preta no lado da estrada — ela disse, limpando os dedos em um guardanapo.

— Pode ser uma das de Snook.

— Ele não era daqui, e eu o deixei na Gas & Go.

As sobrancelhas brancas e desgrenhadas do seu pai se abaixaram.

— Lovett não é mais a mesma pequena cidade de quando você estava crescendo. Você precisa tomar cuidado.

Lovett era exatamente a mesma.

— Eu tomei cuidado — ela contou ao pai sobre pegar as informações do cara. — E eu o ameacei com uma arma de choque.

— Você tem uma arma de choque?

— Não.

— Vou tirar a sua 22 do cofre — o que, ela supôs, era o jeito de o seu pai dizer que se preocuparia se um *serial killer* a raptasse.

— Obrigada — ela pensou em Vince e seus olhos verdes brilhantes, olhando para ela da sombra do seu boné. Ela não sabia o que tinha dado nela quando pediu que ele a acompanhasse no casamento da prima. O pessoal de sua mãe era muito conservador, e ela não sabia nada sobre ele. Até onde ela sabia, ele podia realmente ser um *serial killer*. Algum tipo de maníaco homicida, ou pior.

Um democrata.

Graças a Deus, ele a havia rejeitado e, graças a Deus, ela nunca mais precisaria ver Vince novamente.

Quatro

Sadie entrou com o Saab na Gas & Go e parou sob a luz brilhante das bombas de gasolina. Sentia uma batida surda nas têmporas. O jantar de ensaio não havia sido o inferno completo que ela temia. Apenas uma versão de aquecimento para a noite seguinte.

Ela saiu do carro e abasteceu o tanque com gasolina premium. Estava certa a respeito de uma coisa. Todas as outras damas de honra eram cerca de dez anos mais jovens do que ela, e todas tinham namorado ou eram casadas. Algumas tinham filhos.

O padrinho com quem caminharia até o altar era um primo de Boner Henderson, Rusty, enferrujado. Ela não tinha certeza se Rusty era nome ou apelido. A única certeza é que o nome combinava. Ele tinha cabelo ruivo e sardas e era pálido como bumbum de bebê. Era cerca de dez centímetros mais baixo do que Sadie e mencionou que talvez ela devesse usar "sapatos baixos" no casamento.

Até parece.

Ela se recostou no carro e cruzou os braços sobre o *trenchcoat* bege. Uma brisa noturna fresca brincou com seu rabo de cavalo alto, e ela se abraçou contra o frio. A tia Bess e o tio Jim pareceram genuinamente felizes em vê-la. Durante a sobremesa, tio Jim se levantou e fez um discurso muito longo sobre Tally Lynn. Começou pelo dia em que sua filha nasceu e terminou com o quanto todos estavam felizes por ela estar se casando com o namorado da escola, um "cara legal", cheio de habilidades, Hardy Steagall.

Na maior parte do tempo, Sadie evitou perguntas sobre sua vida amorosa. Nem bem os pratos de sobremesa haviam sido retirados, e a mulher do tio Frasier, Pansy Jean, esquentou o assunto. Felizmente, isso aconteceu horas depois do coquetel e tio Frasier estava bêbado e falante e interrompeu Pansy Jean e suas brincadeiras estúpidas. Não era nenhum segredo que Frasier controlava a bebida, esperando até depois das cinco horas para encher a cara. Já passava das oito quando ele inadvertidamente salvou Sadie do interrogatório da tia Pansy Jean.

A bomba de gasolina desligou e Sadie retornou a mangueira à bomba. Ela não podia imaginar se casar tão jovem e com alguém da escola. Ela não tivera um namorado de escola. Ela teve alguns encontros, mas nunca levou nenhum deles a sério.

Rosqueou a tampa do tanque, abriu a porta do carro e pegou a bolsa no banco. Tivera seu primeiro relacionamento real no primeiro ano da Universidade do Texas, em Austin. O nome dele era Frank Bassinger, mas todo mundo o chamava de Frosty.

Sim, Frosty, *congelado*.

Ele era bonito, com cabelos clareados pelo sol e olhos azuis--claros. Um verdadeiro texano. Jogava futebol e era elegante como um futuro senador. Tirou a virgindade dela e fez isso tão bem que ela quis mais noites como aquela.

Eles saíram por quase um ano e, em retrospectiva, ele foi pro-vavelmente o único cara realmente legal com quem ela já saíra, mas ela era jovem, começou a se sentir presa e inquieta e quis ir além de Frosty, de Austin e do Texas, tudo junto.

Ela partiu o coração dele e se sentiu mal por isso, mas era jovem, com um amplo e aberto futuro. Um futuro muito mais aberto do que as lisas planícies do Texas que ela sempre conhecera.

Os saltos de dez centímetros dos scarpins dela soaram pelo estacionamento enquanto ela caminhava até a frente da loja. Ela se perguntou o que teria acontecido com Frosty. Provavelmente havia se casado com uma daquelas líderes juvenis perfeitas e alegres, tinha dois filhos e trabalhava no escritório de advocacia do pai. Provavelmente tinha a vida perfeitamente perfeita.

Ela se moveu entre uma picape branca e um Jeep Wrangler. Depois de Frosty, teve uma série de namorados em diferentes universidades. Apenas um deles considerou um relacionamento sério. Apenas um deles torceu e quebrou seu coração como um *pretzel*. O nome dele era Brent. Só Brent. Um nome, não dois. Nenhum apelido, e ela o conheceu na Universidade da Califórnia, em Berkeley. Ele não era como nenhum outro cara que ela tivesse conhecido. Olhando para trás agora, podia ver que ele era um rebelde sem causa, um radical sem noção, mas, aos vinte e poucos anos, ela não via isso. Não via que não havia nada por trás de seus humores sombrios e meditativos. O filho do privilégio com nada a não ser uma pretensiosa raiva contra "o sistema". Deus, ela tinha sido louca por ele. Quando ele a largou por uma garota de cabelos pretos e olhos expressivos, Sadie pensou que fosse morrer. Claro que não morreu, mas demorou um longo tempo para se recuperar de Brent. Agora estava mais esperta para amar tão cegamente. Já havia feito isso e não tinha interesse em homens emocionalmente indisponíveis. Homens como o seu pai, que desligavam quando alguém chegava muito perto.

Abriu a porta da Gas & Go, e uma campainha soou em algum lugar na loja. Suas narinas foram atacadas pelo cheiro de pipoca, cachorro-quente e desinfetante de pinho. Ela passou por um corredor de salgadinhos e seguiu até as portas de vidro dos refrigeradores. Sua última relação durou pouco. Ele era bem-sucedido e bonito, mas ela precisou dar o fora nele porque sua técnica sexual não melhorou depois de três meses. Três frustrados meses de ele cair dormindo antes de acabar o trabalho. Ela não precisava de um homem por causa do dinheiro. Precisava dele para coisas que não podia fazer sozinha, como arrastar objetos pesados e dar no couro.

Simples, mas ela sempre ficava chocada como quanto os caras não são tudo aquilo dando no couro. Isso era apenas... Desconcertante. O sexo não é o trabalho número um deles? Mais importante até do que ter um trabalho?

Ela pegou um pacote com seis Diet Cokes e deslizou passando por um caubói de meia-idade que alcançava as Lone Star no refrigerador seguinte. Sob seu chapéu, seu grande bigode pareceu familiar para Sadie, mas ela não parou para olhar mais de perto.

Estava cansada, e, depois do jantar de ensaio, precedido pelo almoço com as gêmeas Parton, estava virada num trapo.

Virada num trapo? Deus, ela não usava essa expressão ou nem sequer pensava nela há um milênio. Talvez até dois.

Ela pegou um pacote de Cheetos e juntou às seis Diet Cokes no balcão em frente a Luraleen Jinks. Se era possível, a sra. Jinks tinha ainda mais rugas. Estava usando uma blusa rosa néon e brincos de pingente de caveira com pedras nos olhos.

— Olá, Sadie Jo — ela saudou, a voz áspera como uma lixa.

— Olá, sra. Jinks.

— Você está bonita como sua mãe.

Ela achou que devia ter retribuído o cumprimento, mas isso requeria habilidades para mentir que ela não tinha. Mesmo para uma nativa.

— Obrigada, sra. Jinks. Gosto dos seus brincos de caveira — o que ainda era uma mentira, mas não tão grande quanto dizer a Luraleen que ela estava bonita.

— Muito obrigada, foi presente de um dos meus cavalheiros.

SALVE-me

Ela tinha cavalheiros? Mais de um?

— Como está seu pai? — ela escaneou as Diet Cokes e as colocou em uma sacola. — Não o vejo faz algum tempo.

— Ele está bem — pôs a bolsa Gucci sobre o balcão e pegou a carteira.

— Soube que você está na cidade para o casamento de Tally Lynn.

— Sim. Acabo de vir do jantar de ensaio. Tally parecia muito feliz — o que era verdade. Feliz e radiante com seu amor juvenil.

Pegou os Cheetos.

— Vince me contou que você o ajudou e deu a ele uma carona até a cidade ontem à noite.

Ela olhou para cima.

— Vince? O cara preso na estrada? — aquele que rejeitou a oportunidade de acompanhá-la ao casamento da prima? O último cara no planeta que ela esperava ver de novo?

— É, ele é meu sobrinho.

Sobrinho? Quando ela saiu do JH mais cedo, percebeu que a caminhonete dele não estava mais na estrada.

Luraleen foi com tudo.

— Ele está lá atrás pondo umas caixas fora para mim. Vou chamar.

— Não, realmente eu...

— Vince! — ela gritou, em seguida irrompeu em um ataque de tosse.

Sadie não sabia se corria ou se pulava para trás do balcão e batia nas costas da mulher. Correr realmente não era uma opção, e ela se perguntou se, ao bater nas costas de Luraleen, sairiam sinais de fumaça pelas orelhas a cada tapa?

Da parte de trás da loja, ouviu o rangido fraco de uma porta e o barulho seco de saltos de bota um segundo antes do som profundo de uma voz masculina.

— Você está bem, tia Luraleen?

Sadie olhou para a esquerda, para a presença escura e alta movendo-se na direção dela. Uma sombra preta cobria a metade inferior do rosto, tornando o verde dos olhos dele ainda mais vívido. E, como se isso fosse possível, ele parecia maior e mais malvado do que na noite anterior. Sem o boné, era ainda mais *sexy*. Com os cabelos escuros bem curtos, quase militar.

Ele parou quando a viu.

— Oi, Sadie.

Ele lembrou o nome dela.

— Oi, Vincent. — Embora ele obviamente a achasse resistível, ela mais uma vez lutou contra o desejo ridículo de ajeitar os cabelos e checar o *gloss*. O que apenas lhe provou que ela precisava começar a pensar num novo relacionamento. Desta vez, com um homem que fosse bom de cama. — Não vi sua caminhonete na estrada. Então pensei que tivesse conseguido um reboque.

— Todo mundo me chama de Vince. — Ele continuou atrás do balcão e parou perto de sua tia. — Consegui um reboque esta manhã. O alternador se foi, mas deve estar arrumado lá pela segunda-feira.

Nenhuma dúvida de que o cara na frente dela saberia o que fazer, e faria benfeito. Caras como ele conheciam bem os macetes na cama. Ou contra a parede, na praia em Oahu, ou no carro olhando Los Angeles lá embaixo. Não que ela soubesse. Claro que não.

— Então você está aqui até segunda? — Por que ela estava pensando em Vince e em ir para a cama, de qualquer maneira? Talvez porque ele parecesse tão atraente em sua camiseta marrom esticada sobre o peito duro.

Ele deslizou o olhar até a tia.

— Não tenho certeza de quando vou embora.

Sadie empurrou o dinheiro para o outro lado do balcão. Olhou para cima, para os olhos verdes brilhantes de Vince e seu rosto moreno escuro. Ele não parecia um tipo de cidade pequena. Especialmente de uma cidade pequena do Texas.

SALVE-
-me

— Lovett não faz exatamente parte da região de Seattle. — Ela calculou que ele tivesse trinta e poucos anos. As mulheres de Lovett iriam amá-lo, mas ela não tinha certeza de quantas delas eram solteiras. — Não há muito o que fazer.

— Bem, eu... eu discordo de você — Luraleen gaguejou enquanto fazia o troco. — Nós não temos grandes museus e galerias de arte chiques e esse tipo de coisa, mas há muito o que ver e fazer.

Sadie obviamente tinha tocado num ponto sensível. Então, não argumentou que havia quase nada para ver e fazer em Lovett. Pegou o troco e colocou na carteira.

— Só quis dizer que essa é uma cidade fortemente orientada para a vida em família.

Luraleen fechou a gaveta de dinheiro.

— Não há nada de errado com família. Família é importante para a maioria das pessoas — empurrou a sacola com as Diet Cokes e o Cheetos na direção de Sadie. — A maioria das pessoas vem visitar seus velhos pais mais de uma vez a cada cinco anos ou mais.

E a maioria dos pais fica em casa quando suas filhas vêm visitá-los depois de cinco anos.

— Meu pai sabe onde eu moro. Sempre soube. — Sentiu o rosto ficar quente. De raiva e embaraço, e ela não sabia o que era pior. Como a maior parte das pessoas em Lovett, Luraleen não sabia do que estava falando, mas isso não a impedia de falar como se realmente soubesse. Ela não se surpreendia que Luraleen soubesse quanto tempo se passara desde sua última visita. O falatório de cidade pequena era apenas uma das razões pelas quais ela deixara Lovett e nunca voltara atrás. Sadie largou a carteira dentro da bolsa e olhou para Vince. — Fico feliz em saber que você tenha sido rebocado até a cidade.

Vince olhou Sadie pegar a sacola de Diet Coke e Cheetos. Viu seu rosto ficar num tom escuro de rosa. Havia alguma coisa por trás daqueles olhos azuis. Algo mais do que raiva. Se fosse um cara simpático, poderia fazer um esforço para pensar em algo simpático para dizer e abrandar a agulhada óbvia do comentário de Luraleen. A mulher tinha feito um favor a ele, mas Vince não soube o que dizer, e nunca havia sido acusado de ser um cara legal. A não ser pela irmã, Autumn. Ela sempre deu a ele muito mais crédito do que ele mereceu, e ele sempre se perguntava se sua irmã era a única mulher no planeta que o considerava um cara legal. Então ele era praticamente um idiota. O que estava surpreendentemente bem para ele.

— Obrigado mais uma vez pela carona — ele disse.

Ela disse alguma coisa, mas ele não captou, porque ela virou o rosto. Seu rabo de cavalo loiro balançou quando ela girou em cima dos saltos e marchou para a porta. O olhar dele passou pelas costas do casaco dela, desceu pelas panturrilhas nuas e pelos tornozelos até um par de sapatos vermelhos provocantes.

— Ela sempre se achou demais. — Vince olhou para a tia, depois seu olhar voltou para as costas de Sadie enquanto ela seguia para o outro lado do estacionamento. Ele não sabia ao certo se ela se achava, mas tinha certeza de que era um grande fã daqueles saltos.

— Você foi rude com ela.

— Eu? — Luraleen colocou uma mão inocente no peito magro. — Ela disse que não há nada para fazer na cidade.

— E?

— Há muita coisa para fazer aqui! — Nem um só fio grisalho dos cabelos dela se movimentou quando ela sacudiu a cabeça vigorosamente. — Temos o piquenique do Dia do Fundador, e o Quatro de Julho é uma grande folia. Para não falar da Páscoa que está chegando em um mês — ela acenou para Alvin, que parou atrás com sua caixa de Lone Star. — Temos alguns bons restaurantes e ótimos jantares — ela registrou a cerveja. — Não é, Alvin?

SALVE-me

— O Ruby's serve um bife realmente bom — o caubói concordou enquanto estendia duas notas dobradas. Seu grande chapéu parecia estar preso pelas orelhas de abano. — Os frutos do mar não são bons, entretanto.

Luraleen não deu bola para a crítica.

— Estamos no país do gado. Quem se importa com frutos do mar?

— O que você vai fazer depois de fechar hoje à noite, Luraleen?

Ela deu uma olhada de soslaio para Vince, e ele tentou não notar.

— Meu sobrinho está na cidade.

— Se quiser sair com amigos, por mim tudo bem. — Depois da noite anterior e daquele dia, ele podia aproveitar uma folga da tia. Ainda precisava pensar na oferta dela. Seu primeiro instinto havia sido recusar, mas, quanto mais pensava, mais tentado ficava em ajudá-la. Não planejava ficar em Lovett, Texas, pelo resto da vida, mas talvez pudesse transformar a Gas & Go em outro bom investimento. Algumas pequenas melhorias aqui e ali... Depois poderia vendê-lo e fazer um bom dinheiro.

— Tem certeza?

— Tenho — ele tinha certeza. A ideia de sua tia de um bom momento era Tammy Wynette no "tocador de cassete" e uma dose de Ten High. Ele não era muito de tomar bourbon, especialmente bourbon barato, e não sabia se seu fígado podia aguentar muito mais.

Ela bateu com o troco na mão espalmada de Alvin.

— Está bem, mas tenha certeza de que tudo está funcionando dessa vez ou não incomode.

Funcionando?

Alvin ficou vermelho, mas conseguiu gerenciar uma piscada.

— Pode deixar, querida.

Mas que...? Vince tinha sido exposto a algumas merdas realmente perturbadoras em sua vida, e armazenou a maioria no armário negro da alma, mas sua tia enrugada com os pés para cima com Alvin estava muito perto do topo da lista de merdas perturbadoras.

Luraleen fechou a gaveta de dinheiro com um empurrão e anunciou:

— Vamos fechar mais cedo. Desligue a máquina de cachorro--quente, Vince!

Menos de uma hora mais tarde, Vince estava atirado na casa da tia. Ela tinha colocado um batom rosa chamativo nos lábios equinos e enrugados e saltado na caminhonete de Alvin, saindo para fazer coisas que Vince não queria nem imaginar.

Vince foi deixado sozinho e sentou numa velha cadeira de ferro no alpendre telado. Levou uma garrafa de água até a boca, depois colocou-a na madeira empenada próxima ao pé esquerdo. Nunca fora muito bom em relaxar. Sempre precisou ter algo para fazer. Uma clareza de propósito.

Amarrou o cadarço do tênis de corrida esquerdo e passou para o direito. Quando estava nas equipes, sempre havia algo para fazer. Ele sempre estava em combate ou treinando e preparando a próxima missão. Quando voltou para casa, manteve-se ocupado com o trabalho e a família. Seu sobrinho tinha apenas alguns meses de idade, e a irmã precisou de muita ajuda. Seu propósito era claro. Não havia vácuo mental. Nada de muito tempo para pensar. Em qualquer coisa.

Ele gostava das coisas assim.

A porta de tela bateu atrás dele quando a tia partiu para o ar fresco de março. Uma fatia de lua pairava no negro da noite repleta de estrelas. Seattle, Nova York e Tóquio tinham horizontes muito bonitos, mas nenhum podia se comparar com a beleza natural de bilhões de estrelas.

As solas dos sapatos de corrida marcavam um ritmo silencioso e constante contra a rua pavimentada. Fosse no Afeganistão, no Iraque ou no deque de uma plataforma de petróleo nas águas calmas do Golfo Pérsico, Vince sempre encontrava certa paz no

SALVE-me

cobertor negro da noite. Irônico, pensou, considerando que, como a maioria das Forças Especiais, ele muitas vezes operava na calada da noite, o familiar *ra-tá-tá* de um AK-47 a distância, e a resposta reconfortante de um M4A1. Essa dicotomia de partes iguais de medo e conforto da noite era uma coisa que homens como ele entendiam: ir atrás do inimigo era muito melhor do que esperar a chegada do inimigo.

Na calma noite do Texas, o único som a alcançar seus ouvidos era o da sua própria respiração e um cão latindo a distância. Rotweiller, talvez.

Em noites como essa, ele podia encher a cabeça com o futuro e com o passado. Com os rostos dos companheiros. Os que conseguiram e os que não conseguiram. Podia deixar a mente recordar os caras do Time Um, Pelotão Alfa. Seus rostos frescos mudaram ao longo dos anos pelas coisas que viram e fizeram. Ele havia crescido na marinha. Havia virado um homem, e as coisas que viu e fez haviam mudado também.

Mas essa noite ele tinha outras coisas na cabeça. Coisas que nada tinham a ver com o passado. Precisava admitir que quanto mais pensava em comprar a Gas & Go de Luraleen, mais a ideia lhe parecia boa. Ele podia comprar, consertar e vender em um ano. Ou, caramba, ele podia se tornar o próximo John Jackson, dono e fundador de cerca de 150 lojas de conveniência pelo Nordeste.

Verdade que não sabia porcaria nenhuma sobre lojas de conveniência, mas John tampouco sabia muito. O cara tinha sido um marqueteiro da Chevron de alguma pequena cidade em Idaho e valia milhões agora. Não que Vince quisesse ser magnata. Simplesmente não era o tipo de cara de terno e gravata. Não tinha temperamento para salas de reuniões. Ele se conhecia bem demais para saber que não era muito diplomático. Gostava de cortar o papo furado e fazer as coisas. Preferia botar uma porta abaixo a chutes a ter de abrir caminho com conversa, mas estava com trinta e seis anos, e seu corpo estava lindamente ferrado por tempo demais chutando portas, saltando de aviões e lutando contra ondas como um cavaleiro bronco e arrastando seu carro, um Zodiac, até a praia.

Passou sob uma fraca lâmpada de rua e virou para o norte. Passou pela semana infernal do BUD/S e atuou por dez anos com o Time Um dos *seal* de Coronado. Ele se espalhou ao redor do mundo, depois se mudou para Seattle a fim de ajudar a criar o sobrinho. Um trabalho que às vezes o fez ansiar pelos dias de tempestades de areia implacáveis, pântanos pútridos e frio de ranger os dentes. Poderia gerenciar uma pequena loja de conveniências e, verdade seja dita, não ia fazer mais nada agora, de qualquer maneira.

Um carro foi na direção dele, e ele chegou mais perto do meio-fio. Não se sentia assim tão sem rumo fazia muito tempo. Desde que seu pai fugira dele, de sua mãe e de sua irmã. Tinha dez anos quando seu velho fora embora e nunca mais olhou para trás. Dez anos quando ficou confuso pela primeira vez sobre seu lugar no mundo. Era jovem demais para ajudar a mãe, velho demais para chorar como a irmã. Ele se sentiu desamparado. Um sentimento que odiava até hoje.

Naquela época, estavam morando em uma pequena casa em Coeur d'Alene Lake, no norte de Idaho. Para escapar à dor do abandono do pai e da inabilidade da mãe para lidar com a situação, passou a maior parte daquele primeiro verão explorando o mundo submarino das águas congelantes. Toda manhã, fazia o café da irmã e cuidava dela até a mãe sair da cama. Então, colocava a sunga, pegava as nadadeiras e os óculos de proteção e se obrigava a ir. Nadaria mais longe do que no dia anterior, mergulharia mais profundamente e prenderia a respiração por mais tempo. Era a única coisa que dava um propósito a ele. A única coisa que o fazia não se sentir tão desamparado. A única coisa que era capaz de controlar.

Nos oito anos seguintes, ele, a mãe e a irmã se mudaram mais quatro vezes. Às vezes ficavam no mesmo estado, mas nunca no mesmo condado ou distrito escolar. Em cada lugar, trabalhou entregando jornais depois da escola. Por causa do tamanho e das habilidades atléticas naturais, jogou um pouco de futebol, mas preferia lacrosse. Durante os verões trabalhava, e no tempo livre mantinha o corpo o mais próximo da água possível. Nadando, mergulhando ou fazendo Autumn fingir que era uma vítima de afogamento para poder rebocá-la até a beira. Nas ocasiões em que a irmã não estava junto, ele conferia as garotas.

No verão dos seus dezesseis anos, eles moravam em Forest Grove, Oregon, e ele passava a maior parte dos dias no Lago Hagg. Perdeu a virgindade na praia, sob as estrelas e a lua cheia. O nome dela era Heather, e ela tinha dezoito anos. Pode haver gente que considere a diferença de idade um problema. Vince não era um desses. Ele não tinha nenhum problema em fazer sexo a noite inteira com Heather.

Sempre soube que viraria militar, mas prometera à mãe que tentaria a faculdade primeiro. Ganhou uma bolsa de lacrosse para a Universidade de Denver e jogou por dois anos. Mas nunca sentiu realmente que estava onde precisava estar. No dia em que entrou no escritório de recrutamento da marinha, sentiu como se estivesse voltando para casa. Tinha dado uma olhada no mural de uma equipe *seal*, um profundo oceano azul ao fundo, descendo pela corda de um helicóptero CH-53 para o deque de um navio, e sentiu como se toda a sua vida estivesse naquele mural.

Ultimamente, não havia clareza. Nenhum propósito. Ele estava inquieto, o que nunca foi bom. Inquietude causava brigas de bar e coisas piores. Havia coisas piores do que ter a bunda chutada por um bar cheio de motoqueiros. Coisas piores do que uma explosão acabando com tudo que você trabalhou tão duro para conseguir. Coisas piores do que a perda de audição no ouvido esquerdo.

Ele era um *seal*. Um guerreiro das sombras. E levar porrada de pesadelos, acordar congelando com uma piscina de suor no peito, era pior do que qualquer coisa que ele jamais enfrentara.

Mas era uma pequena loja de conveniência num fim de mundo no Texas o que ele precisava para lhe dar clareza? Ele realmente queria passar algum tempo em uma cidadezinha do Texas? Pelo menos um ano? Vendendo cerveja e gasolina e Wound Hounds enquanto consertava o lugar?

Precisava discutir a ideia com a irmã, Autumn. Ela tinha um bem-sucedido negócio de planejamento de eventos em Seatlle, e ele tinha interesse em ouvir a opinião dela sobre a oferta de tia Luraleen. Da última vez que ele falou com Autumn, ela estava toda empolgada planejando o próprio casamento. Com o filho da puta do ex.

O mesmo filho da puta que o tirou da cadeia depois da derrota no bar de motoqueiros e deu a ele o nome de um advogado de encrenqueiros. O que significava que ele devia ao cara, e Vince odiava dever a qualquer um.

Havia algumas regras segundo as quais Vince vivia, e elas estavam estabelecidas em pedra. Manter a mente clara e o equipamento limpo e em ordem. Nunca deixar um companheiro para trás e nunca ir embora devendo qualquer coisa a qualquer um.

Cinco

Sadie ficou de um lado da pérgula em formato de coração, a segunda em uma linha de damas de honra cobertas em tafetá verde-esmeralda. A pérgula de madeira e arame estava coberta de rosas e tule. Sadie lutou contra o impulso de arrancar a parte de cima do vestido sem alças. Quando teve o vestido ajustado, não o havia usado mais do que alguns minutos, e não percebera que era tão baixo nos seios. As outras garotas na festa de casamento não pareciam pensar nada a respeito, mas Sadie nunca fora fã de curto e justo. Simplesmente não era confortável e, na sua área profissional, apropriado. Não estava acostumada com nada que a empurrasse para cima e para fora, mas supôs que, se ainda estivesse com vinte e poucos anos, acharia o vestido verde de tafetá uma graça. As outras acompanhantes da noiva estavam uma graça, mas ela tinha trinta e três anos e se sentia ridícula.

— Se alguém puder mencionar um motivo justo para que estes dois não sejam unidos pelo sagrado matrimônio, que fale agora ou se cale para sempre — disse o sacerdote ao se aproximar da metade da cerimônia.

Diretamente atrás de Sadie, a dama número três, Becca Ramsey, cochichou algo, depois fungou de leve. Na noite anterior, o namorado de Becca, Slade, fora apanhado traindo-a com "aquela vagabunda da Lexa Jane Johnson", e Becca não estava encarando bem a situação. Ela chegou ao Sweetheart Palace Wedding Chapel com os olhos inchados e vermelhos e o nariz escorrendo. Enquanto estavam todas nas cadeiras do salão sendo penteadas e maquiadas, ela chorou e incomodou até Tally Lynn perder a paciência. Ela ficou de pé, com grandes rolos quentes nos cabelos loiros, cílios postiços recém-colados e um robe branco escrito "Eu sou a noiva" ao redor dos ombros magros.

— Você NÃO VAI arruinar meu dia, Becca Ramsey! — ela disse numa voz tão assustadora que até Sadie empurrou sua cadeira para trás. Os olhos de Tally Lynn se estreitaram, e uma veia pulou em sua testa enquanto ela apontava um dedo perfeitamente manicurado para a dama de honra. — Este é o MEU dia, não o seu. Todo mundo sabe que o Slade come qualquer cão que caça. Ele está rodeando você faz dois anos. Você fica sofrendo por esse cachorro inútil porque quer, então cale a boca sobre Slade. E se mais alguém estiver pensando em estragar o meu dia, pode seguir Becca maldita porta afora. — Então sentou-se novamente e acenou para a maquiadora continuar, como se não tivesse acabado de se transformar na fêmea de Satã. — Mais delineador, por favor.

Sadie sorriu, orgulhosa da brava priminha que não conhecia muito bem. Orgulhosa apesar de Tally estar fazendo com que ela vestisse um minivestido de baile de formatura e um grande cabelo do Texas. Do tipo que ela não vestia nem mesmo quando se considerava texana.

— Você pode beijar a noiva — o sacerdote anunciou, um sinal para o noivo pegar Tally Lynn, recliná-la sobre seu braço e lhe

SALVE-me

tascar um beijo. Uma pontada de algo vibrou no coração de Sadie. Não era inveja. Era mais como um lembrete de que um dia ela gostaria de encontrar alguém que quisesse ficar na frente de um sacerdote, prometer amá-la para sempre e deitá-la em seus braços.

— Damas e cavalheiros, o senhor e a senhora Hardy Steagall.

Sadie deu a volta e preparou-se para seguir a noiva e o noivo pelo corredor para o *foyer*. Talvez misturado à pequena pontada houvesse também um punhado de melancolia.

Ela se moveu da pérgula e colocou a mão livre no braço de Rusty. Ela não tinha certeza de por que sentia aquele ínfimo punhado de melancolia. Não estava triste com a própria vida. Gostava de sua vida.

— Pronta para a festa? — Rusty perguntou pelo canto da boca enquanto percorriam o corredor.

— Sim — ela podia culpar uma taça de vinho. Talvez fosse por ver a prima, tia Bessie e tio Jim tão felizes. Talvez fosse por ver o vestido extravagante e o pequeno buquê de flores rosas e brancas em sua mão. Talvez fosse por estar de volta a Lovett, onde o propósito da vida era se casar e ter filhos. Não tinha certeza da origem do seu súbito estado de espírito, mas se sentiu muito solteira e sozinha. Até mesmo Rusty estava com ela emprestado. A namorada dele estava em algum lugar na multidão. Até onde sabia, ela e a nova solteira Becca eram as únicas garotas-solo no Sweetheart Palace. Mesmo a tia pantera Charlotte tinha conseguido encontrar um acompanhante.

Sadie tomou seu lugar na fila para as fotos. Sorriu para o fotógrafo e fingiu que seu humor não havia ficado mais para lá do que para cá. Estava feliz pela prima. De verdade. Mas mal podia esperar para voltar para a vida real, onde não se sentia uma perdedora sem homem. Depois que as fotos foram feitas, todos seguiram para o salão de jantar adornado em rosa, dourado e branco. Tally Lynn agarrou Sadie em um abraço apertado contra o vestido merengue branco.

— Estou tão feliz que você veio — seu rosto todo se iluminou com amor e planos para um futuro feliz, e ela acrescentou: — Por Deus, Sadie, eu sei que você será a próxima.

A prima disse isso como uma gentileza, uma garantia, e Sadie empurrou os cantos dos lábios para cima e conseguiu dizer um alegre "Talvez".

— Pus você sentada a uma mesa com uma dupla das tias — apontou para uma das mesas redondas enfeitadas com rosas e pequeninas velas. — Elas estão muito felizes por você estar aqui e daremos a vocês a chance de botar a conversa em dia.

— Fabuloso — as tias. Sadie caminhou entre as mesas cobertas de linho branco e cristal, Caesar Salad em pratos de porcelana. Ela se moveu lenta e constantemente na direção das inquisidoras com cabelos de algodão doce branco e rouge vermelho nos rostos octogenários. — Oi, tias Nelva e Ivella — colocou a mão sobre o decote e curvou-se à frente para beijar cada uma delas nas peles finas. — É maravilhoso ver vocês duas novamente.

— Meu Deus, você se parece com a sua mãe. Nelma, ela não está igual a Johanna Mae quando ganhou o Miss Texas?

— O quê?

— Eu disse — Ivella falou mais alto — a Sadie não está igual a Johanna Mae?

— Igualzinha — Nelma concordou.

— É o cabelo — ela se sentou no lado oposto ao das tias, perto de uma garota grande que lhe pareceu um pouco familiar.

— Que coisa tão triste — Ivella disse com um balançar da cabeça.

O que era uma coisa triste? O cabelo dela?

— Pobre Johanna Mae.

Ah, aquela coisa triste. Sadie colocou o guardanapo de linho em seu colo.

— O coração dela era muito grande — Nelma gritou. Ela podia ter problemas com a audição, mas não havia nada de errado com sua voz.

SALVE-me

Quanto mais velha Sadie ficava, mais as lembranças que tinha da mãe sumiam. E isso era uma "coisa muito triste".

— Muito grande — Ivella concordou.

Sadie voltou a atenção para a mulher à sua direita e ofereceu a ela sua mão esquerda.

— Oi, sou Sadie Hollowell.

— Sarah Louise Baynard-Conseco.

— Ah, filha de Big Buddy?

— Sim.

— Fui à escola com Little Buddy. O que ele anda fazendo? — pegou o garfo e comeu um pouco de alface.

— Está trabalhando em San Antonio para a Mercury Oil — como a de todo mundo em volta de Sadie, a voz de Sarah Louise era grossa, e palavras como "óleo" soavam como "óulio". Sadie costumava falar assim também, mas não muito agora. — Está casado e tem três filhos.

Três? Ele era um ano mais novo que Sadie. Ela acenou para um garçom, que a serviu uma taça de merlot. Tomou um longo gole antes de colocar a taça de volta na mesa.

— Como está seu pai? — Nelma perguntou em voz alta.

— Bem! — ela comeu um pouco mais de salada, e acrescentou: — Ele foi a Laredo esta manhã para cruzar uma égua.

Ivella largou o garfo, uma ruga juntou suas duas finas sobrancelhas brancas.

— Por que ele sairia enquanto você está na cidade?

Ela encolheu os ombros, lembrou do decote e puxou para cima a parte superior do vestido. Ele havia partido antes de o sol nascer, e ela nem sequer tinha se despedido. Ela o conhecia bem demais para saber que ele pretendia se despedir antes que ela deixasse o Texas, mas a havia colocado em banho-maria até voltar.

Enquanto comiam, todos comentavam o casamento. O vestido e os votos que cada um escreveu e aquele beijo no final.

— Muito romântico — Sarah Louise disse enquanto os pratos de salada foram retirados e o prato principal foi servido.

— Quando me casei com Charles Ray, demos nosso primeiro beijo em frente ao pastor — Nelma confessou alto o suficiente para ser ouvida em Dalhart. — Papai não deixava que nós, moças, andássemos por aí com os rapazes.

— É verdade — Ivella concordou.

Sadie deu uma olhada no prato do jantar. Bife, purê de batatas e pontas de aspargos.

— Não havia nada disso de dormir por aí antes do casamento!

Se não fosse o "dormir por aí antes do casamento", ela ainda seria virgem. Pegou um pedaço do bife. Ainda que ultimamente tivesse visto tão pouca ação que poderia mesmo ser uma virgem. Chegou ao ponto da vida em que qualidade importava mais. Não que não tivesse importado sempre, mas hoje em dia era menos tolerante com ruins de cama.

— Você é casada? — Sarah Louise perguntou.

Ela sacudiu a cabeça e engoliu.

— Você é?

— Sim, mas meu marido vive fora da cidade. Quando ele sair, vamos começar a formar nossa família.

Fora?

— Ele está no exército?

— San Quentin.

Sadie comeu outro pedaço em vez de fazer a pergunta óbvia. Sarah Louise deu a resposta de qualquer maneira.

— Ele está lá por assassinato.

O choque de Sadie deve ter aparecido no rosto dela.

— Ele é totalmente inocente, sem dúvida.

Sem dúvida.

— Você o conheceu antes de ele ... ele... ir embora?

— Não, eu o conheci por um *site* de correspondência com presidiários. Ele está lá há dez anos e tem mais dez a cumprir antes de poder sair em condicional.

SALVE-*me*

Bom Deus. Sadie sempre se espantava que, um: qualquer mulher se casasse com um homem na prisão, e, dois: ela falasse disso como se não fosse grande coisa.

— É um longo tempo para esperar por um homem.

— Eu terei apenas trinta e cinco anos, mas, mesmo que seja mais tempo, vou esperar Ramon para sempre.

— O que ela disse? — Nelma perguntou, apontando um garfo para Sarah Louise.

— Ela está contando a Sadie sobre aquele assassino com quem está enganchada.

— Bem, que Deus a abençoe.

Sadie meio que lamentou por Sarah Louise. Devia ser duro morar numa cidade pequena e ser conhecida por casar-se com "aquele assassino".

Tia Nelma reclinou-se para a frente e berrou.

— Você tem namorado, Sadie Jo?

— Não — ela ergueu a taça de vinho até os lábios e tomou um gole. Já passava das sete, e ela havia conseguido evitar a pergunta até agora. — Eu realmente não tenho tempo para um homem agora.

— Você está sendo teórica? Você é uma daquelas mulheres que pensam que não precisam de um homem?

Quando criança, sempre que emitia seus pensamentos e suas ideias, diferentes do rebanho, era acusada de ser teórica.

— Bem, eu não preciso de um homem — havia uma diferença entre querer e precisar.

— O que ela disse? — Nelda quis saber.

— Sadie não precisa de um homem.

Ótimo. Agora toda a sala sabia. Mas as tias ainda não tinham terminado. Eram tão casamenteiras que olharam uma para a outra e acenaram com a cabeça.

— Gene Tanner está disponível — Ivella disse — Que Deus a abençoe.

Gene Tanner? A menina que passou todo o ensino médio com um corte de cabelo quase militar e vestindo camisa de flanela?

— Ela ainda mora em Lovett? — Sadie teria apostado um bom dinheiro que Gene teria se mudado e nunca voltado. A garota era ainda menos ajustada do que Sadie.

— Ela vive em Amarillo, mas ainda visita a mãe todos os finais de semana.

Sadie se acalmou e esperou pelo ataque sobre suas infrequentes visitas ao pai.

— Ela trabalha para o serviço de parques e provavelmente tem um bom plano de saúde.

Sadie relaxou. Estava do lado materno da família, e eles nunca se preocupavam muito com Clive Hollowell. Não escondiam que o achavam muito frio e insensível para sua Johanna Mae.

— Odontológico, você acha? — ela perguntou, para ser totalmente sarcástica.

— Imagino que sim. — Antes que Nelma pudesse perguntar, Ivella pôs as mãos em volta da boca e berrou: — Sadie Jo quer saber se Gene Tanner tem plano odontológico!

— Uma garota poderia se sair pior do que uma lésbica com plano odontológico — ela murmurou, mordendo um pedaço de batata. — Pena que vou embora de manhã.

Sarah Louise pareceu um tanto horrorizada de possivelmente estar sentada próxima a uma lésbica, mas quem era ela para julgar? Estava casada com "aquele homem assassino" que não estaria nem na condicional por dez anos ainda.

Depois do jantar, todo mundo seguiu os noivos para o salão de baile, e Sadie escapou das tias. Sob os brilhantes candelabros do salão, os recém-casados tiveram sua primeira dança na pista com "I won't let go", dos Rascal Flatts. Foi um momento realmente bonito de amor jovem diante de um futuro totalmente aberto e, novamente, Sadie se sentiu velha.

Ela tinha apenas trinta e três anos. Pegou uma taça de vinho de uma bandeja e ficou ao lado de um *ficus* envolto em fita cor-de-rosa e branca. Estava velha e sozinha aos trinta e três.

SALVE-me

Em seguida, Tally Lynn dançou "All-American Girl" com tio Jim. Eles sorriram e riram, e tio Jim olhou para a filha com inegável amor e aprovação. Sadie nem lembrava de seu pai olhando para ela daquela maneira. Gostava de pensar que ele olhava e ela apenas não se lembrava.

Recusou uma dança com Rusty, principalmente porque não queria cair fora do vestido, mas também porque ele parecia realmente gostar da namorada.

— Ei, Sadie Jo.

Sadie virou-se e olhou dentro de um par de profundos olhos castanhos. Acima do som da banda, disse:

— Flick?

Seu namorado do décimo ano abriu amplamente os braços e exibiu a barriguinha sob a camiseta com a bandeira americana.

— Como você está, garota?

— Bem — ela ofereceu a mão, mas é claro que ele a agarrou num abraço que derramou seu vinho. Ela sentiu a mão dele em sua bunda e lembrou por que saiu com Flick Stewart apenas por um curto período. Ele era um apalpador. Graças a Deus, nunca dormiu com ele. — O que você tem feito?

— Me casei e tive um casal de filhos — ele respondeu próximo à orelha dela. — Me divorciei no ano passado.

Casado e divorciado? Ela se retirou dos braços dele.

— Quer dançar? — ele perguntou acima da música.

Com Flick, o apalpador? De repente, ficar com as tias pareceu uma ótima ideia.

— Talvez mais tarde. Foi bom ver você de novo — ela foi para o saguão e encontrou Nelma e Ivella papeando em uma mesa com a tia Bess. Bess era a irmã dez anos mais nova de sua mãe, o que a colocava na metade dos sessenta.

Ela se sentou para tirar um pouco o peso dos saltos de dez centímetros e, em segundos, as três tias começaram a interrogá-la novamente sobre sua vida e a falta de um relacionamento. Tomou um pouco do vinho e perguntou-se quanto tempo precisava ficar antes de poder ir para casa e tirar o vestido e sapatos apertados. Fazer as malas, esperar o pai chegar em casa e ir para a cama. Queria pegar a estrada de madrugada.

— Estou tão feliz que você está aqui, Sadie Jo — disse tia Bess com um sorriso triste nos lábios. — É como ter um pedaço de Johanna Mae de volta.

Pelo menos era uma troca de assunto, mas Sadie nunca sabia o que dizer. Ela sempre se sentia como se devesse saber, mas não sabia. Como se devesse naturalmente saber confortar os membros da família de sua mãe pela perda, mas ignorava.

— Eu me lembro da noite que ela ganhou o Miss Texas. Foi em Dallas, e ela cantou "Tennessee Waltz" com muito talento.

Ivella sacudiu a cabeça.

— Ela cantou como um anjo. A senhorita Patti Page não poderia ter feito um trabalho melhor.

— Bem, é aí que as semelhanças entre mim e minha mãe terminam. Eu não consigo cantar.

— Uh! O que ela disse?

— Ela disse que não consegue cantar afinado! Que Deus a abençoe.

Tia Bess revirou os olhos e pôs as mãos em concha ao redor da boca.

— Onde está seu aparelho de audição, Nelma?

— Na minha mesa de cabeceira! Eu tirei dos ouvidos, assim não teria de escutar o irritante cachorro da Velma Patterson, Hector, todos os dias, e me esqueci de colocar de volta! Odeio aquele cão! Velma Patterson o faz latir de propósito porque ela é mal-humorada como uma caixa de cascavéis.

A dor maçante golpeou as têmporas de Sadie enquanto as tias discutiam sobre aparelhos de audição e cães endiabrados, mas pelo menos tinham deixado para lá a sua falta de vida amorosa. Por enquanto, pelo menos.

SALVE-ME

"Mais cinco minutos", ela disse a si mesma, e bebeu o resto do vinho. Sentiu uma mão quente no ombro nu e olhou para cima além da borda da taça. Passou por um par de calças cáqui e camisa social azul cobrindo seus ombros largos. O colarinho estava aberto em volta do pescoço largo, e ela teve de se forçar a engolir o vinho em sua boca. Seu olhar continuou sobre o maxilar quadrado e os lábios, sobre o nariz e dentro de um par de brilhantes olhos verdes.

— Desculpe, estou atrasado — sua voz profunda e suave pôs fim a todas as conversas.

Sadie colocou a taça sobre a mesa e ficou de pé. Ela não sabia o que sentia mais. Choque ou alívio.

Choque porque, surpreendentemente, ele estava no casamento ou alívio porque a aparição inesperada dele deu um fim à tortura familiar. As três tias olharam fixamente, olhos arregalados, para o grande e *sexy* pedaço de homem na frente delas.

— Não pensei que você viesse.

— Nem eu, mas acho que não posso deixar você ir embora da cidade sabendo que ainda lhe devo algo. Não estaríamos quites — ele deixou o olhar passear por todo o comprimento dela. O longo pescoço nu, os seios unidos e envolvidos em tafetá justo. Passou para os quadris e desceu para as pernas e pés. — E eu tinha que dar uma boa olhada no seu vestido esmeralda.

— O que acha?

— Sobre? — o olhar dele viajou corpo acima até os olhos dela.

— O vestido.

Ele riu, um som profundo e rico que fez sua espinha formigar, por nenhuma outra razão a não ser ter gostado do som.

— Parece que você está indo a um baile e precisa de um acompanhante.

— Engraçado, é como eu me sinto.

— Quem é o seu cavalheiro, Sadie Jo?

Olhou por cima do ombro e nos olhos interessados das três tias.

— Este é Vince Haven, ele está na cidade visitando sua tia Luraleen Jinks — ela fez um gesto em direção às três mulheres paradas atrás. — Vince, estas são minhas tias Ivella, Nelma e Bess.

— Você é sobrinho de Luraleen? — Ivella lutou com seus pés — Ela disse que você estava vindo. É um prazer conhecer você, Vince.

Ele se moveu ao redor da mesa.

— Por favor, não se levante, senhora — ele se inclinou levemente e apertou a mão de cada uma das tias como sua mãe o ensinou. A barba por fazer se fora, e seu rosto estava suave e bronzeado.

— Quem é o rapaz de Sadie Jo? — Nelma berrou.

— Ele não é *meu*. Ele é...

— O sobrinho de Luraleen, Vince! — Bess respondeu perto do ouvido surdo de Nelma.

— Eu pensei que ela tinha dito que gostava de mulheres! Deus a abençoe!

Sadie fechou os olhos. Mate-me agora mesmo. Não havia nada de errado em ser lésbica, mas ela por acaso era hétero, e Nelma gritando que ela gostava de mulheres era tão embaraçoso como se ela tivesse bradado que gostava de homens. Isso a fez parecer desesperada. Ela abriu os olhos e olhou para o rosto escuro e lindo do estranho à sua frente, a diversão acrescentando uma fina inclinação nos cantos dos lábios e vincos no canto dos olhos dele.

— Salve-me — ela disse, um pouco mais alto do que um sussurro.

Seis

Ele estendeu o braço como se estivesse acostumado a resgatar mulheres, e ela enfiou a mão entre o cotovelo e as costelas dele. O calor atravessou a palma de sua mão e aqueceu seu pulso.

— Foi um prazer conhecê-las, senhoras.

— Um prazer, Vince.

— Obrigada por ter vindo.

— Ele é grande como o Texas!

Os dois se moveram para o salão de baile e Sadie disse:

— Minhas tias são um pouco loucas.

— Sei um pouco sobre tias loucas.

Sim, ele sabia.

— Bem, obrigada por vir. Agradeço muito.

— Não me agradeça ainda. Faz tanto tempo que não danço que não tenho certeza se lembro como se faz.

— Certamente não precisamos dançar — ela olhou para o seu decote, depois subiu de volta para o perfil dele. Com o maxilar talhado, a pele morena e os cabelos escuros, o que mais a atingia de Vince é que ele era todo *homem*. Um homem ridiculamente bonito. — Na verdade, tenho medo de erguer os braços.

— Por quê?

— Não quero escapar do vestido.

Ele sorriu e olhou para ela com o canto dos olhos.

— Prometo pegar qualquer coisa que caia.

Ela riu quando o braço dele encostou no dela, o roçar do algodão e o calor contra a sua pele.

— Você me salvaria duas vezes na mesma noite?

— Seria difícil, mas eu daria um jeito — eles se moveram pelo salão de baile e caminharam para o meio da multidão na pista de dança. Sob os prismas brilhantes dos candelabros de cristal, ele pegou uma das mãos dela na dele e colocou a palma na curva da cintura dela. A banda estava tocando uma música lenta de Brad Paisley sobre pequenas lembranças, e ela lentamente deslizou sua outra mão pelo peito dele, sobre as duras planícies e colinas, até o ombro. Tudo em seu vestido continuou no lugar, e ele a puxou para mais perto, tão perto que ela sentia o calor do peito dele, mas não tão perto que o tocasse.

— Mas se você tiver de me salvar duas vezes em uma noite, não estaremos quites — ela disse, sobrepondo-se à música, e o olhar dele foi até os lábios dela. — Eu ficaria devendo a você antes de deixar a cidade.

— Tenho certeza de que você pode pensar em alguma coisa.

Como? Ela não sabia nada sobre ele. Exceto que sua tia era a louca Luraleen Jinks, que ele era de Washington e dirigia um grande Ford.

— Não vou lavar sua caminhonete.

Ele deu uma risada.

— Nós provavelmente poderíamos encontrar algo mais divertido para você lavar do que a minha caminhonete.

Ela tinha levantado essa, mas sua mente também não ia pela mesma pista desde a primeira ou segunda vez que o vira? Ao

SALVE-me

lado da rodovia? A janela dela emoldurando o pacote dele? Ela mudou de assunto propositadamente.

— O que você está achando de Lovett?

— Não vi muita coisa de dia — ele cheirava como o ar frio da noite e algodão fresco, e sua respiração roçou o lado esquerdo da têmpora dela quando ele falou. — Então é difícil dizer. Parece legal à noite.

— Tem saído? — havia pouca coisa para fazer em Lovett à noite, a não ser ir aos bares da cidade.

— Eu corro à noite.

— De propósito? — ela recuou e olhou para o rosto dele. — Ninguém está perseguindo você?

— Não atualmente — a risada suave dele tocou sua testa. Prismas de luz forte e colorida deslizaram sobre seu rosto e sua boca quando ele falou. — Exercício à noite me relaxa.

Ela preferia uma taça de vinho e toda a franquia *Housewives* para relaxar, logo, quem era ela para julgar?

— Antes de ficar preso na estrada na quinta-feira, o que andava fazendo?

— Viajando — ele olhou sobre o topo da cabeça dela. — Visitando alguns amigos.

Havia na cidade aqueles que presumiam que ela tinha um fundo de investimento. Ela não tinha. O pai dela era rico. Ela não. O quão rico ela não sabia, mas tinha uma boa ideia.

— Você é um filho com fundo de investimento? — ele não parecia um homem que vivesse de um fundo de investimento, mas viajar numa grande caminhonete bebedora de gasolina não era de graça, e a beleza só leva a pessoa até certo ponto na vida. Inclusive ele.

— Como? — ele voltou o olhar para o rosto dela e observou sua boca enquanto ela falava, o que, ela precisava admitir, achou bastante *sexy*. Quando repetiu a pergunta, ele riu. — Não. Antes de deixar Seattle, alguns meses atrás, eu era consultor de segurança no porto de Seattle. Parte do meu trabalho era identificar buracos e vulnerabilidades no sistema e relatar à segurança interna — o polegar dele roçou a cintura dela sobre a seda suave. — O que significa que eu me vestia como guarda de segurança comum ou trabalhador da manutenção ou motorista de caminhões e procurava brechas de segurança nos terminais de contêineres.

Saber que alguém estava cuidando dos portos da América fez com que ela se sentisse mais segura, e ela disse isso a ele.

Um canto da boca dele se ergueu.

— Só porque eu preenchi a papelada não significa que alguém tenha prestado atenção ou que alguma coisa mudou.

Ótimo.

— Trabalhar para o governo é uma lição a respeito de frustração — ele roçou a cintura dela novamente, para frente e para trás, como se estivesse testando a suavidade do tecido contra a ponta do polegar. — Não importa a área. Mesma merda. Embalagens diferentes — ele dobrou a mão dela contra o seu peito e deslizou a palma livre para a parte baixa das costas dela. Enquanto a banda tocava outra música lenta de Trace Adkins com todas as luzes da casa acesas, o prazer inesperado do toque de Vince espalhou um formigamento quente para cima e para baixo na espinha de Sadie. Ele a trouxe um pouco mais para perto e perguntou: — Quando você não está metida num vestido esmeralda como rainha do baile, o que você faz? — A respiração quente dele tocou a concha de sua orelha direita e o vinco da calça cáqui roçou sua coxa nua.

Talvez fosse o vinho, talvez o cansaço do dia, mas ela se acomodou no peito dele.

— Imóveis — ela tinha tomado apenas algumas taças de merlot, então provavelmente não era o vinho. — Sou uma agente — e ela não estava tão cansada assim. Certamente não cansada o suficiente para deitar contra um peito duro e musculoso. Ela provavelmente devia dar um passo para trás. É, provavelmente, mas era tão bom estar segura em um par de braços grandes e

SALVE-me

apoiada em um peito igualmente grande. As mãos dele subiram pelo zíper dela, depois desceram de volta, espalhando todo o formigamento quente através de sua pele.

Ele virou o rosto para o cabelo dela.

— Você tem um cheiro bom, Sadie Jo.

Ele também, e ela o respirou como a uma droga entorpecente.

— As únicas pessoas que me chamam de Sadie Jo têm sotaque do Texas — ela gostou do jeito que ele cheirava e como o sentia contra ela e do jeito que ele fez o coração bater em seu peito, fazendo-a se sentir jovem e viva. Com apenas um toque em suas costas, ele fez em seu corpo algo que ela não sentia há muito, muito tempo. Coisas que não deveria estar sentindo por um estranho. — Todas as outras pessoas no planeta me chamam apenas de Sadie — ela deslizou uma mão para a parte de trás do pescoço dele e roçou o colarinho com seus dedos.

— Sadie Jo é diminutivo de alguma coisa?

— Mercedes Johanna — as pontas dos dedos dela deslizaram pelo colarinho e tocaram o pescoço dele. Sua pele estava quente, aquecendo a ponta dos dedos dela. — Ninguém me chama assim desde que minha mãe morreu.

— Há quanto tempo ela morreu?

— Vinte e oito anos.

Ele ficou em silêncio por um momento.

— Muito tempo. Como ela morreu?

Tanto tempo que ela mal lembrava dela.

— Ataque cardíaco. Eu não me lembro disso. Apenas meu pai chamando o nome dela, o som da ambulância e uma página em branco.

— Minha mãe morreu quase sete anos atrás.

— Lamento — o joelho dela bateu no dele. — Suas lembranças são mais recentes do que as minhas.

Ele ficou quieto por vários instantes, depois acrescentou.

— Eu estava em Fallujah na época. Minha irmã estava com ela.

Os dedos dela no colarinho dele pararam. Fazia algum tempo, mas ela se lembrava do noticiário noturno e das fotos dos combates em Fallujah.

— Você era soldado?

— Marinheiro — ele corrigiu. — *seal* da marinha.

Ela achou que tinha recebido uma lição.

— Quanto tempo você serviu?

— Dez anos.

— Eu saí com um guarda-florestal uma vez... por cerca de três semanas. Ele era um pouco maluco. Acho que tinha estresse pós-traumático.

— Acontece com muitos bons rapazes — ela era intrometida o bastante para querer perguntar se isso havia acontecido com ele, mas discreta o suficiente para não fazê-lo.

Os dedos dela deslizaram para o cabelo escuro e curto na base do crânio dele. Havia sinais de um homem forte, capaz. Algo encantador sobre saber que, se uma garota cai e quebra a perna, ele poderia erguê-la no ombro e correr trinta quilômetros até um hospital. Ou, caramba, fazer uma tala com um pouco de lama e galhos.

— O guarda-florestal me disse que os *seals* são até mais arrogantes do que a força de reconhecimento da marinha.

— Você diz isso como se fosse algo ruim — ele disse, perto da orelha dela, espalhando aqueles arrepios quentes pelo seu pescoço e sobre o peito. — As pessoas confundem arrogância com verdade. Quando o presidente Obama ordenou que uma unidade contraterrorismo acabasse com Bin Laden, mandou três times *seal* porque nós somos os melhores — ele sacudiu os largos ombros. — Isso não é arrogância. É a verdade — a música parou, e ele se afastou o suficiente para olhar o rosto dela.

— Talvez devamos pegar um drinque.

Um drinque levaria a outras coisas, e ambos sabiam disso. Sabiam pelo jeito dos olhos verdes dele olharem dentro dos

SALVE-me

dela e como o corpo dela respondia. Ela não o conhecia. Queria conhecer, entretanto. Queria conhecer todas as coisas ruins que seriam tão boas. Mesmo que só por um instante, mas ela tinha juízo e muita coisa para fazer de manhã.

— Eu tenho que ir.

Luzes púrpuras e azuis passaram pelo nariz e as bochechas dele.

— Para onde?

— Para casa — onde ela estava segura contra estranhos bonitos com muito charme e testosterona. — Vou embora de manhã cedo e preciso passar algumas horas com meu pai antes de ir.

Ela meio que esperava que ele protestasse, dizendo que ele mal havia chegado ao casamento como um favor a ela, e agora ela estava indo embora.

— Eu acompanho você.

— Obrigada de novo por vir ao casamento da minha prima — Sadie disse enquanto ela e Vince iam em direção ao salão da noiva dentro do Sweetheart Palace. — Lamento que você tenha se vestido a rigor para um tempo tão curto.

— Não estou vestido a rigor, e estou em dívida com você — ele disse, com a voz profunda preenchendo a estreita passagem em direção à parte de trás do estabelecimento.

Juntos, entraram no salão da noiva, a luz do corredor derramada através da porta e nas filas de cadeiras e nos sacos de roupas vazios. Dentro do retângulo de luz do corredor, seu casaco e a bolsa de noite estavam em uma das cadeiras, e ela se moveu até lá.

— Você não me deve nada, Vince — ela pegou o casaco e olhou para ele através do espelho do salão. A luz cortou através da garganta dela e do peito dele, deixando o resto do aposento em uma sombra matizada.

Ele pegou o casaco das mãos dela.

— Estamos quites agora?

Parecia tão importante para ele, que ela assentiu com a cabeça. Então se deu conta de que ele provavelmente não podia ver e disse:

— Sim. Estamos quites.

Ele segurou o casaco aberto atrás e ela enfiou os braços nas mangas. A parte de trás dos dedos dele roçaram os braços e ombros nus dela enquanto ele a ajudava.

Sadie puxou os cabelos para fora da gola e olhou para o outro lado do ombro dele. Com a boca logo abaixo da dele, sussurrou.

— Muito obrigada.

— De nada — a respiração dele roçou os lábios dela. — Tem certeza de que quer ir para casa?

Não. Definitivamente, ela não tinha certeza. Ela o sentiu se curvar um segundo antes que sua boca cobrisse a dela, quente e completamente masculino. Tão másculo que foi como um tiro certeiro queimando o caminho do peito até o fundo do seu estômago. Os arrepios que ele acendera na pista de dança pegaram fogo, e ela abriu a boca. A língua dele varreu-a por dentro, molhada, quente e boa. Os dedos dela se enrolaram dentro dos sapatos e ela se derreteu dentro da sólida muralha dele. Os braços dele cercaram a cintura dela, e ele a segurou contra si. Segurou-a firmemente mesmo, enquanto a puxava para o redemoinho de prazer. Ela não sabia se teria resistido. Não teve chance de pensar a respeito antes que ele aumentasse o calor com beijos molhados e profundos. Tentou pegar a língua dele, tentou tragá-lo profundamente em sua boca enquanto seu corpo se tornava quente e líquido, querendo mais. Mais do que apenas a língua dele dentro dela.

O desejo se enrodilhou em volta dela, comprimindo-a com tanto prazer que ela não resistiu quando sentiu as mãos dele subindo da cintura para segurar seus seios. Através do fino tafetá, as mãos quentes dele endureceram seus mamilos, e ela gemeu do fundo da garganta. Um arrepio lhe subiu pela coluna, e ela se virou para ele.

SALVE-me

Tudo estava acontecendo muito rápido. Rápido demais. E todo o seu mundo se estreitou e se concentrou na boca e nas mãos quentes dele tocando seus seios e acariciando gentilmente as pontas dos mamilos duros. Sua boca continuava a devorar a dela com paixão ardente e fome, e ela correu as mãos por todo o corpo dele. Os ombros e o peito. A lateral do pescoço e através dos cabelos curtos.

Ela estava em apuros, sérios apuros, mas não se importava. Era bom sentir as mãos cálidas dele em sua pele ardente de desejo. Sua boca deliciosa, a grande ereção pressionada em sua pélvis, forte e poderosa.

Ele moveu uma palma quente para a parte de dentro da coxa dela, fria e nua, e escorregou os dedos por baixo da bainha do vestido curto. A boca deslizou pela lateral do pescoço dela.

— Você é bonita, Sadie — a boca dele se abriu ao lado da garganta dela, e sua mão se moveu entre as coxas.

Ela arfou quando ele segurou sua virilha através da renda e da seda da calcinha. Isso não estava acontecendo. Isso não deveria estar acontecendo. Ela não deveria deixar isso acontecer. Não aqui. Não agora.

— Você está molhada — ele disse contra a garganta dela.

Um calor líquido, intenso e abrasador se derramou através das veias dela, e todo o seu mundo foi reduzido à boca quente de Vince em sua garganta e os dedos dele pondo de lado o pequeno pedaço de renda e seda.

Ela gemeu, e sua cabeça caiu para trás.

— Você gosta disso?

— Sim — ela tinha de pará-lo. Agora, antes que não houvesse mais como parar. Ele dividiu sua carne e a acariciou onde ela estava escorregadia e molhada por dentro e... — Ah, meu Deus.

— Mais?

— Sim.

— Ponha suas pernas em volta da minha cintura.

— O quê? — ela não pensava em mais nada. Nada que não fosse a mão dele lhe dando prazer.

— Ponha suas pernas em volta da minha cintura e eu vou foder você contra a porta.

— O quê? — ela abriu a boca para dizer que eles não podiam fazer nada contra a porta. Ele tinha que parar. Parar antes...

— Ah, meu Deus — ela gemeu quando um fogo líquido a agarrou, apoderou-se dela e a queimou de dentro para fora.

— Não pare, Vince — começou entre suas coxas e se espalhou por toda a carne. Sua cabeça girou e seus ouvidos zumbiam enquanto ondas quentes de intenso orgasmo, uma após a outra, a atingiam. — Por favor, não pare. Ela apertou as coxas em volta da mão prazerosa dele. O corpo dela pulsava de luxúria, muitas e muitas vezes, correu por sua pele até que a última pitada de prazer quente fluiu das pontas dos seus dedos. Só então ela lentamente se deu conta de onde estava e o que tinha permitido que acontecesse. — Pare! — Ela foi para trás. — Pare! — Ela empurrou as mãos e o peito dele. O que ela estava fazendo? O que ela tinha feito? — O que você está fazendo?

— Exatamente o que você queria que eu fizesse.

Ela puxou a parte superior do vestido para cima e a barra do vestido para baixo. Aquele era o casamento da prima dela. Qualquer um poderia ter entrado.

— Não. Eu não queria isso — graças a Deus ela não podia ver o rosto dele, e ele não podia ver o dela.

— Você acabou de implorar para eu não parar.

Mesmo?

— Ah, meu Deus.

— Você disse isso um par de vezes, também.

O calorão em seu rosto se espalhou para as orelhas. Ela fechou o casaco sobre o vestido e agarrou a bolsa de noite.

— Alguém nos viu?

— Não sei. Você não parecia muito preocupada um minuto atrás.

SALVE-me

— Ah, meu Deus — ela disse de novo, e saiu correndo do salão.

* * *

A frustração sexual martelava na cabeça e na virilha de Vince. Ela realmente estava indo embora? Quando ele ainda não tinha terminado?

— Espere um minuto! — ele gritou, com a cauda do casaco dela desaparecendo de vista. Ele ficou parado no salão da noiva em um casamento no Texas com uma enorme ereção. Que diabos tinha acabado de acontecer? Ele mal tinha tocado nela, estava apenas começando a tocar nela, e ela gozou.

— Merda — ele expirou e olhou para baixo, para a tenda que tinha na frente das calças. Sabia que ela seria um problema. Só não tinha calculado que fosse uma provocadora. Não depois que ela empurrou seu corpo contra o peito dele na pista de dança. Não depois de ela ter olhado para ele como se estivesse pensando em sexo. Ele já tinha ficado com mulheres o suficiente para saber quando elas estão pensando em tirar a roupa, e ela certamente tinha pensando nisso.

Ele se sentou numa cadeira do salão, ajustou-se para a direita e depois reclinou a cabeça de volta para a escuridão. Ele não podia ir embora. Ainda não. Não até que ele não estivesse mais lidando com uma ereção. Não conseguia lembrar a última vez que enfiara a mão sob o vestido de uma garota e ela o deixara sozinho e latejante. No ensino médio, talvez.

Mais cedo, quando ele a puxou para perto para poder ouvi-la acima da banda, ela apenas se derreteu nele, lembrando-o de que ele não fazia sexo desde que saíra de Seattle. Quando entraram no salão sozinhos, ele já estava meio duro e agiu de acordo com a situação. Não teria beijado Sadie se não tivesse olhado no espelho, naquela fatia de luz cortando a bela boca e o decote incrível em seu peito. Talvez não tivesse sido uma das suas melhores ideias, mas ela não tinha exatamente recusado, e ele foi de meio a completamente duro em menos de um segundo.

Levou o corpo para a frente e repousou os antebraços nos joelhos. Pela escuridão, olhou para as pontas dos sapatos. Ela não devia sexo a ele, mas, se não queria ir até o fim, devia tê-lo parado antes que ele deslizasse as mãos para os seios fartos. Ela tinha idade suficiente para saber onde beijar e deixar um homem enfiar a mão dentro da sua calcinha. Tinha idade suficiente para saber que termina com ambos tirando algum proveito. Sim, aquele provavelmente não era o melhor lugar para ficar nu, mas havia hotéis na cidade. Ele os viu. Ele a deixaria escolher, mas, em vez disso, ela havia fugido como se estivesse pegando fogo. Deixando-o com nada além de uma ereção. Nada além de frustração. Nada. Nem mesmo um obrigado.

A luz se acendeu e Vince olhou para cima enquanto uma garota em um vestido verde-esmeralda entrou. Ela tinha longos tubos de cabelo loiro presos sobre a cabeça. Parou e arregalou os olhos. Uma das mãos foi para o topo do vestido sem alças, e ela arquejou.

— O que você está fazendo aqui dentro?

Boa pergunta.

— Ia me encontrar com alguém — Vince estava acostumado a pensar rápido e aparecer com mentiras plausíveis. Ele era treinado para dar informação suficiente para apaziguar interrogadores. — Mas acho que ela deve ter ido embora. — Ele também sabia como mudar de assunto e apontou para o vestido dela. — Estou vendo que você está no casamento.

— É. Meu nome é Becca, qual é o seu?

— Vince — ele ainda não queria arriscar ficando de pé e assustando a jovem Becca.

— Com quem você ia se encontrar?

— Com Sadie — a provocadora.

SALVE-
-me

— Acabei de vê-la indo embora — ela se sentou na cadeira próxima à dele. — Ela te deixou na mão.

E de maneiras que ele não queria que Becca soubesse, o que era o motivo de ele permanecer sentado.

— O amor é uma porcaria — ela disse. Então, para horror de Vince, caiu em lágrimas. Ela sacudiu a cabeça e seus cachos balançaram enquanto contou a ele tudo sobre seu namorado, aquele cachorro sujo e inútil, Slade. Ela divagou sobre quanto tempo eles haviam saído e os planos que ela tinha para o futuro deles. — Ele estragou tudo. Ele me traiu com aquela vagabunda da Lexa Jane Johnson! — Becca estendeu a mão para um Kleenex no balcão atrás dela. — Lexa Jane — ela soluçou. — Ela é burra como um chumaço de cabelo e mais montada do que uma mula alugada. Por que os homens vão atrás de mulheres assim?

Instantaneamente, a ereção de Vince enfraqueceu e ele estava quase agradecido à Becca e sua histeria. Quase, mas nunca foi do tipo de cara que conseguia tolerar fêmeas emocionais.

— Por quê? — ela perguntou novamente.

Ele achou que tinha sido uma pergunta retórica. Ou pelo menos óbvia, mas ela estava olhando para ele com olhos lacrimejantes esperando uma resposta.

— Por que os homens vão atrás das mulheres fáceis? — ele perguntou, só para ter certeza de que estavam na mesma página.

— Sim. Por que se divertem com vagabundas?

Ele nunca gostou da palavra "vagabunda". Era muito usada por aí e implicava que uma mulher era suja porque gostava de sexo. O que nem sempre era verdade.

— Por que os caras querem isso?

Ele podia ser um bom mentiroso, mas ninguém nunca o acusara de ter tato.

— Porque algumas mulheres são uma garantia e não fazem joguinhos. Você sabe o que ela quer, e não é jantar e ver um filme.

Uma careta franziu a testa de Becca.

— Isso não é emocionalmente superficial para ambas as pessoas?

— Sim — ele colocou as mãos nos braços da cadeira e se preparou para se levantar. — Este é exatamente o ponto. Sexo emocionalmente superficial. Você entra, você sai e ninguém se machuca — ele se ergueu a meio caminho para fora da cadeira e Becca irrompeu em histerismo novamente. Merda. — Bem, ah... foi legal te conhecer, Becca — aquilo era culpa de Sadie, e era bom que ela estivesse deixando a cidade de manhã e ele não fosse vê-la de novo. Ele sinceramente adoraria torcer seu pescoço.

— Isso é tão imaturo e repug... repugnante, Vince.

Era conveniente e mutuamente benéfico, ele poderia ter argumentado, mas não estava a fim de uma discussão sobre sexo e moralidade com Becca, e se perguntou quanto tempo mais precisaria ficar ali. Trinta segundos? Um minuto?

— Posso lhe trazer alguma coisa antes de eu ir?

— Não vá — ela engoliu em seco e sacudiu a cabeça. — Preciso de alguém para conversar.

O quê? Ele se parecia com uma garota? Ou mesmo um daqueles caras que gostam de conversar sobre besteiras? — Por que não procura alguma de suas amigas? Posso ir atrás de uma delas se você quiser — não que ele fosse fazer muito esforço para isso, uma vez que escapasse porta afora.

— Elas apenas vão me dizer para superar porque todo mundo sabe que o Slade é um cachorro — ela sacudiu a cabeça de novo e secou o nariz. Os olhos lacrimejantes e vermelhos se estreitaram. — Quero que eles vão pegar caranguejos e morram em um acidente com fogo.

Opa. Isso foi duro, e era exatamente o motivo de ele se manter distante de mulheres que queriam relacionamentos.

— Quero os dois aleijados e mutilados, e tenho uma vontade louca de atropelá-los com a caminhonete Peterbilt do meu tio Henry Joe!

Uma dor se instalou na parte de trás da cabeça de Vince e de repente ele também teve uma vontade louca. Uma vontade louca do sabor do metal em sua boca.

Sete

O tap-tap dos saltos de Sadie ecoou na velha casa do rancho enquanto ela seguia a luz na direção da cozinha. Ela não queria sequer pensar no que tinha feito no salão da noiva no casamento de Tally Lynn. Não tinha intenção de nada. Não pretendia se embaraçar mais do que jamais havia se embaraçado na vida, mas tudo aconteceu rápido demais. Ele a beijou e a tocou e... pronto. Tinha acabado quase mesmo antes de começar.

O único ponto positivo, a única coisa que lhe dava um módico consolo, era que ninguém, além dela e de Vince, sabia o que ela tinha feito. Depois que correu do salão, dera um rápido adeus para tia Bess e tio Jim, e tinha certeza de que, se alguém tivesse visto Vince e ela, a notícia teria se espalhado mais rápido do que um incêndio florestal no Texas. Mais rápido do que seus pés poderiam fugir disso.

Ela não parou para se despedir dos outros parentes. Não quis correr o risco de encarar Vince. Enviaria a Tally Lynn e aos outros um bilhete simpático quando chegasse em casa, culpando sua saída rude com uma dor de cabeça, um tornozelo quebrado ou um ataque cardíaco. O último não estava longe da verdade. Só de pensar nas mãos grandes e quentes de Vince sobre ela, sentia o sangue fugir da cabeça e tinha a sensação de que ia desmaiar de pura humilhação. Ainda que, se ela fosse um homem, provavelmente não estaria se punindo por isso. Provavelmente se consideraria sortuda e esqueceria.

Quanto mais rápido saísse do Texas, melhor. Obviamente, o Texas a fazia perder a cabeça, e isso sem falar que nunca mais ver Vince Haven novamente era um grande, enorme bônus.

Passou pela sala de jantar formal e entrou na brilhante e iluminada cozinha, com seu piso de pedra e o papel de parede amarelo com margaridas que a mãe colocou na década de 1960. Esperava ver o pai sentado no canto do café, com um copo de chá doce. Não era muito tarde, e ele provavelmente já havia chegado de Laredo, mas, em vez do pai, as gêmeas Parton estavam sentadas ali, canecas lascadas na mesa em frente delas.

— Vocês duas ficaram até tarde esta noite — Sadie tirou os sapatos e as pontas do casaco tocaram o chão quando ela se abaixou para pegá-los. Com as tiras dos saltos enganchadas no dedo, foi até o refrigerador. Havia se despedido das duas mais cedo. Elas realmente não deviam ter esperado por ela. Simpático, mas desnecessário.

— Ah, Sadie, estou tão feliz por você finalmente estar em casa.

Com a mão livre na porta do refrigerador, olhou sobre o ombro para as duas mulheres.

— Por quê? — ela olhou de um rosto preocupado para o outro, e os acontecimentos da última hora foram esquecidos.

Clara Anne, a gêmea mais emotiva, irrompeu em lágrimas ruidosas.

— O que foi? — Sadie se virou na direção delas. — Papai já chegou em casa?

— Não, docinho. Ele está no hospital, em Laredo.

— Ele está bem?

SALVE-me

Novamente ela sacudiu a cabeça.

— O garanhão deu um coice nele, quebrou algumas costelas e perfurou o pulmão esquerdo — seus lábios se juntaram. — Ele está muito velho para lidar com garanhões.

Os sapatos de Sadie caíram no chão com um barulho surdo. Tinha de haver algum engano. Seu pai sempre era muito cuidadoso em volta dos tensos garanhões, porque eles eram imprevisíveis. Ele era duro como uma sela velha, mas tinha quase oitenta anos. Ela tirou o casaco e foi até o canto do café.

— Ele esteve às voltas com esses cavalos a vida toda — a reprodução de cavalos American Paint sempre fora mais do que um *hobby* para Clive. Ele amava isso mais do que criar gado, mas um rancho de gado rendia mais. Ela pendurou o casaco nas costas de uma cadeira e sentou-se perto de Carolynn. — Ele é sempre tão cuidadoso — ele tinha sido chutado e pisoteado e jogado muitas vezes, mas nunca se feriu seriamente. Nunca nada que exigisse mais do que algumas horas no hospital sendo costurado. — Como pôde acontecer uma coisa dessas?

— Não sei. Tyrus ligou há algumas horas com alguns detalhes. Ele disse que algo aconteceu com a corda guia. Seu pai estava consertando e de algum modo ficou entre Maribell e Diamond Dan.

Tyrus Pratt era um encarregado da manada de cavalos do JH. O que incluía não apenas os *paints*, mas um bom número de cavalos de gado, também. — Por que ninguém me telefonou?

— Não temos seu número — Clara Anne assoou o nariz e acrescentou. — Apenas ficamos aqui sentadas, esperando você chegar.

Enquanto esperavam, ela estava sendo apalpada por um cara que mal conhecia.

— Qual é o número de Tyrus?

Clara Anne empurrou um pedaço de papel na direção de Sadie e apontou o topo.

— Aqui está o número do hospital em Laredo, também. O de Tyrus está abaixo. Ele está passando a noite em um hotel.

Sadie se levantou e pegou o telefone fixo preso à parede. Ligou para o hospital, identificou-se e foi encaminhada ao médico da emergência que tratou inicialmente do seu pai. O médico usou muitas palavras grandes como "pneumotórax traumático" e "cavidade torácica", o que, traduzindo, significava que Clive teve um colapso pulmonar em função da força do trauma e estava com um tubo no peito. Ele tinha quatro costelas quebradas, duas deslocadas e duas não, e danos no baço. Os médicos estavam cautelosamente esperançosos de que ele não precisaria de cirurgia para nenhum dos ferimentos. Ele estava na Unidade de Terapia Intensiva em um respirador, e eles o estavam mantendo profundamente sedado até que pudesse respirar sozinho. A maior preocupação do médico era a idade de Clive e o risco de uma pneumonia.

Sadie recebeu o nome e número do pneumologista que tratava seu pai, assim como do médico geriatra supervisor dos cuidados com ele.

Médico geriatra. Sadie esperou na linha enquanto era transferida para o setor de enfermagem da UTI. Um médico especializado em cuidar de idosos. Ela sempre pensou em seu pai como velho. Ele sempre foi mais velho do que os pais das outras garotas da sua idade. Ele sempre foi à moda antiga. Sempre velho e reto em seus caminhos. Sempre velho e ranzinza, mas ela nunca o considerou idoso. Por alguma razão, a palavra "idoso" nunca pareceu se aplicar a Clive Hollowell. Não gostava de pensar em seu pai como idoso.

A enfermeira respondeu às perguntas e indagou se Clive estava sob alguma outra medicação além do medicamento para a pressão sanguínea que haviam encontrado em sua bolsa de viagem.

Sadie não sabia nem que ele tinha pressão alta.

— Papai está tomando algum outro remédio além daquele para a pressão? — ela perguntou às gêmeas.

Elas encolheram os ombros e sacudiram as cabeças. Sadie não ficou surpresa com o fato de as mulheres que conheciam Clive

SALVE-me

Hollowell há mais de trinta anos não saberem de questões médicas. Isso era apenas algo sobre o qual seu pai não falaria a respeito.

A enfermeira garantiu a Sadie que ele estava estabilizado e descansando confortavelmente. Ela telefonaria se houvesse qualquer mudança. Sadie deixou mensagens com o serviço de recados do médico dele e fez reserva no primeiro voo para Laredo, via Houston. Em seguida mandou as irmãs Patton para casa com a promessa de que ela telefonaria antes do voo, às nove da manhã.

Com adrenalina bombeando nas veias e o corpo exausto, ela subiu a escada até seu quarto no fim do corredor. Passou por gerações de Hollowell inflexíveis em seus retratos. Quando criança, tomava as faces sombrias por carrancas desaprovadoras. Sentia que todos sabiam quando ela corria pela casa, não comia seu jantar ou enfiava as roupas embaixo da cama em vez de guardá-las. Quando adolescente, sentia a desaprovação deles quando ela e alguns de seus amigos tocavam música muito alta, quando ela se arrastava para casa depois de uma festa ou quando ficava com algum garoto.

Agora, adulta, mesmo sabendo que as faces sombrias eram mais um reflexo dos tempos, dentes perdidos e má higiene oral, sentiu a mesma desaprovação por se arrastar do casamento da prima até em casa. Por deixar o Texas e continuar longe. Por não saber que seu idoso pai tinha pressão alta e que remédios ele tomava. Sentia muita culpa por ter ido embora e ter ficado distante, mas ela sentia a maior culpa por não amar o rancho de 4 mil hectares que um dia seria dela. Pelo menos não como deveria. Não como todos os Hollowell olhando para ela da galeria do corredor.

Entrou no quarto e acendeu a luz. O quarto estava exatamente como ela deixara no dia em que se mudou, quinze anos antes. A mesma cama antiga de ferro que pertencera à sua avó. A mesma roupa de cama amarela e branca e a mesma mobília antiga de carvalho.

Abriu o zíper do vestido e o jogou em uma poltrona. Vestindo apenas sutiã e calcinha, foi pelo corredor até o banheiro. Acendeu a luz e ligou a torneira da banheira com os pés.

Teve um vislumbre do seu rosto ao abrir o armarinho de remédios e olhar o interior. As únicas coisas lá dentro eram um velho vidro de aspirinas e uma caixa de Band-aids. Nenhum remédio prescrito.

A calcinha e o sutiã caíram no piso de ladrilho branco, e Sadie entrou na banheira. Ela fechou a cortina ao seu redor e ligou o chuveiro.

A água morna bateu em seu rosto e ela fechou os olhos. Aquela noite inteira tinha ido de mal a pior para horrorosa. Seu pai estava em um hospital em Laredo, seu cabelo estava duro como um capacete e ela tinha deixado um homem enfiar a mão embaixo do seu vestido e dentro da sua calcinha. Dos três, o cabelo era a única coisa com a qual ela poderia lidar naquela noite. Ela não queria pensar em Vince, o que não era um problema, porque estava consumida de preocupação com o pai.

Ele tinha de estar bem, disse a si mesma enquanto colocava xampu nos cabelos. Disse a si mesma que ele estava bem quando enrolou o corpo em uma toalha e foi olhar o armarinho do banheiro dele. Tudo que encontrou foi um tubo de pasta de dente pela metade e um pacote de curativos. Disse a si mesma que ele estava bem quando foi para a cama. Acordou algumas horas mais tarde e pegou a pequena bolsa que havia arrumado antes de sair do Arizona. Disse a si mesma que ele era forte para a idade. Ligou para Renee na ida para o aeroporto e a atualizou. Estimou que estaria fora por uma semana e instruiu sua assistente sobre o que fazer enquanto estivesse longe.

* * *

Quando embarcou de Amarillo para Houston, pensou em todas as vezes que seu pai tinha sido lançado de cavalos ou nocauteado

SALVE-me

por novilhos de cem quilos. Ele pode ter ficado com o andar mais retesado depois, mas sempre tinha sobrevivido.

Ela disse a si mesma que seu pai era um sobrevivente enquanto esperou três horas no aeroporto de Houston pelo voo para Laredo. Continuou dizendo isso a si mesma quando alugou um carro, pôs as coordenadas no GPS e dirigiu até o hospital. Quando pegou o elevador para a UTI, já estava quase se convencendo de que os médicos haviam superestimado a condição do pai. Ela estava meio convicta de que o levaria para casa naquele dia mesmo, mas quando entrou no quarto e enxergou o pai, cinzento e contraído, com tubos saindo da boca, não conseguiu mais mentir para si mesma.

— Papai? — Ela se moveu em volta dele, para o lado da cama. Ele tinha uma contusão no rosto e sangue seco no canto da boca. Máquinas pingavam e apitavam e o respirador fazia ruídos de sucção não naturais. Ela sentiu o coração apertar e puxou uma respiração fraca para os pulmões. Lágrimas beliscaram a parte de trás de seus olhos, mas eles permaneceram secos. Se havia alguma coisa que o pai havia ensinado a ela era que garotas crescidas não choram.

"Engula", ele disse com ela deitada no chão, o traseiro doído por ter sido derrubado de um dos cavalos *paint* dele. E ela obedeceu. Não conseguia se lembrar da última vez que chorou.

Ela guardou tudo isso e foi até o lado da cama dele. Segurou a mão fria e seca do pai entre as dela. Ele tinha um oxímetro de pulso preso ao dedo indicador, deixando a ponta vermelho brilhante. A mão dele parecia tão velha ontem? Os ossos tão proeminentes, as juntas tão grandes? As bochechas e os olhos pareciam mais fundos, as narinas, comprimidas. Ela se inclinou.

— Papai?

As máquinas emitiam seus bipes, o respirador movia o peito dele para cima e para baixo. Ele não abriu os olhos.

— Olá — disse uma enfermeira ao entrar tranquilamente no quarto. — Eu sou Yolanda — arco-íris felizes e sóis sorridentes enfeitavam seu jaleco. O tecido alegre fazia oposição direta ao terrível clima no quarto. — Você deve ser Sadie. A enfermeira com quem você falou ontem à noite nos disse que você viria — ela olhou para todos os mostradores mecânicos, depois checou o tubo de soro.

Sadie colocou a mão do pai sobre o lençol e se afastou do caminho.

— Como ele está indo?

Yolanda olhou para cima e leu uma etiqueta na bolsa do soro.

— Você falou com os médicos dele?

Sadie sacudiu a cabeça e foi para os pés da cama.

— Eles retornaram minhas ligações enquanto eu estava no avião.

— Ele está indo tão bem como se poderia esperar de um senhor desta idade — ela se moveu para o outro lado da cama e checou a bolsa do cateter. — Interrompemos a sedação esta manhã. Ele foi bastante combativo.

Claro que ele foi.

— Mas isso é normal.

— Se é normal, por que interromper a sedação? — ela perguntou. Parecia simplesmente desnecessário para ela.

— Pausas na sedação ajudam a orientar o paciente sobre o seu entorno e sua situação, e isso ajuda no processo de retirada da respiração mecânica.

— Quando ela será retirada?

— É difícil dizer. Depende de ele conseguir suportar a própria respiração e estar com oxigenação suficiente — Yolanda ergueu a cabeceira da cama dele e checou mais algumas linhas e mostradores. — Direi aos médicos que você está aqui. Se precisar de alguma coisa, me avise.

Sadie colocou uma cadeira próxima à cama dele e esperou. Esperou até depois das cinco, quando o pneumologista apareceu para dizer exatamente o que ela já sabia. Clive tinha costelas quebradas e um pulmão perfurado e o baço prejudicado, e eles tinham de

SALVE-me

esperar e ver como ele respondia ao tratamento. O geriatra foi mais informativo, apesar de ter dito coisas difíceis de se ouvir. Pacientes idosos apresentam um espectro diferente de preocupações, e o médico falou a Sadie sobre o risco crescente de atelectasia aguda, pneumonia e trombose.

— Presumindo-se que ele não apresente esses riscos, quanto tempo terá que ficar no hospital?

O médico olhou para ela, e ela soube que não ia gostar da resposta.

— Salvo um milagre, seu pai tem uma longa recuperação pela frente.

O pai estava velho, mas era muito forte; se alguém podia ter uma recuperação milagrosa, era Clive Hollowell.

Naquela noite, após deixar o hospital, encontrou um *shopping* local. Comprou roupas de baixo na Victoria's Secret, vestidos confortáveis e roupas de ioga na Macy's e na Gap. Reservou um quarto no Residence Inn perto do hospital e mandou as roupas novas para o serviço de lavanderia do hotel. Checou o *e-mail* e leu cuidadosamente uma oferta de compra em uma propriedade multimilionária em Fountain Hills. Ligou para seu cliente com a oferta, fez algumas contas e ajustou um pouco da linguagem. Mandou por fax as mudanças revisadas para o agente dos compradores. Podia estar presa em Laredo, mas estava a par das coisas. Esperou uma resposta do agente, ligou para os seus clientes novamente e eles aceitaram o acordo. Renee podia lidar com o resto do fechamento, e Sadie foi para a cama e dormiu pesado até as oito horas da manhã seguinte.

Suas roupas novas estavam limpas e esperando por ela do lado de fora da porta do quarto no hotel. Ela tomou uma ducha, trabalhou um pouco no computador e estava no hospital quando os médicos fizeram as primeiras rondas do dia. Estava lá quando tiraram o tubo de respiração, quando restringiram os movimentos das mãos e pés do pai e o tiraram da sedação por um breve período. Disseram a ele onde estava e o que tinha acontecido com ele. Disseram que Sadie estava lá.

— Estou aqui, papai — disse ela, enquanto ele puxava as guias que lhe seguravam os pulsos. Os olhos azuis dele, selvagens e confusos, rolaram na direção do som da voz dela. Um gemido angustiado retumbou na garganta dele enquanto o respirador forçava ar em seus pulmões. *Engula, Sadie.* — Tudo bem. Tudo vai ficar bem — ela mentiu. Enquanto eles o colocavam de volta, ela se inclinou para perto da orelha dele e disse: — Estarei aqui amanhã também. — Depois, colocou os braços em torno de si mesma e saiu do quarto. Ela se abraçou apertado, como quando era uma criança e não havia ninguém em quem se apoiar. Nunca havia alguém em quem se apoiar quando sua vida parecia estar desmoronando. Ela caminhou na direção de um conjunto de janelas ao final do corredor e olhou para um estacionamento e algumas palmeiras sem ver nada. Sentia o corpo tremer e o apertava com força. *Engula, Sadie.* Garotas crescidas não choravam, nem mesmo quando teria sido tão fácil. Tão mais fácil apenas deixar sair, em vez de empurrar para bem fundo.

Ela respirou profundamente e deixou sair, e, quando entrou no quarto do pai novamente, ele estava descansando em silêncio.

O dia seguinte foi muito parecido com o anterior. Ela falou com os médicos sobre o progresso dele, os cuidados e, como no dia anterior, forçou-se a ficar perto da cama dele quando o tiraram da sedação. Ela era filha de seu pai. Era dura, mesmo quando estava se desmanchando por dentro.

Uma semana depois do acidente, Sadie precisou ajustar sua escala de trabalho. Falou com seu corretor e teve todos os clientes transferidos para outros agentes. Precisou enfrentar que não haveria recuperação milagrosa para o pai. Ele estava em uma longa recuperação, e ela estava em uma longa ausência de sua vida real.

Cada dia ele ficava um pouco mais fora da sedação, e começaram o processo de retirá-lo do respirador. Uma semana e meia depois

SALVE-ME

do acidente, quando ela entrou no quarto, o respirador havia sido substituído por uma cânula nasal. O pai estava na cama, dormindo. Um toque de alívio ergueu seu coração enquanto ela se movia para o lado da cama.

— Papai? — ela se inclinou sobre ele, que ainda estava ligado a monitores e bolsas de soro e medicação. Sua pele ainda estava seca e repuxada. — Papai, estou aqui.

Os olhos de Clive tremeram para se abrir.

— Sadie? — sua voz saiu como um raspar dolorido.

Ela sorriu.

— Sim.

— Por que... — ele tossiu, depois agarrou o lado do corpo com mãos trêmulas. — Filho da puta! — sua voz praguejou num grasnar. — Jesus, Maria e José! Meu maldito lado está pegando fogo.

Yolanda, dos arco-íris sorridentes, estava de volta ao trabalho.

— Sr. Hollowell, o senhor precisa de água?

— Eu não preciso — ele teve outro ataque de tosse e Sadie se encolheu — de nenhuma maldita água. Maldição!

Yolanda virou para Sadie enquanto servia a água mesmo assim.

— Alguns pacientes acordam irritados — ela avisou. — É só estresse e confusão.

Não. Era só o humor natural de Clive Hollowell.

Na segunda-feira depois do ridículo agarramento no palácio de casamento do inferno, Vince ligou para um banco em Amarillo e marcou uma hora para falar com o funcionário do setor de empréstimos de negócios em duas semanas. Anos atrás, pegara dinheiro emprestado para comprar uma lavanderia e conhecia a rotina. Desta vez, entretanto, não estaria usando o programa de empréstimos para veteranos. Desta vez, precisava de mais dinheiro do que a cobertura de meio milhão de dólares.

Em antecipação à reunião, recebeu os nomes de um inspetor comercial e um avaliador e marcou encontros com ambos. Escreveu um plano de negócios e colocou toda sua documentação financeira em ordem. Tudo de seu histórico bancário, suas economias da aposentadoria e a conta de ações. Pegou os registros financeiros da Gas & Go dos últimos cinco anos e pediu para a irmã ir até seu depósito em Seattle para lhe enviar os registros fiscais dos últimos dois anos. Por alguma razão, ela também mandou algumas caixas com pertences pessoais. Fotos perdidas, medalhas, faixas e comendas. O tridente que a mãe de Wilson lhe dera no dia em que ele enterrou o amigo.

No momento em que entrou no banco com a avaliação e a inspeção em mãos, estava preparado. Como gostava de viver sua vida. Preparado. Não como um escoteiro. Como um *seal*. Se alguma coisa pudesse impedir a venda, era a maneira relaxada de tia Luraleen manter os registros. Seus papéis de ativos e passivos estavam uma bagunça, mas a Gas & Go havia passado pela inspeção com distinção. As finanças de Luraleen podiam ser negligentes, mas ela estava em total conformidade quando se tratava de infrações ambientais. O prédio em si precisava de alguma atenção, mas os tanques de combustível eram sólidos. E o fato de Luraleen estar oferecendo o negócio várias centenas de milhares de dólares abaixo da avaliação deixava Vince confiante de que o empréstimo seria aprovado. Claro que sempre havia imprevistos que podiam atrasar o processo.

Vince odiava imprevistos ainda mais do que odiava dever algo a alguém.

Enquanto esperava o retorno do banco, aprendeu o máximo que conseguiu sobre gerenciar uma loja de conveniência. Conheceu os fornecedores da loja e os dois empregados de Luraleen, Patty Schulz e George "Besouro" Larson. Os dois pareceram suficientemente capazes, mas nenhum lhe pareceu ter aquele fogo interior por coisa alguma. Exceto talvez cachorros-quentes *jalapeños.* Se e quando assumisse a Gas & Go, Patty e Besouro iam fazer muito mais pelos seus dez dólares a hora do que sentar em banquinhos e registrar vendas de cigarros e cerveja. Ele ia fazer outras mudanças, também. Primeiro, levaria uma marreta para o local. Como membro das equipes *seal* foi especialista em inserção, mas adorava uma demolição. Segundo, quando ele reabrisse, a Gas & Go iria fechar à meia-noite. Não às dez, ou quando desse na telha de Luraleen.

Na segunda semana em Lovett, ele assumiu o turno da noite da tia e a responsabilidade de fechar o lugar. Ao longo dos dias seguintes, descobriu que o povo de Lovett fofocava como reflexo natural, como respirar ou dizer "cêis todos".

Certa noite, comendo uma barra de Snickers e tomando um descafeinado, Deeann Gunderson contou a ele que Jerome Leon estava saindo com Tamara Perdue pelas costas da esposa. Deeann era proprietária do Deeann's Duds, uma bonita trintona divorciada mãe de dois filhos. Ela o deixou saber que estava interessada em mais do que uma barra de chocolate e fofocas e que estava livre em finais de semana alternados. Desde que ela não estivesse procurando um pai para os filhos, ele até poderia procurá-la. Não tinha nada contra crianças. Só contra mamães que queriam um novo marido.

Ficou sabendo que alguém atropelou o cãozinho de Velma Patterson e que Daisy e Jack Parrish estavam esperando uma menina. Soube que Sadie Hollowell estava em Laredo com o pai doente. Todo mundo parecia ter uma opinião sobre Hollowell, em geral, e sobre Sadie, em particular. Alguns, como tia Luraleen, achavam que ela era uma filha ingrata. Outros, que o pai era negligente, mais preocupado com seu gado e com cavalos do que com a única filha. Fosse qual fosse a opinião, todos adoravam falar.

Como se Vince se importasse.

Além da média de clientes que apenas paravam quando precisavam abastecer, a Gas & Go tinha os regulares. Gente que parava todo dia ou quase na mesma hora para uma Coca, gasolina ou cerveja.

Um desses clientes regulares que apareciam para uma Coca--Cola noturna era Becca Ramsey. Com o que ele se importou.

— Vince! — ela deu um gritinho agudo, como se os dois fossem velhos amigos, na primeira vez em que o viu na Gas & Go. — Você vai ficar em Lovett?

Ele pensou se podia escapar sem mentir a ela.

— Por um tempo ainda — depois disso, ela voltou para um pacote de chicletes, uma barra de chocolate e uma Rockstar no caminho para casa do Instituto Milan, em Amarillo. Aparentemente, a jovem Becca frequentava a escola de beleza e, por algum motivo, pensou que Vince se importava.

— Se eu precisar fazer permanente em mais uma velhinha — ela disse, estendendo as palavras — juro que vou surtar!

— Arrã — ele registrou o energético dela.

— Eu vi Slade rodando por aí na caminhonete da vagabunda da Lexa Jane. Ele está tão falido que não pode nem mesmo comprar seu próprio veículo.

Sentiu uma dor súbita e penetrante em seu olho esquerdo. Como um prego direcionado para sua íris. No dia seguinte, ela parou lá para contar a ele que tinha feito seu primeiro corte cunha. Aparentemente, era um tipo de corte de cabelo feminino, e pela primeira vez em seis meses ele conseguiu imaginar um lado positivo para a sua perda de audição. Talvez, se virasse o ouvido ruim na direção dela, conseguisse bloquear sua voz. Ou talvez ela ficasse sem palavras e calasse a boca.

— E ela não parecia ter orelhas de cachorro quando terminei — ela riu. — Você não acredita no número de garotas que não podem fazer um corte cunha.

Sem sorte. Vince havia sido treinado para escapar e fugir pelo melhor exército do mundo. Era capaz de sair de lugares apertados, mas não havia nenhuma maneira de escapar de Becca sem colocá-la num desmaio forçado.

SALVE-me

— Na semana que vem vou dar uma festa de aniversário.

— Quantos anos você vai fazer? — ele perguntou, enquanto registrava o Big Hunk dela. Vince podia adivinhar, pouco mais do que a maioridade. Alguns homens podem achar uma mulher jovem e atraente legal. Vincent não era desses. Ele gostava de mulheres maduras que não choravam por cima dele.

— Vinte e um.

Quando ele fez vinte e um anos, havia recém-concluído o Treinamento de Qualificação dos *seal* e estava indo para as equipes. Estava cheio de si e voando alto na testosterona e na invencibilidade. Era arrogante e tenaz, cheio de habilidades para fazer de tudo.

— Você devia vir tomar uns drinques comigo — ela mexeu na carteira e lhe deu cinco dólares.

— Acho que não.

— Por que não? Somos amigos agora.

Ele pegou o troco e olhou a garota tola à sua frente.

— Desde quando?

— Desde que conversamos no casamento de Tally Lynn. Você estava lá por mim, Vince.

Jesus, ela pensava que ele havia ficado no salão da noiva por causa dela. Ele havia ficado lá porque estava com uma ereção provocada por Sadie Hollowell e precisava esperar baixar.

— Você me ajudou a ver que Slade é superficial e que eu estou melhor sem ele.

— Eu ajudei? — ele não se lembrava de ter dito isso.

Ela sorriu.

— Eu quero mais. Eu *mereço* mais, e segui em frente.

De repente, ele se sentiu muito desconfortável. Como alguém que foi pego completamente desarmado.

O carrilhão acima da porta tocou e ele passou dos grandes olhos castanhos na frente dele para a mulher entrando na Gas & Go. Para o rosto da mulher que havia tornado sua vida desconfortável em mais de um sentido. Seus cabelos loiros estavam puxados para trás em um rabo de cavalo frouxo, bagunçado. Usava um vestido amarrotado e um moletom de capuz com zíper. Ela estava um horror, mas, por alguma razão, o corpo dele reagiu como quando ele estava no ensino médio e a menina mais bonita da escola entrava na aula de educação sexual.

Oito

Sadie empurrou a porta da Gas & Go e pendurou a bolsa no ombro. Estava mais do que exausta. Havia passado as duas últimas semanas dentro de um hospital em Laredo e desembarcara havia cerca de uma hora em Amarillo. Tivera uma parada de quatro horas em Dallas e estava não apenas exausta, mas também profundamente irritada. Seu rabo de cavalo estava caindo para um lado e seus olhos estavam coçando. Ela estava um horror e simplesmente não se importava.

Levantou os olhos coçando para Becca e para o homem além dela, carrancudo como se tivesse uma nuvem negra de tempestade sobre a cabeça escura e os grandes ombros. Ótimo. Vince ainda estava na cidade. Ela não tinha energia para se preocupar ou ficar embaraçada com o que havia acontecido no casamento de Tally Lynn ou como estava sua aparência. Ela se sentiria embaraçada no dia seguinte, depois que seu cérebro descansasse e ela pudesse recordar cada lembrança humilhante da boca cálida e do toque quente.

— Oi, Sadie — Becca moveu-se na direção dela e lhe deu um grande abraço, como se as duas fossem velhas amigas. — Eu soube do seu pai. Como ele está?

Ficou um pouco surpresa com o quanto se sentiu bem com o abraço de Becca.

— Mal-humorado — deu um passo para trás e olhou nos olhos castanhos da jovem. — Obrigada por perguntar. — Os médicos disseram que levaria mais algumas semanas até ele poder ser transferido para um centro de cuidados em Amarillo, seguido por meses de reabilitação. — Ele vai para um estabelecimento de reabilitação em Amarillo em breve. — Este era o motivo de ela estar de volta em casa. Para falar com o administrador e determinar o melhor cuidado para ele. Melhor para um velho rancheiro ranzinza com problemas de raiva.

— Sei que você planejava voltar para casa. Vai ficar na cidade por algum tempo agora? — Becca perguntou.

— Provavelmente mais alguns meses — ela estava entalada em Lovett por meses. Cuidando do pai que não queria ninguém cuidando dele, ao que parece, muito menos ela. Sadie deixou cair os braços ao lado do corpo e passou por Becca seguindo na direção dos refrigeradores. Sua mente devia estar muito cansada para reter todas as lembranças daquela noite no salão da noiva, mas a testosterona de Vince rolando como um *tsunami* lembrou o corpo dela em uma onda de choque que criou uma pequena turbulência em seu peito.

— Na noite do casamento de Tally Lynn, todo mundo se perguntou por que você saiu correndo antes de jogarem o buquê. Agora sabemos por que você estava com tanta pressa.

Seus pés cansados pararam, e ela olhou por cima do seu ombro para Vince.

— Sabemos? — Vince tinha contado a Becca ou alguém tinha visto os dois naquele salão?

Ele não disse uma palavra. Apenas ergueu uma sobrancelha negra.

SALVE-me

— É. Se meu pai estivesse ferido, eu também teria saído sem me despedir de ninguém.

O alívio baixou seus ombros, e Vince riu. Um ruído profundo e divertido. Ela estava muito cansada para se importar.

— Bem, tenho que ir — Becca anunciou. — Vejo você por aí, Sadie.

— Tchau, Becca. — Pegou um grande pacote de Cheetos e se dirigiu para os refrigeradores. Quando voltou à frente da loja, estava sozinha com Vince. Uma camiseta apertada abraçava seus ombros e peito largos e estava enfiada em uma calça cargo bege. Havia um suporte com várias marcas de cigarro pendurado atrás dele. Ele estava tão *sexy* assim na noite do casamento? Não foi à toa que o deixara enfiar a mão embaixo de sua saia.

Colocou a Coca-Cola e o Cheetos em cima do balcão perto de uma caixa de Slim Jims. Com sorte, ele não mencionaria a outra noite.

— Então você trabalha aqui agora?

— É — ele olhou para ela de cima a baixo, os olhos verdes pausando por um ínfimo momento na frente do vestido dela. — Você está com uma aparência horrível.

— Nossa — e lá estava ela pensando que ele era *sexy* — Muito obrigada.

Os longos dedos dele apertaram números na caixa registradora.

— Só estou dizendo que talvez você devesse pentear os cabelos antes de sair em público.

Ela puxou a carteira de dentro da bolsa.

— Não ensinam boas maneiras na escola dos *seal*?

— Sim, no Camp Billy Machen. Era ensinado entre reconstrução e demolição.

— Bem, você obviamente levou bomba — até aqui tudo bem. Ele não tinha falado sobre a outra noite. Falar sobre como ela parecia horrível era muito preferível.

— Não se pode levar bomba em nenhuma parte do TQS — ele apertou a tecla "total".

— O que é TQS? — ela o observou enfiar o Cheetos em uma sacola.

— Treinamento de Qualificação dos *seal*.

— E os *seal* treinam exatamente para quê? — não que ela estivesse tão interessada, mas era um assunto seguro.

— Caçar bandidos. Consertar o mundo.

— Acho que faltou ensinar a consertar caminhões quebrados ao lado da estrada. Pensei que *seals* eram treinados para ser o MacGyver em qualquer situação.

— É, bom, eu estava sem clipes de papel e chicletes naquele dia.

Ela quase sorriu.

— Quanto lhe devo?

Ele olhou para ela e sorriu, mas não foi o sorriso simpático e agradável que ela tinha visto na noite do casamento de Tally Lynn. O rapaz legal se fora.

— No mínimo, um "muito obrigada".

Ela apontou para as compras.

— Você quer que eu agradeça por comprar Coca Diet e Cheetos?

— Pela Coca e o Cheetos, cinco dólares e sessenta centavos.

Ela entregou seis dólares a ele.

— Mas você ainda me deve pela outra noite.

Ela pensou que estava querendo demais. Ele queria falar sobre o assunto. Tudo bem.

— Muito obrigada.

— Muito pouco, tarde demais.

O olhar dele baixou para a boca de Sadie. Na outra noite, achou *sexy* vê-lo observando seus lábios. Esta noite, não muito.

— Quanto está valendo um orgasmo hoje em dia?

— Aquele? — ela fora educada para ser gentil. Para ser uma dama, sem importar o quanto estivesse sendo tratada com grosseria. Para sorrir, dizer "Deus o abençoe" e seguir adiante. Mas

SALVE-me

havia ultrapassado sua cota de gentileza. Estava cheia de sorrir para homens rudes e detestáveis.

— Fique com o troco e vamos deixar tudo certo.

Um canto da sua boca curvou-se para cima.

— Querida, você acha que aquele orgasmo valeu quarenta centavos?

— Já tive melhores — Talvez, mas não tão rápido.

— Ainda vale mais do que quarenta centavos. Você disse "Ah, meu Deus" pelo menos duas vezes.

— Se tivesse sido realmente bom, eu teria dito isso mais de duas vezes.

— Eu mal toquei em você e você gozou — ele pegou o troco e largou na palma da mão dela. — Isso faz com que valha mais do que quarenta centavos.

Ela fechou a mão em torno das moedas e as enfiou no bolso do moletom.

— Então, acho que não estamos mais quites.

As pálpebras baixaram sobre os olhos verdes dele, um sorriso lhe curvou os lábios e ele sacudiu a cabeça.

— Acerto de contas é um inferno.

Ela pegou sua bolsa quando o carrilhão da porta soou. Ela apontou para o teto e disse:

— Salva pelo gongo.

— Por enquanto.

— Sadie Jo?

Sadie olhou por cima do ombro para a mulher carregando uma criança pequena num lado do quadril enquanto duas outras crianças vinham atrás. Os cabelos loiros tinham centímetros de raízes castanhas e estavam puxados para o alto da cabeça.

— RayNetta Glenn?

— É RayNetta Colbert agora. Eu me casei com Jimmy Colbert. Lembra-se de Jimmy?

Quem poderia esquecer Jimmy Colbert? Ele tinha um gosto por cola Elmer e fumava aparas de lápis enroladas em papel pautado.

— Você tem três filhos?

— E dois a caminho — ela moveu a garotinha que segurava para o outro lado. — Gêmeos para setembro.

— Ah, meu Deus! — a boca de Sadie ficou aberta. — Ah, meu Deus!

— São dois "'ah, meu Deus" — Vince disse de trás do balcão. — Você deve a essa mulher quarenta centavos.

Ela o ignorou.

— Fiquei sabendo sobre seu pai — RayNetta ajustou a criança no quadril. — Como ele está?

— Melhor — o que era verdade, mas ainda não era bom. — Eu o estou transferindo para um hospital de reabilitação em Amarillo.

— Deus o abençoe — os dois meninos atrás de RayNetta correram em volta dela e foram para o balcão de doces. — Só um — ela disse atrás deles. — Crianças — ela sacudiu a cabeça. — Você se casou?

Pronto.

— Não. — E antes que RayNetta perguntasse: — Nunca fui casada e não tenho filhos. — Ajustou a sacola plástica na mão. — Foi bom ver você.

— É, a gente tem que se encontrar e botar o papo em dia.

— Vou estar na cidade por um tempo. — Olhou sobre o ombro. Vince havia plantado as mãos nos quadris, e o olhar dela subiu a ladeira do peito musculoso, passou pelo maxilar quadrado até os olhos verdes. — Tchau, Vince.

— Vejo você por aí, Sadie. — Não foi tanto um adeus quanto um aviso.

Ela mordeu o lábio para evitar sorrir. Imaginou que deveria ficar apavorada ou pelos menos apreensiva. Vince era definitivamente grande e avassalador, mas ela não se sentia minimamente ameaçada por ele. Se ele quisesse usar da força para obter o "pagamento", ele o teria feito no casamento de Tally Lynn.

SALVE-me

Ela seguiu na escuridão da noite na direção do Saab. Ficaria na cidade por apenas alguns dias antes de voltar para Laredo, então duvidava que fosse cruzar com Vince. Especialmente se ficasse longe da Gas & Go.

Outras mulheres podiam desejar chocolate, mas ela ansiava por Cheetos. Nos quinze minutos até o rancho, abriu o saco e devorou os salgadinhos, com cuidado para não deixar marcas de queijo no volante. Ligou o iPod e encheu o carro com My Chemical Romance. Sadie era fã desde o primeiro álbum, e cantou "Bulletproof Heart" a plenos pulmões. Cantou como se sua vida não tivesse se transformado numa porcaria total. Cantou como se estivesse despreocupada.

Os pneus esmagaram as pedras da entrada da garagem quando ela parou em frente à casa escura do rancho. Não havia avisado ninguém que estava a caminho de casa. Não queria ninguém esperando por ela. Só queria ir para a cama cedo.

Não havia qualquer luz acesa dentro da casa. Sadie entrou com cuidado na sala e ligou um interruptor. Um enorme lustre feito de chifres entrelaçados iluminou o mobiliário de couro e a grande lareira de pedra. Fotografias emolduradas dela com a mãe e o pai estavam postas sobre as diferentes mesas. Aquelas mesmas fotos não haviam sido mexidas desde a morte de sua mãe, vinte e oito anos antes. Sobre a lareira, estava pendurada uma pintura da maior aquisição de seu pai e o grande amor dele: Admiral, um Blue Roan Tovero. O animal foi o orgulho e a glória de Clive, mas morreu de cólica depois de apenas cinco anos. A morte do cavalo foi a única ocasião em que viu o pai visivelmente aborrecido. Ele não derramou uma lágrima em público, mas ela o imaginava chorando feito um bebê em particular.

Foi até a cozinha, pegou um copo com gelo e continuou escada acima. Passou pelos retratos dos ancestrais e entrou em seu quarto. Havia um abajur num suporte ao lado da cama dela, e ela o ligou. A luz se derramou pela cama, e ela jogou a sacola da Gas & Go sobre a colcha amarela e branca.

Tudo em seu quarto era aconchegante de um jeito familiar. O mesmo relógio sobre a mesma mesa de cabeceira próxima à mesma lâmpada com o mesmo tom floral. A mesma pintura dela e da mãe quando ela nasceu ainda ficava na cômoda perto de uma lata com várias amostras de perfumes que ela colecionou ao longo dos anos. As mesmas medalhas de vôlei e do 4-H estavam pregadas ao quadro de cortiça perto da prateleira com todas as faixas de princesas e coroas que ganhou.

Era familiar, mas não era sua casa. Atualmente, seu lar era um sobrado em Phoenix. Ela havia comprado a casa de inspiração espanhola na baixa do mercado por um preço insanamente reduzido. A prestação da hipoteca não era tão alta assim, e ela tinha dinheiro suficiente no banco para manter os pagamentos por um tempo.

Era uma das melhores agentes imobiliárias em sua corretora atual, com comissões de sessenta e cinco por cento. A agência havia garantido que ela sempre teria um emprego com eles, mas ela não queria se afastar por tanto tempo a ponto de seu pacote de compensação ser revertido para cinquenta/cinquenta. Ela trabalhou muito duro por aqueles quinze por cento.

O problema era que ela não sabia quando estaria apta a voltar ao Arizona. Quatro semanas? Seis? Não sabia se seriam necessários dois meses até ela ser capaz de juntar os pedaços da sua vida. A única coisa real que sabia era que se certificaria de que sua vida estaria esperando por ela.

Intacta. Tanto quanto possível.

Na manhã seguinte, ela encontrou o administrador do Centro de Reabilitação Evangélico Samaritano em Amarillo. Eles garantiram a Sadie que eram capazes de prover a reabilitação e o cuidado de que seu pai precisava. Também garantiram que estavam acostumados com pacientes difíceis. Mesmo os difíceis como Clive Hollowell.

SALVE-me

Uma semana depois de ela ter falado com eles, Clive chegou a Amarillo, oitenta quilômetros a sudeste de Lovett, o que era a noventa e seis quilômetros mais perto de casa. Ela pensou que ele ia ficar feliz com a mudança.

— O que você está fazendo aqui?

Ela olhou por sobre a revista quando um enfermeiro levou seu pai para dentro do quarto, com um tanque de oxigênio pendurado na parte de trás da cadeira de rodas. Ele estava no Evangélico Samaritano havia vinte e quatro horas e parecia mais tenso do que antes. Claramente não estava mais feliz, mas estava limpo, barbeado e com os cabelos molhados do banho.

— Onde mais eu poderia estar, papai? — Deus, por que ele precisava ser hostil com ela todos os dias? Será que nem uma vez ele podia simplesmente ficar contente por ela estar ali? Não podia simplesmente olhar para ela e dizer "é um prazer você estar aqui, menina Sadie". Por que ele sempre tinha de agir como se mal pudesse esperar que ela fosse embora?

— Onde diabos quer que você esteja morando agora.

Ele sabia onde ela morava.

— Phoenix — ela lembrou a ele novamente. — Eu trouxe mais meias para você. — Pegou uma sacola na Target, a alguns quilômetros dali. — Daquelas felpudas com tração nas solas.

— Você desperdiçou seu dinheiro. Eu não gosto de meias felpudas. — O enfermeiro moveu os apoios para os pés e ajeitou os pés longos e ossudos do pai cobertos com as meias xadrez vermelhas com solas antiderrapantes que ela comprara para ele em Laredo. O enfermeiro o ajudou a levantar da cadeira.

— Filho de uma puta! — Ele respirou fundo e se sentou na beirada da cama. — Droga!

Quando ela era mais jovem, o tom da voz dele a teria mandado para o quarto. Em vez disso, ela se moveu para o lado da cama.

— O que posso fazer por você, papai? Precisa de alguma coisa de casa? Correspondência? Mensagens de voz? Relatórios?

— Dickie Briscoe está a caminho — ele respondeu, referindo-se ao administrador do rancho. — Snooks está vindo com ele.

Ela estava dispensada.

— Há alguma coisa que *eu* possa fazer para você?

Os olhos azuis dele cortaram os dela.

— Tire-me daqui. Eu quero ir para casa.

Ele precisava de muito cuidado antes de ir para casa. Demais para ela retornar ao Arizona, também.

— Não posso.

— Então não há nada que você possa fazer por mim. — Ele olhou para trás dela e sorriu. — Snooks, já não era sem tempo, maldição.

Sadie virou-se e olhou para o capataz do pai. Ela o conhecia toda a sua vida e, como seu pai, ele era um caubói de verdade. Camisa de trabalho com botões de pressão perolados, calças Wranglers e botas cobertas de esterco de vaca e poeira. Estava duro e grisalho do vento e do sol do Texas e do hábito de um maço de cigarros por dia.

— Oi, Snooks — Sadie abriu os braços enquanto se movia até ele.

— Aí está a minha garota — ele era pai de seis homens e tinha mais de sessenta anos. Como Clive, aparentava a idade. Mas, diferente de Clive, Snooks tinha barriga e senso de humor.

— Você está bonito como sempre — ela mentiu. Mesmo num bom dia, Snooks nunca tinha sido bonito, principalmente porque era alérgico a artemísia e poeira. Como resultado, seus olhos brilhavam em um vermelho assustador. — Como estão seus garotos?

— Bem. Eu tenho oito netos.

— Bom Deus! — ela realmente era a última pessoa em Lovett com mais de vinte e cinco anos que não tinha filhos. Ela e Sarah Louise Baynard-Conseco, mas isso era porque o senhor Conseco era hóspede em San Quentin.

SALVE-me

— E eu não tenho um sequer — grunhiu Clive detrás de Sadie.

Era por isso que seu pai estava mal-humorado o tempo todo? Porque ela não havia parido seis netos? Qual era a desculpa dele quando ela tinha doze anos?

— Você nunca falou em netos antes.

— Não pensei que tivesse de fazer isso.

— Bem, vou deixar vocês se atualizando — ela disse, e fez sua escapada.

Passou a tarde cuidando de detalhes interessantes, como levar o carro à oficina. Teve sorte o bastante de encontrar um salão de beleza que parecia meio decente e marcou uma hora para retocar as raízes. Voltou ao hospital para checar Clive e depois foi para casa. Jantou com os empregados do rancho e falou a eles sobre o progresso do pai.

Viu TV na cama. *Reality shows* descerebrados com pessoas cujas vidas eram muito piores do que a dela. Então não precisava pensar na realidade de sua vida ruim.

O zumbido de um ventilador de teto agitava o ar fresco da noite sobre o peito nu de Vince. A respiração lenta e constante enchia seus pulmões. Dentro do quarto de hóspedes da casa estilo anos 1970 do rancho de Luraleen, ele dormia em uma cama de solteiro com babados, mas, por trás dos olhos fechados, Vince estava de volta ao Iraque. De volta à enorme cavidade do C-130 Hercules, guardando o último dos equipamentos essenciais da equipe. Vestindo uma roupa leve de combate, calças de deserto cáqui e botas de assalto Oakley, alojou o corpo cansado em uma rede de malha grossa. Várias horas antes de receber a ordem para se juntar à Equipe Cinco na base aérea norte-americana em Bahrain, estava batendo em portas e procurando líderes terroristas em Bagdá. Quanto mais eles acuavam, mais pareciam surgir em seu lugar. Al-Qaeda, talibã, sunitas, xiitas ou meia dúzia de outros grupos insurgentes cheios de ódio e fanatismo empenhados em matar soldados americanos, não importa quantos inocentes civis ficassem no caminho.

— Haven, seu filho da puta feioso. O que está fazendo aí? Batendo punheta?

Vince reconheceu a voz e abriu os olhos. Virou a cabeça na direção do *seal* careca enfiando seu corpo num assento de malha na frente dele. — Sinto desapontá-lo, puta suja, mas já cuidei dos meus negócios.

Wilson sacudiu a cabeça.

— É, ouvi falar daquele depósito de munição hoje de manhã.

Vince fez uma careta. Ele tinha sido mandado com outros três *seals* para garantir a explosão de um depósito de munição insurgente. Não havia tempo para esperar uma tecnologia de destruição de material explosivo, e o depósito era pequeno, ou assim eles pensavam. Colocaram os próprios explosivos e acenderam a construção. Choveu concreto e poeira e detritos por vários minutos.

— Talvez tenhamos subestimado o inglês que colocamos nisso. — Na verdade, eles não sabiam sobre um quarto escondido sob a lama e a construção de concreto cheio de granadas e bombas até que acenderam e a explosão ficou maior e maior e eles mergulharam em busca de abrigo. Ninguém quis falar sobre descuido, evidentemente. Foi apenas uma sorte dos infernos eles terem recuado e ninguém ter ficado ferido.

Wilson riu.

— Há potência ali suficiente para nos mandar voando para Jesus. — Ele era tenente, inteligente como o inferno e o rei das citações de filmes. Vince não via Pete fazia algum tempo, e era bom ver seu companheiro.

— *Eia!* — Os dois tinham passado pelo BUD/S juntos, quase se afogaram no surfe e tiveram suas bundas mastigadas pelo instrutor Dougherty. Ele ficou ao lado de Wilson quando ambos

SALVE-ME

tiveram os tridentes colocados em seus uniformes de gala, e estava ao seu lado quando Pete se casou com a namorada dos tempos de escola. O casamento não durou mais de cinco anos, e Vince estava lá para ajudar o amigo a afogar as mágoas. Divórcio era uma realidade da vida militar, e *seals* em atividade não eram exceção a essa realidade.

A rampa de carga se ergueu e o piloto ligou o enorme cargueiro turboélice, enchendo a cavidade com o sacudir do metal e a potência do motor, terminando com qualquer conversa.

Ele dormiu em algum lugar sobre o Golfo de Omã. O último repouso sem problemas que teria por vários anos. Assim que o Hercules descesse em Bagram, a vida dele mudaria para sempre, de formas variadas e imprevisíveis.

A vida dele estava diferente agora, mas o sonho era sempre o mesmo. Começava nas montanhas de Hindu Kush com ele e os rapazes numa missão de rotina. Então, o sonho mudava, com ele lutando por proteção, carregado com poder de fogo suficiente para abrir caminho para fora de qualquer batalha talibã. Terminava com ele se ajoelhando sobre Wilson, a cabeça girando e zumbindo, a náusea lhe revirando o estômago e os cantos escuros da visão se fechando sobre ele enquanto socava o peito do melhor amigo e forçava a própria respiração para os pulmões de Pete. A batida inconfundível do silvante poder aéreo dos Estados Unidos, rotores gritando, trovejando e varrendo a poeira em tempestades de areia.

O chão estremecia quando os militares explodiam os declives e as fendas das montanhas Hindu Kush. Sangue manchava suas mãos enquanto socava e respirava e via a luz sumir dos olhos de Pete.

Vince acordou, os batimentos cardíacos lhe golpeando a cabeça como haviam feito naquele dia no inferno de Hindu Kush. Ele ficou em algum lugar, desorientado, os olhos arregalados, os pulmões puxando ar como foles. Onde ele estava?

Em um quarto. Uma leve lâmpada de rua brilhava a distância e cortinas de renda estavam enroladas em seu pulso.

— Está bem, Vince? Ouvi ruídos.

Ele abriu a boca mas o que saiu foi um resfolego arquejante. Ele engoliu.

— Sim — abriu de propósito as mãos trêmulas e a cortina caiu no chão, a haste fez um barulho metálico.

— O que foi isso?

— Nada. Está tudo bem.

— Tem alguém escalando a sua janela? Se tem, é melhor que ela use a porta da frente.

O que explicaria por que ela não estava explodindo sua porta.

— Não há ninguém aqui, só eu. Boa-noite, tia Luraleen.

— Bem, boa-noite então.

Vince esfregou o rosto com as mãos e sentou-se na cama pequena demais e enfeitada demais. Não tinha aquele sonho fazia algum tempo. Alguns anos. Um psiquiatra da marinha certa vez disse a ele que algumas coisas podem engatilhar estresse pós--traumático. Mudança e incerteza eram duas das grandes.

Vince era um *seal*. Ele não teve TEPT. Ele não estava eufórico nem nervoso nem deprimido. Ele só tinha um pesadelo recorrente.

Um. Só isso.

Aquele psiquiatra também tinha dito que ele havia desligado os sentimentos. E que, assim que começasse a sentir, ele se curaria. "Sentir para curar" era o lema preferido do psiquiatra.

Bem, foda-se. Ele não precisava se curar de nada. Ele estava ótimo.

Nove

Todos os anos, no segundo sábado de abril, o Dia dos Fundadores de Lovett começava às nove da manhã com a Parada do Dia dos Fundadores. Todos os anos, a Rainha Diamondback reinante montava uma enorme cascavel feita de tecido e papel higiênico. Sua grande cabeça e os olhos enfeitados olhavam para a multidão enquanto a língua bifurcada movia-se rapidamente no ar da manhã. A rainha sentava-se sobre o corpo enrolado, acenando para todos os que achasse que valia a pena, como se fosse a Rainha Rose abrindo o caminho no Colorado Boulevard em Pasadena.

Este ano, o carro alegórico foi rebocado pela rua principal por um clássico Chevy F-10 de 1960 fornecido pelos restauradores de carros Parrish American Classic. Um segundo carro restaurado seguiu atrás do carro alegórico. Nathan Parrish, vinte e três anos, dirigiu o Camaro 1973 completamente restaurado; seu grande motor V-8 383 esmurrou o ar e sacudiu tanto a Diamondback que a língua caiu perto da rua doze. Marchando logo atrás e engolindo a fumaça, a banda da Lovett High School tocava a "Yellow Rose of Texas", enquanto a equipe de dança se remexia em lantejoulas e franjas.

Depois do desfile, a rua principal foi fechada para carros. Estandes de vendedores ergueram-se dos dois lados da rua vendendo tudo, de bijuterias e tiaras a geleia de pimenta e malhas confortáveis. Os vendedores de cerveja e comida foram alojados numa quadra da rua principal com a Wilson e receberam multidões de gente vindas até de Odessa.

Os membros da Sociedade Histórica de Lovett se vestiram com roupas de época. Ao meio-dia estava mais quente, com dezessete graus. Por volta das cinco, faziam agradáveis vinte e dois graus, e a sociedade estava parecendo um pouco úmida. No estacionamento do Albertson, artistas e sapateadores se apresentavam ao longo do dia. Naquela noite, uma banda favorita local, Tom e os Armadillos, estava programada para tocar em uma das extremidades do grande estacionamento, enquanto um torneio de bilhar aconteceria do outro lado.

Às sete da noite, Sadie colocou seu Saab numa vaga na frente do Deeann's Duds e foi até os vendedores descendo a rua. O que mais poderia fazer? Ir para casa e ficar olhando as paredes? Ver mais televisão? Olhar YouTube até os olhos sangrarem? Deus, quantos vídeos de cachorros falando e trotes adolescentes ela conseguiria olhar?

Precisava de uma vida além do centro de reabilitação. Seu pai sempre se recusara a dar-lhe responsabilidades no JH. Tudo bem, no momento ela não conseguiria analisar relatórios de pastagem e dados de rastreamento de animais, mas havia feito diversos cursos universitários e tinha certeza de que saberia ler gráficos se alguém tivesse tempo para mostrar a ela.

Precisava de algo para fazer além de arrumar a própria cama e lavar os próprios pratos. Algo fácil. Alguma coisa para mantê-la ocupada que não trouxesse uma grande carga de responsabilidade. A responsabilidade de manter 4 mil hectares, mais de mil cabeças

SALVE-me

de gado e uma manada de cavalos de raça. Sem falar em duas dúzias ou mais de empregados. Por ela ser uma garota, seu pai nunca lhe ensinou seu ofício. Além do mais básico que aprendera vivendo no JH por dezoito anos, não sabia muito. Não sabia o que deveria fazer uma vez que o pai morresse. Havia pensado nisso muito tarde, e o simples pensamento nessa responsabilidade a deixava inquieta e com uma urgência avassaladora de entrar em seu carro e dar o fora da cidade.

Depois de visitar o pai, fora para casa trocar de roupa: *jeans*, camiseta azul e um suéter com zíper com um Buda nas costas. Desencavou as botas brancas de caubói e o chapéu Stetson branco que usara na escola. As botas estavam um pouco aper- tadas, como se o pé dela talvez tivesse aumentado metade de um tamanho, mas o chapéu serviu como se o tivesse usado no dia anterior. Encontrou seu antigo cinto personalizado, com a marca JH trabalhada no couro e "SADIE JO" gravado na parte de trás. Foi um pouco difícil, mas, graças a Deus, ainda servia.

Ela podia morar no Arizona, mas era uma texana, e o Dia dos Fundadores não era piada. Era uma ocasião para "trajar". Enquanto caminhava para os vendedores de comida, ela estava agradecida por ter se arrumado. Observando o tamanho dos chapéus e das fivelas de cinto, dos penteados e das Wranglers apertadas, percebeu que ninguém estava brincando.

Nas barracas de comida, comprou um cachorro-quente com mostarda e uma garrafa de Lone Star.

— Como está seu pai? — Tony Franko perguntou enquanto entregava a cerveja a ela.

Ela conhecia Tony de algum lugar. Não tinha certeza de onde. Como quase todo mundo em volta dela, crescera os conhecendo, e eles a ela.

— Melhor, obrigada Tony — já fazia uma semana desde que ela o transferira de Laredo.

Enquanto se movia pela rua principal, foi parada muitas vezes por pessoas bem-intencionadas que perguntavam por seu pai. Ela parou no estande de bijuterias tempo suficiente para comprar duas pulseiras de coral para as gêmeas Parton.

— Como está seu pai? — a mulher perguntou enquanto pegava o dinheiro de Sadie.

— Melhor. Vou dizer a ele que você perguntou. — Colocou as pulseiras no bolso e passou pelos estandes de cerâmica e velas de cera de abelha. Enquanto olhava para pequenos tatus e sabugos de milho esculpidos em pedra, livrou-se do cachorro-quente e sentiu uma mão em seu ombro.

— Fiquei realmente triste de saber sobre seu pai. Como ele está?

Olhou do outro lado do ombro para uma mulher que reconheceu de sua infância. Dooley? Dooley? Dooley Hanes, o veterinário.

— Ele está melhor, sra. Hanes. Como está Dooley?

— Ah, querida, Dooley morreu cinco anos atrás. Ele teve câncer nos testículos. Estava avançado quando descobriram. — Ela sacudiu a cabeça e seu grande domo grisalho ondulou. — Ele sofreu demais. Deus o abençoe.

— Lamento ouvir isso. — Tomou um gole da cerveja e escutou enquanto a sra. Hanes listou os pobres infortúnios que a haviam acometido desde a morte de Dooley. De repente, sentar-se em casa e ver vídeos de cachorros não pareceu tão ruim. Vídeos de cachorros e um martelo na cabeça pareciam o céu.

— Sadie Jo Hollowell? Ouvi dizer que você estava na cidade — Sadie virou-se e olhou para um rosto com olhos castanho-escuros e um grande sorriso.

— Winnie Bellamy? — Ela tinha sentado atrás de Winnie na primeira série e se formara junto com ela. Não haviam sido melhores amigas, mas saíam com o mesmo grupo. Winnie sempre tivera longos cabelos escuros, mas obviamente fora derrotada pelo Texas e os tingira de loiro, deixando-os com muito volume.

SALVE-ME

— Winnie Stokes agora — ela puxou Sadie contra seu peito. — Eu me casei com Lloyd Stokes. Ele estava alguns anos na nossa frente na escola. O irmão menor dele, Cain, era da nossa idade — ela baixou as mãos. — Você é casada?

— Não.

— Cain é solteiro e é um bom partido.

— Se é tão bom partido, por que você não se casou com ele em vez de com o irmão?

— Ele é um bom partido agora — Winnie deixou a questão para lá. — Ele e Lloyd estão jogando no campeonato de bilhar. Estou indo para lá. Você deveria vir e dizer um oi.

A oferta soou melhor do que a sra. Hanes, vídeos de cachorros ou um martelo.

— Com licença, sra. Hanes — disse, e ela e Winnie falaram dos velhos tempos enquanto caminhavam até o estacionamento do Albertson alguns quarteirões adiante.

Laranja e púrpura riscaram o infinito céu do Texas enquanto o sol gigante afundou a oeste da cidade. Em uma das extremidades do estacionamento do supermercado, duas fileiras de cinco mesas de sinuca foram colocadas entre cordões de luzinhas de Natal. Os chapéus de caubói lotavam os espaços entre as mesas, misturados com ocasionais chapéus de caminhoneiros. Apenas um homem enfrentava o evento sem a indumentária tradicional.

Sob as luzinhas brancas de Natal, Vince Haven apoiava os ombros largos em um dos postes da praça. Vestia calças cargo bege, camiseta preta lisa sem qualquer tipo de bandeira gravada ou bordada e estava com a cabeça descoberta. Obviamente, o homem não tinha noção da seriedade do dia, e ficou lá feito um pecador entre os convertidos. Segurava um taco de sinuca em uma das mãos e tinha a cabeça inclinada para o lado enquanto ouvia atentamente três mulheres falando dele. Duas usavam chapéu de caubói de palha, a outra estendeu o longo cabelo vermelho em um pufe maciço, como a Pequena Sereia. Ela segurava um taco de sinuca em uma das mãos, e quando se inclinou sobre a mesa, os cabelos escorregaram pelas costas até a bunda vestindo *jeans* apertados.

— Sadie Jo Hollowell! — alguém gritou.

Vince ergueu o olhar da mulher na sua frente, e os olhos dele grudaram nos dela. Ele olhou para ela por vários longos segundos antes que ela se virasse bem a tempo de ser capturada em um enorme abraço que ergueu seus calcanhares do chão.

— Cord? — Cordell Parton era três anos mais novo do que Sadie e fazia biscates no JH e com suas tias.

— Que bom ver você, garota — ele a ergueu mais alto, e o chapéu dele caiu no chão.

Ele tinha ficado maior desde que ela o vira pela última vez, quinze anos atrás. Não gordo. Apenas sólido, e ele a apertou bem.

— Deus do céu, Cord. Não consigo respirar — ela tinha dito "Deus do céu"? Se não tomasse cuidado, acabaria a noite dizendo velhos ditados, como as gêmeas. Talvez fosse o chapéu. Estava começando a soar como uma texana.

— Desculpe — ele a colocou de pé e se curvou para recuperar seu Stetson. — Como está o seu pai?

— Melhorando.

— Minhas tias disseram que você tem passado muito tempo com ele lá em Laredo.

— Ele foi transferido para Amarillo na semana passada — ela olhou por cima do ombro de Cord e seu olhar pousou na bunda de Vince quando ele se inclinou sobre a mesa e deu uma tacada. Caramba, ele era gostoso. A julgar pelas três mulheres olhando para a bunda dele também, ela não era a única a pensar assim. Ele deixava aquelas calças cargo sem graça cheias de charme.

— Venha dizer olá para Lloyd e Cain — Winnie disse, segurando o cotovelo de Sadie.

— Foi ótimo ver você, Cord. Venha ao rancho tomar uma cerveja comigo um dia desses, em breve. Vamos conversar.

SALVE-*me*

— Parece uma boa — ele deslizou o chapéu para trás. Enquanto ela se afastava, ele a chamou. — Você continua bonita como um sermão de domingo. Sempre tive uma queda por você, sabia?

Sim. Sabia. Ela sorriu e olhou para Vince com o canto dos olhos. Ele deu outra tacada e em seguida riu de algo que uma das mulheres disse a ele. Sadie imaginou qual delas seria a namorada dele porque, afinal, ele já estava na cidade fazia mais de um mês. Em Lovett, era tempo suficiente para conhecer alguém, casar e começar uma família.

— Ei, é Sadie Jo Hollowell — Cain Stokes disse quando ela e Winnie se aproximaram da mesa. Ele se curvou e alinhou a bola branca, e Sadie teve uma chance de olhar para ele. Ela não sabia se era um bom partido, mas certamente tinha melhorado desde o ensino médio. Estava mais alto. Definido. E, em algum lugar, havia desenvolvido um sorriso matador que enchia seus olhos azuis de malícia. Também sabia se vestir para o Dia dos Fundadores em um par de Wranglers apertadas que delineavam seu pacote. Não que ela se importasse em saber.

— Ei, Cain — ela virou para o irmão dele. — Como está, Lloyd?

— Não dá para reclamar — Lloyd não era bonito como o irmão, mas, materialmente, era um marido melhor. Sadie podia dizer isso só de ver o jeito que olhava para a esposa.

— Fiquei sabendo que você havia voltado à cidade — ele lhe deu um rápido abraço. — Como está indo seu pai?

— Bem, e melhorando.

Ela apontou para a mesa de sinuca.

— Quem está ganhando?

— Cain — Lloyd ergueu uma cerveja até os lábios — Ele é um batalhador.

Em mais de um sentido. Cain deu a volta na mesa e lhe deu um abraço um pouco mais demorado que o do irmão.

— Você parece bem, Sadie Jo.

— Obrigada.

Winnie seguiu Lloyd quando ele deu a volta na mesa e observou sua possível próxima tacada. Disse a ele exatamente onde deveria bater a bola e com quanta força.

— Eu estava indo bem antes de você chegar — Lloyd reclamou.

— Onde anda pendurando o chapéu atualmente? — Cain perguntou.

— Em Phoenix.

Ele passou o braço em volta dos ombros dela.

— Quer jogar comigo depois que eu terminar de chutar o Lloyd?

— Você vai me deixar ganhar?

— Não, mas se você me derrotar, vou dizer a todo mudo que deixei.

Ela riu e sacudiu a cabeça. Estava no Texas. Flertar era apenas outra forma de conversar. Olhou para Vince quando ele se ergueu da mesa. Em outros tempos, outro dia, ela poderia ter flertado com Cain um pouquinho. Esta noite, simplesmente não estava a fim. Não que isso tivesse alguma coisa a ver com o *seal* de olhos verdes brilhantes. Ela não estava no clima e não queria dar ideias a Cain.

— Talvez uma próxima vez — ela disse, e saiu do abraço dele. Na multidão que cercava as mesas, ficou a três metros de Vince. Perto o bastante para reconhecer o timbre profundo da voz dele e a risada em resposta das três mulheres das quais agora estava perto o suficiente para identificar.

As duas mulheres com os chapéus de palha iguais eram as irmãs Young. Não eram gêmeas, mas eram parecidas uma com a outra o suficiente para serem tomadas por gêmeas. Sadie reconheceu a ruiva jogando sinuca, também. Deeann Gunderson. As três mulheres tinham idades próximas à de Sadie, mas haviam crescido em Amarillo. Ela tinha frequentado a escola de boas maneiras com elas que passaram graças às suas habilidades. Ela, graças ao sobrenome, e as garotas Young nunca deixaram de apontar isso.

SALVE-me

— Estou indo ao banheiro feminino dentro do Albertson. Odeio aqueles banheiros portáteis — Winnie disse, apontando para uma fila de banheiros químicos azuis do outro lado do estacionamento. — Você ainda vai ficar por aqui?

— Acho que sim.

Viu Winnie se mover entre as mesas e passar por um jovem magro totalmente vestido de acordo com a ocasião. Ele usava um grande e bonito Stetson preto e uma camisa com a bandeira do Texas e uma enorme estrela nas costas. Deu um passo atrás para sair do caminho de Lloyd e bateu em alguém.

— Desculpe — ela disse, e olhou sobre o ombro direto nos olhos castanhos de Jane Young.

— Sadie Jo Hollowell — Jane disse, arrastando as vogais. — Há quanto tempo.

Fazia muito tempo, e Sadie não acreditava em usar o passado adolescente desagradável de ninguém contra a pessoa. Deus sabia que ela não tinha sido sempre agradável.

— Olá, Jane e Pammy — ela deu um abraço nas irmãs, depois virou para a terceira mulher que estava com elas. — Como vai você, Deeann?

— Não posso me queixar — ela riu, e seu sorriso era genuíno. — Mas isso nunca me impede. Como está o seu pai?

— Bem, e ficando melhor. Obrigada por perguntar. — Voltou a atenção para Vince, que esfregava um pequeno cubo de giz azulado na ponta do taco. — Vejo que está fazendo amigos. — Já fazia quase duas semanas desde que havia visto Vince na Gas & Go. Duas semanas desde que ele dissera que ela parecia horrível e que devia a ele. Duas semanas desde que ela disse a ele que aquele orgasmo valia quarenta centavos.

— Sadie.

— Vocês já se conhecem?

Ela olhou para Jane e voltou o olhar para Vince.

— Sim. Ele teve problemas com a caminhonete dele e eu lhe

dei uma carona até a cidade. — Como não queria discutir de que outra maneira conhecia Vince, mudou de assunto. — Jane, Pammy, Deeann e eu frequentamos a escola de etiqueta da sra. Naomi juntas — ela disse a Vince. — Elas eram muito melhores do que eu no *Texas dip.*

Vince olhou para as quatro mulheres.

— O que é isso?

Jane e Pammy riram.

— É engraçado.

— *Texas dip* é uma reverência que as debutantes fazem — Deeann explicou ao entregar seu taco para Pammy. Foi até um foco de luz alguns metros adiante, então estendeu bem os braços para os lados e lentamente curvou-se como um cisne até sua testa quase tocar o chão.

Sadie olhou para Vince, que olhava com uma sobrancelha levantada. Ele largara o giz na beira da mesa e se movera para o outro lado. Inclinou o corpo grande sobre a mesa e preparou uma tacada. O longo taco deslizou entre suas juntas com as luzes de Natal brilhando em seus cabelos e na camiseta preta. Ela não sabia dizer se ele estava ou não interessado em Deeann.

Deeann voltou a se juntar a eles e pegou o taco de volta.

— Ainda consigo fazer o *dip.*

— Nossa, eu não era flexível assim nem aos dezessete anos. Muito impressionante.

— Lembra quando você tropeçou em sua fileira do Cotton Cottilion e seu penteado caiu? — Pammy lembrou Sadie, como se ela tivesse esquecido. Depois daquilo, ela não se importou mais realmente em empilhar, prender e colocar *spray* em seu cabelo num penteado de qualquer tipo. Passou simplesmente a usá-lo liso, o que causou um escândalo maior do que a derrocada do penteado.

— Aquilo foi trágico — ambas as irmãs riram, como tinham feito anos atrás, e Sadie imaginou que elas não haviam mudado

SALVE-me

muito nos últimos dez anos. O que as mulheres não sabiam é que Sadie não se importava. Elas não tinham mais o poder de fazê-la se sentir mal a respeito de si mesma.

— Mas você sempre foi tão bonita que não teve importância — Deeann disse, genuinamente tentando fazer Sadie se sentir melhor.

— Muito obrigada, Deeann — ela disse, pensando em retribuir o favor. — Estacionei meu carro em frente à sua loja. Me pareceu que você tem algumas coisas bem legais. Vou ter que passar lá antes de ir embora.

— Espero que vá. Eu faço as joias. E se decidir ficar em Lovett e não quiser viver fora, no rancho, me avise. Eu vendo propriedades, também.

O interesse dela despertou.

— Sou corretora de imóveis em Phoenix. Como está o mercado por aqui?

— Não estou ficando rica, mas está melhorando aos poucos. Corretagem com bastantes vendas a descoberto.

Vendas a descoberto não são algo de que corretores costumem se gabar.

— Eu também. — Sadie gostou disso em Deeann.

— Meus Deus, você vai nos aborrecer com conversa de loja? — Pammy perguntou.

Sadie olhou para o relógio e fingiu que tinha outro lugar para ir. Só porque não ligava para o que as irmãs diziam, não significava que quisesse sair com elas.

— Com certeza foi ótimo ver vocês tudo. — Deus, ela dissera "vocês tudo"? Tinha levado anos para extrair a expressão do vocabulário. Olhou para Vince, que preparava outra tacada. — Boa-noite, Vince.

Ele botou a bola seis na caçapa lateral e se levantou.

— Vejo você por aí, Sadie — ele disse, mais interessado no jogo do que nela.

Ela deu adeus a Lloyd e Cain e foi na direção do vendedor de cerveja. Lá em cima, azul-escuro e laranja riscavam o céu noturno. Cruzou com empregados e ex-empregados do JH e, quando chegou ao vendedor, já estava completamente escuro e Tom e os Armadillos tomaram o palco em uma das pontas do estacionamento. Ela estava cansada, mas não queria ir para casa. Nem sempre se importava de estar sozinha. Havia sido criada num rancho cheio de gente, mas sempre esteve sozinha. Ultimamente, porém, ou estava sozinha num quarto de hospital, ou escutando o pai rabugento.

Ela era Sadie Jo Hollowell. A maioria das pessoas sabia seu nome. Sabiam que ela era filha de Clive, mas não a conheciam. Durante toda a sua vida, as pessoas a odiaram ou a amaram, dependendo de como se sentissem em relação ao pai dela.

Tomou um gole de sua garrafa de Lone Star e virou-se, quase batendo contra um peito maciço. Reconheceu instantaneamente aqueles músculos definidos e os grandes bíceps. Ele segurou a parte superior do braço dela para evitar que ela caísse.

— Quantas dessas você já tomou? — ele perguntou.

— Não o bastante. — Ela olhou para cima, passando pelo queixo quadrado e a boca de Vince e seguiu até os olhos dele, que fitavam diretamente os olhos dela. — Esta é a segunda — ela olhou ao redor. — Onde estão suas amigas?

— Que amigas?

— As irmãs Young e Deeann.

— Sei lá — ele deslizou a mão pelo braço dela e pegou a cerveja de sua mão. Tomou um grande gole e devolveu. — Onde estão os seus?

— Amigos? — Ela tomou um gole bem menor e entregou a ele de novo. — Não vi Winnie desde que ela foi ao banheiro há um tempo.

— Ela não. O caubói com a Wrangler apertada espremendo as bolas.

O quê?

— Ah, Cain. Não sei. Está preocupado com as bolas dele?

SALVE-me

— Mais para perturbado.

Ela riu.

— Por que não está jogando sinuca?

— Fui eliminado do torneio por um magricela de quinze anos vestindo uma camisa com a bandeira do Texas.

Ela inclinou a cabeça para trás e olhou para ele. Para a luz iluminando metade do seu rosto e jogando uma sombra sobre a outra metade.

— Você é um *seal* grande e mau. Você não deveria chutar traseiros por aí?

Ele riu baixo, de um jeito másculo e completamente seguro de si.

— Acho que não é meu dia de chutar traseiros se fui chutado por um garoto com espinhas.

— Você quer dizer aquele garoto esquisito com o chapéu grande?

— Parece ele.

— Sério? Você perdeu para ele?

— Não deixe que as espinhas a enganem. Ele era um tubarão.

— Isso é simplesmente embaraçoso — ela tomou um gole e deu a garrafa a Vince. — Ele não era muito maior do que o taco.

— Eu normalmente sou melhor com as minhas mãos — o olhar dele deslizou para o dela e ele levou a garrafa aos lábios. — Você sabe disso.

É, ela sabia.

— Ei, Sadie Jo. Como está seu pai? — alguém gritou para ela.

— Bem. Muito obrigada — ela gritou de volta. Colocou as mãos nos bolsos da jaqueta e se afastou ainda mais do vendedor e da versão de Tom e os Armadillos de "Free Bird". Da primeira vez que encontrou Vince, ela estava sob a impressão de que ele não ficaria muito tempo na cidade. — Você ainda está trabalhando para a sua tia?

— Não. Eu trabalho para mim.

Ele entregou a garrafa e ela tomou um gole.

— Luraleen me vendeu a Gas & Go.

Ela engasgou com a boca cheia de cerveja. Vince bateu em suas costas com a palma da mão quando ela tossiu, engasgou e cuspiu.

— Sério?

— Sério. Assinamos os papéis ontem — ele agarrou a garrafa quase vazia, bebeu o resto e jogou-a no lixo atrás dela.

Ela secou o nariz e a boca com as costas do braço.

— Parabéns — ela disse.

— Como você está?

Ela piscou.

— Melhor. Foi só uma cervejinha descendo pelo cano errado.

Ele colocou a mão sob o queixo dela e ergueu seu rosto para a luz.

— Fiquei sabendo do seu pai. Como você está em relação a isso?

Ela olhou os olhos do homem que mal conhecia e percebeu que ele fora a primeira pessoa a perguntar por ela. Realmente perguntar por ela.

— Estou indo bem — o olhar dela deslizou para o queixo dele, e seu estômago meio que ficou estranho. Talvez fossem os grandes goles de cerveja.

Ele inclinou um pouco mais o rosto dela.

— Você parece cansada.

— Na última vez que o vi, você me disse que eu parecia horrível.

Ele sorriu com um dos cantos da boca.

— Acho que eu estava um pouco irritado com você.

O olhar dela retornou ao dele.

— E não está agora?

— Não muito — o polegar dele roçou o rosto dela. — Tire o chapéu, Sadie.

Seu horário no salão de beleza seria apenas dali alguns dias, e o chapéu cobria bem as raízes escuras.

— Tenho raízes feias.

— Eu também. Você conhece Luraleen.

SALVE-me

Sadie riu.

— Estou falando do meu cabelo.

— Eu sei. Tire.

— Por quê?

— Eu quero ver os seus olhos — ele tirou o chapéu da cabeça dela e o entregou a ela. — Isso me irritou a noite inteira. Não quero falar com o seu queixo.

Na maior parte do tempo, ele agiu como se nem sequer gostasse dela, e ela se perguntou por que ele estava falando com ela, afinal.

— Tenho certeza de que Deeann e as garotas Young não são tão irritantes.

— Aquelas mulheres estão procurando um namorado.

— Você não está interessado?

Ele olhou ao longe a multidão perto do palco.

— Eu não sou um cara de relacionamentos.

Surpreendente. A maioria dos caras só chega a isso depois de ter levado a garota para a cama algumas vezes.

— Que tipo de cara você é? — E, se admitem isso logo, dão as velhas respostas batidas sobre ter muita coisa acontecendo em sua vida ou alguma vaca que os machucou no passado e eles não conseguem se comprometer.

Ele encolheu os ombros largos.

— O tipo que fica entediado. O tipo que não quer fingir que está nessa por qualquer outro motivo que não sexo.

— Isso é honesto, eu acho — ela deu uma risada espantada. — Você tem problemas com compromisso?

— Não.

— Quantos relacionamentos você já teve?

— O suficiente para saber que não sou bom neles.

Ela imaginou que deveria perguntar por quê, mas realmente não era da conta dela.

— Você quer apenas sexo. Sem jantar? Sem cinema? Sem conversar?

— Eu gosto de conversar... durante o sexo.

Ela levantou o olhar para o rosto dele, os ângulos fortes do maxilar e bochechas. A pele escura e o cabelo mais escuro e aqueles olhos verdes brilhantes. Se ele não fosse tão massivamente masculino, poderia ser confundido pela beleza. Ele parecia exatamente o que ela precisava para passar o tempo enquanto estava na cidade. Muito melhor do que o lixo na televisão e os vídeos. Nem de perto tempo o bastante para ela criar qualquer tipo de sentimentos. Ela olhou para o relógio. Passava pouco das dez, e a ideia de ir para casa sozinha parecia uma bola de chumbo em seu peito.

— O que você vai fazer nas próximas horas?

Ele olhou para ela.

— O que você tem em mente?

Ela era uma mulher adulta. Não fazia um bom sexo havia um bom tempo. Ela sabia, por experiência, que ele daria conta do recado. Ele era garantido.

— Decisões que provavelmente lamentaremos mais tarde. Interessado?

— Depende.

A bola de chumbo foi parar no estômago dela.

— Do quê? — ele ia rejeitá-la?

— Duas coisas — ele esticou um dedo. — Se você funciona sem ligações — um segundo dedo juntou-se ao primeiro. — Você não vai me deixar sozinho de novo com uma ereção como fez no casamento da sua prima.

O alívio trouxe um sorriso aos lábios dela. Já que estavam combinando as regras, ela acrescentou algumas, só para deixar tudo empatado.

— Eu funciono sem ligações. Só cuide para que você funcione — ela pensou no seu último relacionamento. Só porque um cara parece certo não quer dizer que ele sempre vai longe. — Se eu tirar a roupa, é melhor você fazer valer o meu tempo.

— Doçura, acho que é bastante seguro dizer que eu posso fazer valer a pena o seu tempo mesmo quando você *está* vestida. Tenha certeza de que você vai fazer valer o *meu* tempo.

Dez

Vince levantou a mão para bater na grande porta dupla de carvalho justo quando um dos lados se abriu. A luz vinda de trás iluminou os cabelos dourados de Sadie, e ele finalmente conseguiu ver o rosto dela. Ou aquele estúpido chapéu ou as sombras do anoitecer haviam escondido os olhos dela a noite inteira. E ele gostava dos olhos dela, assim como de outras partes do seu corpo.

— Pensei que você tivesse se perdido — ela estava um pouco ofegante, como se tivesse corrido. Estava sem a jaqueta e as botas e usava uma camiseta apertada que combinava com o azul dos olhos de que ele gostava.

— Eu não me perdi — ele tinha parado na Gas & Go tempo suficiente para pegar uma caixa de camisinhas e trancar tudo. Ele parou na porta e deu uma olhada em volta. Viu rapidamente muito couro de vaca, chifres e dinheiro antigo. — Tem mais alguém aqui? — ele sabia que o pai dela estava no hospital, mas isso não significava que a casa estivesse vazia.

— Apenas eu.

SALVE-me

— Casa grande para uma garota.

— É — ela o empurrou contra a porta fechada e ele deixou.

— Acho que eu devo algo a você — ela deslizou as mãos pelo peito dele, e seu escroto acomodou os testículos como uma bolsa de cetim. — Quando estávamos no salão da noiva no casamento da minha prima, saí correndo e não agradeci. — Ela pressionou seu corpo no dele e o beijou na lateral do pescoço. — Fui criada com modos melhores. — Puxou a parte inferior da camisa dele. — Você cheira bem. Obrigada.

Ele não sabia se ela estava agradecendo a ele por não feder ou pelo orgasmo. Com as mãos dela puxando a camisa dele, isso não importava.

— O prazer é meu.

— Na escola me ensinaram a sempre fazer as pessoas se sentirem bem-vindas. Era tipo a regra número um. — Os dedos dela roçaram suavemente a barriga e o peito dele enquanto ela tirava sua camisa.

— Está se sentindo bem-vindo, Vince?

Ele respirou fundo. Muitas mulheres já tinham tirado a roupa dele na vida. Ele não tinha problemas em encontrar mulheres que quisessem ficar nuas e tocá-lo, mas as mãos dela eram mais como uma provocação. Ele gostou disso.

— É. Eu me sentiria mais bem-vindo se você fizesse aquele arco do Texas. Nua. Sobre minha virilha.

Ela riu contra o lado direito da garganta dele, e o calor da respiração leve dela se espalhou por seu peito.

— Era nisso que você estava pensando quando Deeann estava mostrando o *Texas dip* dela? — ela puxou a camisa sobre a cabeça dele e jogou-a no chão atrás dela.

— Não com ela. Com você.

Ela deu um passo para trás e respirou profundamente. Seu olhar continuava no peito e no abdômen dele, com desejo acumulado na garganta.

— Meu Deus, você parece retocado — ela colocou a palma quente da mão sobre a barriga quente dele e foi a vez dela de arfar. — Como se alguém tivesse melhorado todas as suas coisas boas e posto você num cartão de aniversário.

Ele segurou a cabeça dela com as mãos e a levou para perto do rosto dele.

— Você ainda não viu as coisas boas.

— Eu quero as suas coisas boas, Vince.

Ele abriu a boca sobre a dela e beijou-a.

— Eu quero as suas coisas boas — ele acrescentou, depois a beijou mais. Beijos quentes, com a boca aberta, que aumentaram a pressão dele e esquentaram sua pele. Beijos molhados, impetuosos, que o deixaram duro e dolorido de tesão. Beijos longos, profundos, que o deixaram com fome de muito mais. Ela tinha um gosto bom. Como sexo longo, profundo, quente e molhado. Ela correu os dedos pelo peito dele e as palmas das mãos sobre sua barriga. Então, pegou sua cintura e roçou os polegares sobre o ventre dele. Tocando aqui. Roçando ali. Toques leves, deixando-o maluco e duro como pedra.

Ela se afastou e olhou para ele, os olhos azuis brilhantes e opacos ao mesmo tempo.

— Você é lindo Vince. Eu quero comer você — ela beijou o oco da garganta dele. — Um pedaço suculento por vez.

E ele queria retribuir o favor. Uma mordida por vez em todos os seus pontos saborosos. Se as mãos dela não estivessem baixando as calças dele, ele teria dito a ela, mas ele estava tendo alguma dificuldade para respirar. Ele pegou a parte inferior da camiseta dela, mas ela agarrou seus pulsos e pressionou suas palmas contra a porta.

— Agarrado na madeira, Vince. E não quero dizer a sua.

A risada dele saiu um tanto surpresa.

— O que você está planejando? — Ele não era muito chegado a servidão sexual.

— Você vai ver.

E ele viu. Ele a viu abrir suas calças e baixá-las até a coxa. Ele usava uma cueca boxer cinza, e ela pressionou a mão contra ele. Contra o macio algodão e a borda dura da ereção. Ela correu a boca quente por todo o corpo dele. Pelos ombros e pelo peito. Então se ajoelhou na frente dele e lambeu sua barriga. Ele gemeu fundo na garganta e lutou contra a urgência de enfiar os dedos nos cabelos dela. Para empurrar seu rosto mais fundo.

Os dedos provocantes dela roçaram a pele dele enquanto ela baixava a cueca dele, e ele saltou livre. A ponta quente do pênis ereto dele roçou o rosto dela.

— Que bom, Vince.

— Você não está decepcionada? — ele perguntou, mesmo já sabendo a resposta. Não era nenhum ator pornô, mas tinha mais do que o suficiente para dar conta do recado.

— Ainda não — ela o segurou e olhou para ele. — Quando eu tiver terminado, você vai estar me devendo.

— Quarenta centavos? — ela o acariciou com a mão macia e, se ele se permitisse, poderia ter gozado bem ali. Mas tinha mais controle do que isso.

— Pelo menos um dólar e quarenta centavos — ela beijou a cabeça do pau dele, depois lambeu-o como se fosse um picolé. Só quando ele pensou que não ia aguentar mais a tortura da língua lisa dela, ela abriu sua boca quente e molhada e colocou-o dentro. Ela o chupou profundamente e deslizou sua mão pela haste. Ele travou os joelhos e sua cabeça caiu para trás contra a porta. "Deus, não deixa ela parar", ele pensou, enquanto seus dedos cavavam a porta para evitar agarrar o cabelo dela. "Não deixe ela parar nem mesmo para falar." Ele não se importava com conversas sacanas. Na maior parte do tempo, gostava disso, mas nada estragava um boquete como a conversa.

Anos de treinamento acalmaram sua respiração. Ele foi puxando ar para dentro do pulmão enquanto ela o chupava mais perto da bainha. Ela o trabalhou com as mãos e a boca molhada e aveludada, e ele tentou prolongar o prazer. Tentou fazer durar, mas ela puxou um orgasmo abrasador do centro da massa. Do seu núcleo, que correu pelo corpo dele e para dentro da sua boca. Ele gemeu longa e profundamente e poderia ter dito alguma coisa enquanto ela ficou com ele até o fim. Depois ela o vestiu novamente e deslizou o corpo para cima.

— Vale um dólar e quarenta centavos?

— Um dólar e quarenta e cinco. — Ele passou as mãos para cima e para baixo nas costas e no traseiro dela. — Muito obrigado.

— De nada. — Ela beijou o lado da garganta dele enquanto suas mãos se moviam pelos os ombros e o peito. Ela disse alguma coisa que ele mal ouviu.

— Como?

Ela se afastou e sorriu.

— Quer uma cerveja?

Jesus. Um boquete e uma cerveja. A maioria dos caras consideraria isso um sonho transformado em realidade, mas Vince não era a maioria. Havia uma coisa de que ele gostava mais. Ele puxou a camiseta dela sobre sua cabeça e baixou a boca até a dela. Ele gostava de sexo oral. Gostava de enfiar o rosto em um decote, mas eram apenas preliminares. As coisas divertidas antecedendo a coisa real.

Vince gostava da relação sexual. Qualquer posição. Ele gostava de dar e receber. A enfiada dura e as suaves e sutis. Era um cara de inserção.

— Não, tenho uma coisa melhor em mente. — Ele deslizou as mãos até o fecho do sutiã dela.

Sadie recuou e olhou para os olhos verdes de Vince, ainda sonolentos de tesão mas completamente alertas.

— Você não quer um tempo para se recuperar? — Todos os homens que ela conhecera precisavam de um tempo para se recuperar.

SALVE-me

— Não, estou bem para ir em frente — ele deslizou as alças do sutiã pelos braços dela, depois o jogou de lado. Ela tinha corrido em casa e trocado a roupa de baixo. Não tinha nada *sexy*, mas queria pelo menos estar combinando. Ela tinha posto uma calcinha branca para combinar com o sutiã branco. Ele não pareceu notar e aproximou os seios nus dela contra seu peito quente. — Você precisa de um tempo para se recuperar?

Os mamilos dela endureceram, e ele a agarrou por trás com as duas mãos cheias dela. Ele a ergueu como se ela não pesasse nada e ela envolveu a cintura dele com as pernas. Desejo quente, líquido, empoçado entre suas coxas. Estava molhada entre as coxas desde antes de puxar a impressionante ereção dele para fora das calças.

— Estou bem para ir em frente.

Ele se mudou com ela da entrada para a sala de estar escura e a colocou de pé. Beijou a garganta dela e terminou de tirar suas roupas. Suas mãos grandes e quentes a tocaram por todo o corpo enquanto a boca dele lhe sugava suavemente a garganta. Como naquela noite no salão da noiva, Sadie se sentiu indo rápido demais. Desta vez, ela o empurrou na direção do sofá da bisavó.

— Camisinha — estendeu a palma da mão.

— Pode escolher — ele pôs três na mão dela. — Vermelha, verde ou azul.

— Vou combinar com seus olhos — ela disse, e escolheu a verde.

— Você quer que meu pau combine com meus olhos?

Ela jogou as outras no sofá e o observou tirar a roupa.

— Me chame de *fashionista*. — Ele tirou as botas e meias e puxou as calças e a cueca para baixo sobre as grandes e poderosas coxas. Não havia um grama de gordura ou um centímetro de pele solta em qualquer lugar do corpo bronzeado. Quando ele estava completamente nu, ela empurrou seu peito até ele sentar. Não era o sexo mais romântico da vida dela, mas ela não estava interessada em romance.

— Qual é a pressa?

Ela montou no colo dele e a cabeça da ereção roçou-a onde ela mais precisava. Um arrepio atiçou cada célula no corpo dela, que lutou contra a urgência de não ir em frente e sentar-se direto no pênis ereto e nu.

— Você disse que estava bem para ir em frente. — Ele certamente parecia estar bem.

— E estou.

— Então vamos lá. — Ela rasgou e abriu o pacote da camisinha, e juntos eles a rolaram pela haste longa e grossa.

Ele colocou a mão no lado do rosto dela e olhou-a nos olhos quando entrou dentro dela. Algumas enfiadas, e a voz dele estava baixa e rouca quando ele disse:

— Bem apertada.

— Hmm — a cabeça dela caiu para trás, e ela agarrou os ombros dele. O calor turbilhonou através dela, começando no lugar íntimo que eles tocavam.

— É gostoso sentir você aí em cima — Vince deslizou as mãos dos seios dela para os lados do corpo e os quadris. — E a visão daqui também é boa.

— Sim, Vince — ele a ergueu, depois a empurrou de volta para baixo. — Está bom.

— Não foi desperdício tirar a roupa?

— Não. — Por Deus, ele ia falar a noite inteira? Nada estragava o sexo mais rápido do que conversa. Especialmente se o cara dizia algo estúpido e interrompia sua concentração. E às vezes era preciso muita concentração para que os acontecimentos do dia não pipocassem em sua mente.

Ela balançou os quadris e criou um atrito ardente. Ele gemeu profundamente e deslizou para dentro e para fora. Ele era grande e poderoso e mergulhava fundo. Aparentemente, ele não ia ser um desses caras, e ela não precisava tentar se concentrar no que ele fazia com ela. Ela estava no momento. Consumida

SALVE-me

por ele. A casa podia ter pegado fogo, que ela não teria notado enquanto o cavalgava como a um dos garanhões premiados de seu pai. Rápido, por muito tempo e com força, sem parar, até o instante em que ela caiu de cabeça num orgasmo tórrido e feroz que embaralhou seu cérebro. Saiu do controle, tomando conta dela, enquanto ele entrava nela de novo e de novo. Assim que o orgasmo começou a abandoná-la, ele empurrou suas coxas para baixo e a manteve ali com as mãos grandes e fortes.

— *Oh yeah!* — ele gemeu, do fundo da garganta. Ela se inclinou para a frente e mordeu levemente o ombro dele. Algumas pessoas são silenciosas quando gozam. Alguns louvam a Deus, enquanto outros gritam a palavra com "f". Ela nunca tinha escutado "uia" antes.

Sadie fatiou um *croissant,* em seguida o colocou-o em uma tábua sobre o balcão da cozinha.

— Quer abacate no sanduíche?

— Parece uma boa. — Vince escorreu a água de diversas folhas de alface e as colocou no balcão ao lado da tábua.

Ela estava de camiseta e calcinha. Ele, de calça cargo. Depois do exercício, estavam tratando de outro apetite.

— A comida masculina está lá fora, no refeitório — ela disse, espalhando maionese nos *croissants.* — Carolynn jamais alimentaria os rapazes com *croissants.*

— Quem é Carolynn? — ele cortou um papel-toalha e secou as mãos.

— Carolynn é a cozinheira do rancho — ela recheou os *croissants* com peru, alface e abacate. — Ela faz duas refeições por dia para todo rancho. Um enorme café da manhã e um grande jantar. A irmã dela, Clara Anne, faz o trabalho de casa aqui e no alojamento. — Sadie foi até o refrigerador e o abriu. O ar frio tocou suas coxas nuas, e ela se curvou para a frente e pegou picles, um vidro de *pepperoncini* e queijo fatiado. Desde que voltara para casa, as irmãs mantinham o refrigerador da casa e a despensa abastecida com ingredientes de sanduíches para ela. — Acho que as duas estão aqui há uns trinta anos. Ela fechou a porta e se virou.

Ele parou no meio do ambiente, a cabeça inclinada para um lado e os olhos na bunda dela.

— O que foi?

— Nada — ele riu, como se tivesse sido flagrado fazendo alguma coisa, mas não estivesse arrependido. — Quantos homens ficam no alojamento?

Ela encolheu os ombros e atirou o queijo para ele. Ele pegou e a seguiu para o balcão.

— Eu realmente não sei. — Ela colocou os potes sobre o balcão e pegou os pratos de porcelana da mãe do armário acima. — Quando eu era menina, havia uns quinze. Agora, acho que a maioria das pessoas que trabalham no JH vive na cidade. — Recheou os sanduíches com queijo suíço e *pepperoncini.* — Você está preocupado que um dos homens do meu pai possa entrar aqui e chutar sua bunda por mexer com a filha do patrão?

Ele riu, e ela olhou para ele sobre o ombro, todo grande e musculoso e mau.

— Não, só pensei em quão seguro é para uma mulher sozinha aqui.

— Você vai fazer alguma coisa?

— Além do que já fiz?

Ela riu.

— Eu gosto do que você fez. Devo me preocupar que você vá fazer alguma coisa de que eu não goste?

— Tem algumas posições em que gostaria de colocar você, mas garanto que você vai gostar.

— Eu preciso da minha arma de choque, só para garantir?

Ele ergueu uma sobrancelha e largou o queijo no balcão.

— Eu não acreditei em você na última vez que me ameaçou com sua arma de choque de faz de conta.

SALVE-
me

Ela sorriu, mas não admitiu nada enquanto apontava para a despensa.

— Pegue batatas *chips*, por favor. — Colocou os *croissants* e picles no prato de cerâmica Wedgwood azul. Quando ele voltou, ela arrumou as batatas no prato. — Água, cerveja ou chá doce?

— Água.

Ela serviu um copo de chá e um de água filtrada, e então, juntos, os dois levaram os pratos e copos para a sala de jantar formal. Ela arrumou a mesa com os melhores porta-pratos e guardanapos de linho da sua mãe.

— Nós nunca comemos aqui, na verdade, só no Natal e no Dia de Ação de Graças.

— Tipo luxuoso.

Ela olhou ao redor, para a pesada mobília de mogno e as cortinas em damasco. Visitas comiam na sala de jantar em porcelana boa. Era uma regra que sua mãe martelara em sua cabeça. Como mastigar de boca fechada e não mostrar "maus modos".

Ele pegou uma batata.

— Onde você come?

Ela colocou o guardanapo no colo.

— Quando era menina, eu sempre comia no alojamento ou no cantinho do café na cozinha. — Deu uma mordida no sanduíche, depois engoliu. — Sou filha única, e depois que minha mãe morreu, fomos sempre apenas eu e papai — ela tomou um gole do chá. — Simplesmente fazia sentido que comêssemos no alojamento, daí Carolynn não precisava ficar correndo para lá e para cá.

— Quantos anos você tinha quando sua mãe morreu? — ele deu uma grande mordida no *croissant*.

— Cinco.

— Hmm. — Ele pegou outro pedaço e mastigou. — Isto está muito bom, Sadie — ele disse, depois de engolir. — Eu normalmente não gosto de *croissants*.

— Obrigada, sanduíches são fáceis de fazer. Refeições completas é que são difíceis.

Ele alcançou a água e parou com ela à frente da boca.

— Você sabe preparar refeições?

— Já faz tempo, mas, sim. Junto com boas maneiras e etiqueta, e todas as muitas, muitas aulas que tive na vida, fiz algumas de culinária. — Ela mordeu um pedaço do sanduíche leve e folhado. O peru, abacate e o *pepperoncini* num complemento perfeito de sabores. — Minha mãe era uma cozinheira maravilhosa e uma defensora das boas maneiras. Não que eu lembre realmente. Meu pai tentou me criar como achou que ela faria. É claro que às vezes ele esquecia.

Ele tomou um gole e colocou o copo sobre a mesa.

— Você é como ela?

— Ela foi Miss Texas e chegou realmente perto de ganhar o Miss América — Sadie colocou uma batata salgada na boca e esmigalhou. Era o que amava nas batatas Lay's: a crocância salgada. É claro, Cheetos era o melhor salgadinho de todos. — Mamãe era muito bonita e sabia cantar.

— Você canta?

— Só se quero irritar os outros.

Ele riu.

— Então deve ser parecida com ela.

Isso era um elogio? Ela realmente ia ficar corada?

— Não sei. As pessoas dizem que sou, mas tenho os olhos do meu pai — ela mordeu um pedaço e mastigou.

— Você foi uma rainha da beleza também?

Ela sacudiu a cabeça e pegou o chá.

— Tenho algumas faixas e troféus, mas não. Tinha problemas para caminhar e acenar ao mesmo tempo. — Ela tomou um gole. — Reinar é um trabalho duro.

Ele riu.

— E é — ela sorriu. — Você tenta cantar, dançar, cintilar e brilhar ao mesmo tempo. Acha que ser um *seal* é duro? Acha que terroristas

SALVE-me

são barra pesada? É mamão com açúcar se comparado ao circuito de concursos. Algumas daquelas mães de desfiles são brutais. — Em algum lugar do seu livro de boas maneiras havia uma regra sobre falar demais a respeito de si mesma. Além disso, ela queria saber mais sobre ele. — Por que você se juntou aos *seals* da marinha?

— Explodir coisas e dar tiros para o tio Sam pareceu divertido.

— Foi isso?

— Foi — ele enfiou algumas batatas na boca e pegou sua água. Obviamente não era muito falante. Pelo menos não sobre si mesmo. Mas tudo bem. Uma das razões de ela ser uma agente imobiliária de sucesso é que levava as pessoas a confiarem nela o suficiente para falar sobre qualquer coisa. Às vezes sobre coisas que ela não queria saber. Como funções corporais e comportamentos estranhos.

— Os *seals* não têm que nadar muito?

— Têm — ele tomou um gole, depois continuou. — Nós treinamos na água, mas no conflito atual as equipes passam a maior parte do tempo em terra.

— Eu não sou uma grande nadadora. Prefiro observar as marés da praia.

— Eu amo a água. Quando era criança, passei a maior parte dos meus verões em um lago em algum lugar — ele pegou o último pedaço de *croissant*. — Mas detesto a areia.

— Há muita areia perto de lagos e oceanos, Vince.

Ele sorriu com um dos cantos da boca.

— No Oriente Médio também. Areia e tempestades de pó. — Ele jogou o último pedaço do sanduíche na boca.

— Você precisou aprender árabe?

Ele sacudiu a cabeça e engoliu.

— Eu entendia algumas palavras aqui e ali.

— Não ficava difícil se comunicar?

— Eu não estava lá para conversar.

Ele não estava ali para conversar, também, e não falou muito sobre ele. Mas tudo bem. Ele era bom de olhar com seus grandes músculos e seus surpreendentes olhos verdes no rosto lindo fitando-a de volta. Ela já havia ficado com homens bonitos. Nenhum como Vince, mas com todas aquelas sutilezas vinha uma reserva real. Uma recusa em dar qualquer coisa a uma mulher, a não ser o corpo. O que estava bom para ela, porque era o que os dois haviam combinado. E isso era tudo que ela realmente queria.

— Por que você vive em Phoenix quando poderia viver aqui? — ele perguntou.

Obviamente, eles haviam acabado de falar sobre ele.

— Eu sei que a pecuária pode soar romântica, tipo domar o oeste selvagem, mas é um monte de trabalho duro e isolado. Não me incomodo com trabalho duro, mas crescer com o seu vizinho mais próximo a trinta quilômetros de distância pode ser solitário. Especialmente quando se é filho único. Eu não podia exatamente pular em minha bicicleta e ir à casa de um amigo. — Ela mordeu o sanduíche. Ela na verdade nunca tivera um melhor amigo. Nunca correu pela vizinhança com outras crianças. Saía com adultos ou o bezerro ou a ovelha que estava criando para o 4-H. — Se você gosta de tocar o gado e pisar em bosta de vaca, acho que a solidão vale a pena. — Ela disse solidão? Ela não se considerava solitária, mas supunha que, quando criança, havia sido muito sozinha.

Ele pôs o guardanapo no prato vazio.

— Tudo isso não vai ser seu um dia?

De repente, ela não estava mais com fome, à medida que os velhos sentimentos de terror pousaram como uma bola em seu estômago.

— O que faz você pensar nisso?

— As pessoas falam, e trabalhar numa loja de conveniências é como ser um *bartender* — ele encolheu um ombro. — Apenas sem tantos bêbados e sem as gorjetas.

Ele sentou de volta na cadeira e dobrou os braços sobre o peito quase nu. O olhar dele desviou do dela, desceu pelo

SALVE-me

queixo e pescoço para a frente da camiseta. Ele sorriu e olhou de novo para seus olhos.

— Isso é óbvio.

— Meu pai queria um menino — ela tomou um gole de chá. — Ele não quer deixar o JH para mim mais do que eu quero um rancho de 4 mil hectares, mas sou filha única de um filho único. Não há mais ninguém.

— Então você vai herdar um rancho que você não quer.

Ela deu de ombros. Seus sentimentos a respeito do JH eram confusos. Ela amava e odiava tudo aquilo ao mesmo tempo. Era parte dela, tanto quanto seus olhos azuis. — Não sei o que o meu pai pretende. Ele não me disse, e eu não perguntei.

— E você não acha estranho?

— Você não conhece o meu pai — disse ela, quase num sussurro.

Ele virou a cabeça levemente para a esquerda, como ela notou que ele fazia às vezes, e olhou sua boca.

— Quantos anos tem seu pai?

— Setenta e oito. — Por que todas as perguntas? Ele não podia estar assim tão interessado na vida dela. Ela era uma ficada de uma noite. Nada mais. Ela empurrou o prato de lado.

— Você terminou de comer?

— Sim.

Ele sorriu.

— Você está bem para ir de novo?

Ah. Ele estava apenas matando tempo com perguntas até ela terminar de comer. Ela olhou para o relógio. Era pouco mais de uma da manhã. As irmãs Parton não chegariam por mais quatro horas. Não, não era o sexo mais romântico, mas era incrível. Ele não era um cara muito romântico, mas ela não estava procurando romance. Era uma ficada de uma noite, e ele havia lhe dado algo que ela não tinha por algum tempo.

Um bom tempo. "*Oh yeah!*"

Onze

— Quem botou manteiga no seu bolinho?

Sadie se virou e olhou para o pai, uma cânula de oxigênio em seu nariz, os óculos no topo da cabeça, e um novo par de meias antiderrapantes púrpura nos pés. Ele tinha ouvido alguma coisa sobre Vince? Alguém tinha visto a caminhonete dele sair por volta das três da manhã e a denunciara?

— O quê?

— Você está cantarolando.

Ela se virou de novo para a pia cheia de margaridas amarelas.

— Uma pessoa não pode cantarolar?

— Não, a menos que haja algum motivo.

Ela mordeu a parte interna da bochecha para não sorrir. Sentia-se mais relaxada do que estivera desde aquela manhã em que seguira com seu Saab na direção do Texas. Pela primeira vez desde que chegara ao JH, havia passado a noite pensando em... bem, pensando em nada. Apenas sentindo prazer. Fazendo outra coisa que não ver televisão, preocupar-se com o pai, sua carreira e seu futuro. Isso era motivo para cantarolar.

SALVE-me

Ela cortou uns centímetros dos caules e arrumou as flores em um vaso.

— Tem alguma coisa que eu possa fazer por você, papai?

— Nada.

— Posso assumir algumas responsabilidades no rancho. — Por um tempo. Até que ele pudesse ir para casa. — Você podia me mostrar o seu programa financeiro, e eu poderia fazer a folha de pagamentos. — Uma vez que lhe mostrassem o que fazer, não podia ser tão difícil.

— Wanda faz todas essas coisas. Se você pegar o trabalho de Wanda, ela não vai poder alimentar os filhos.

Opa. Ela não conhecia Wanda.

— Você vai estar vacinando e marcando os novos bezerros logo. Eu poderia ajudar nisso. — Um dos trabalhos que ela menos gostava, mas seria algo a fazer além de ficar pendurada num hospital de reabilitação com o pai ranzinza.

— Você iria atrapalhar.

Verdade, mas ele poderia ter mentido e poupado os sentimentos dela. Espere. Ele era Clive Hollowell. Não, ele não poderia.

— Pensei que essas flores fossem animar você — ela disse, e continuou tentando. Margaridas eram as flores preferidas da mãe dela.

— Ir para casa vai me animar — ele tossiu e segurou a lateral do corpo. — Maldição!

Ela olhou para ele por sobre o ombro, mas sabia que não havia nada que pudesse fazer. As costelas do pai estavam se curando, mas lentamente. Ele ainda tinha dores, mas se recusava a tomar remédios contra a dor.

— Por que você não toma alguma coisa? — Ela perguntou enquanto enchia o vaso com água.

Os ataques de dor continuaram por vários momentos.

— Não quero ser um maldito dopado — ele resmungou entre tosses.

Ele tinha setenta e oito anos, não era como se fosse ficar viciado. Se, na pior das hipóteses, ficasse, e daí? Viveria o resto da vida sem dor e feliz. Devia ser uma boa mudança.

— Papai, você não precisa viver com dor — ela lembrou a ele, desligando a água. Atravessou o quarto e colocou o vaso na mesa de cabeceira dele. — As flores preferidas da mamãe. Pensei que dariam um pouco de cor ao seu quarto.

— Sua mãe amava as margaridas brancas.

Ela baixou o olhar para as flores amarelas.

— Ah.

— Margaridas brancas e céu azul. Eu nunca a vi sem estar linda como um dólar de prata. Nem mesmo de manhã.

Sadie pensou nas raízes escuras que iria retocar no dia seguinte. Havia prendido os cabelos em um rabo de cavalo e dado uns toques de rímel nos cílios. E só.

— Acho que não sou como ela.

— Não, você não é como ela — o pai olhou para Sadie. — Nunca foi como ela. Ela soube disso quando você era um bebê e teimosa com tudo.

Seu pai jamais mentiria para poupar seus sentimentos.

— Eu tentei, papai.

— Eu sei, mas não está em você — ele pegou o jornal ao lado da cama e empurrou os óculos do topo da cabeça para a ponte do nariz.

Então talvez ela não fosse voluntária em hospitais ou abrigos para animais. Talvez ela não fizesse sopa para velhas senhoras doentes, mas ela trabalhava duro e se sustentava.

— Sabe, pai, o único momento em que sinto que nunca sou boa o suficiente é quando estou aqui. Sei que isso pode chocar você, mas há pessoas que acham que sou inteligente e uma mulher capaz.

— Ninguém jamais disse que você não é inteligente e capaz — ele abriu o jornal. — Não use um arco grande com uma corda

SALVE-me

curta. Se você se sente melhor a seu respeito em outro lugar, então vá viver sua vida, Sadie Jo.

Ela estava tentada. Tentada a fazer exatamente isso. Simplesmente entrar no carro e deixar Lovett e o Texas e seu pai e as lembranças e as decepções.

É claro que não fez isso. Ficou mais uma hora antes de deixar o hospital e ir para casa. Para a casa vazia.

Havia tido um bom momento na noite anterior. Havia liberdade em uma transa de uma noite. Liberdade para aproveitar e não se preocupar com sentimentos ou se ele iria telefonar novamente ou qualquer outra coisa que vinha com a construção de um relacionamento. Liberdade para acordar relaxada, com um sorriso no rosto, e não ficar esperando um telefonema.

Sadie atravessou Lovett em seu caminho para casa e ficou tentada a parar na Gas & Go. Sempre podia usar uma Coca Diet e um saco de Cheetos. Não ia fazer mais nada aquela noite. Talvez ele também não, mas ela preferia ver vídeos de brincadeiras adolescentes na TV ou no YouTube até seus olhos sangrarem a parar na Gas & Go sob o pretexto dos salgadinhos.

Quando Vince a beijou, se despediu e disse muito obrigado uma última vez, ela soube que ele não voltaria para mais. Ah, ela sabia que ele tinha se divertido, mas ele não havia pedido para vê-la de novo, ou mesmo pedido o telefone dela. Ela não estava brava por causa disso. Ela não estava triste. Tudo bem, talvez um pouco triste, porque preferia passar a noite nua a aborrecida até a morte, mas não podia ficar chateada. Ele disse a ela que era apenas sexo. Ele estava livre para fazer outras coisas, assim como ela, mas ela não tinha coisa alguma para fazer. Voltar sozinha para casa deixou tristemente claro que ela não havia desenvolvido nenhuma amizade profunda na cidade em que nascera e crescera. Não havia uma pessoa a quem sentisse que poderia simplesmente ligar e convidar para um almoço, mesmo que soubesse seus números de telefone. A pessoa com quem ela mais falou desde que chegara havia sido Vince, e não era trabalho dele entretê-la. Ainda que fosse legal. Ela apenas precisava imaginar alguma coisa para fazer com seu tempo antes de ficar louca. No dia seguinte, depois da visita matinal ao hospital em Amarillo, dirigiu três quarteirões ao sul para o Salão e Spa Lily Belle. Sentou-se na cadeira da própria dona do salão, Lily Darlington, e relaxou. Já fazia um tempo desde que estivera em um salão, com uma capa de náilon preto cobrindo seu corpo da garganta até os joelhos. O cheiro de xampu e velas com aroma de ervas, pontuado com a solução de permanente, fez com que se esquecesse da vida por um momento.

Sadie tinha escolhido Lily porque a mulher tinha um cabelo realmente bom. Grosso e saudável e com várias tonalidades diferentes de luzes loiras naturais. Como Sadie, Lily era loira de olhos azuis e, uma vez que começou a colocar as folhas de papel alumínio no cabelo de Sadie, as duas descobriram que tinham mais em comum do que os cabelos caramelados e os olhos azul-céu. Lily havia crescido em Lovett. Terminara a escola cinco anos antes de Sadie e as duas conheciam algumas pessoas em comum. E é claro que Lily sabia do JH e dos Hollowell.

— Minha mãe trabalhou na lanchonete Wild Coyote até se aposentar no ano passado — Lily disse enquanto pintava finas mechas do cabelo de Sadie. — E o meu cunhado é dono do Parrish American Classics.

Sadie certamente havia escutado a respeito dos irmãos Parrish e sabia dos seus negócios.

— Eu ia sempre à Wild Coyote. Comia sanduíches abertos e torta de nozes. — Através do espelho do salão na frente dela, viu Lily enrolar uma folha de alumínio. — Como a sua mãe se chama?

— Louella Brooks.

— Claro, eu me lembro dela. — Louella era uma grande instituição, como o Wild Coyote. — Ela sempre tinha toneladas de

SALVE-me

histórias sobre todo mundo. — Assim como todo mundo em Lovett, mas o que tornava Louella um destaque era sua habilidade de parar no meio de uma história, pegar um pedido em uma mesa diferente e depois voltar e continuar sem perder uma sílaba.

— É, essa é mamãe. — A campainha sobre a porta soou e, através do espelho, Lily olhou acima do cabelo de Sadie.

— Ah, não — um enorme buquê de rosas vermelhas entrou no local, escondendo a pessoa que o carregava. — De novo, não — o entregador colocou as flores no balcão e uma das garotas assinou para ele.

— São para você?

— Acho que sim.

Alguém tinha gastado algumas centenas de dólares naquelas rosas.

— Que amor.

— Não, não é. Ele é jovem demais para mim — ela disse, com um vermelhão subindo por seu pescoço.

Foi rude. Ela tinha sido mais bem-educada, mas Sadie precisou bisbilhotar.

— Quantos anos ele tem?

Ela separou mais uma mecha de cabelo.

— Trinta.

— São só oito anos, certo?

— É, mas não quero ser uma loba.

— Você não parece uma loba.

— Obrigada — ela enfiou uma folha de alumínio sob a mecha de cabelo que tinha separado e acrescentou: — Ele parece ter vinte e cinco.

— Acho que o cara precisaria ter a idade do seu filho para você ser considerada uma loba.

— Bem, eu não quero namorar um homem oito anos mais jovem. — Ela pegou a coloração em um dos potes. — Mas, caramba, como é gostoso.

Sadie sorriu.

— Simplesmente use o corpo dele.

— Eu tentei isso. Ele quer mais — Lily suspirou. — Eu tenho um filho de dez anos e estou tentando administrar meu próprio negócio. Eu só quero uma vida calma e tranquila, e o Tucker é complicado.

— Como?

— Ele foi do exército e viu muita coisa. Ele diz que costumava ser fechado, mas não é mais. — Pintou uma mecha do cabelo de Sadie. — Mesmo assim, para um homem que diz que não é mais fechado, ele não fala muito a respeito de si mesmo.

Sadie pensou em Vince.

— E isso assusta você?

Lily encolheu os ombros.

— Isso, a idade dele e o drama com o meu ex. Acho que eu não posso aguentar mais.

— O seu ex é um idiota?

Lily olhou para Sadie através do espelho.

— Meu ex é um cretino infeliz.

O que era consideravelmente pior do que um idiota.

Depois de mais uma hora de balanço de cor, Lily pôs uma touca clara sobre a cabeça de Sadie e a sentou debaixo do secador de cabelos. Sadie olhou seu celular em busca de mensagens e *e-mails*, mas não havia nada além de lixo. Ela costumava receber cinquenta ou mais mensagens relacionadas a trabalho misturadas com algumas de amigos durante o dia. Era como se tivesse caído da rede. Fora do planeta.

Quando ficou pronta, o cabelo dela estava bom. Tão bom como em qualquer salão a que havia ido em Denver ou Phoenix ou Los Angeles. Mas Sadie estava no Texas, e, embora Lily tivesse feito apenas um pequeno ajuste no cabelo em linha reta na altura dos ombros de Sadie, não conseguiu se controlar ao secar, e Sadie acabou indo embora com um ligeiro topete.

A ideia de ir para casa com os cabelos lindos lhe deixou deprimida, então ela parou na Deeann's Duds para olhar alguns vestidos de verão que tinha visto na vitrine. Uma campainha

SALVE-me

soou acima da porta quando ela entrou, e ela teve a sensação imediata de rosa, dourado e couro de vaca.

— Olhe para você! — Deeann deu a volta no balcão e abraçou Sadie. — Está uma graça.

Sadie nunca gostou muito desse elogio.

— Muito obrigada. Acabei de retocar as raízes no Salão e Spa Lily Belle.

— A maluca Lily Darlington fez isso?

Ela se afastou e olhou nos olhos castanhos de Deeann.

— Lily é maluca? — Não havia atacado Sadie.

— Ah — Deeann sacudiu a mão. — Não, era assim que todo mundo a chamava. Especialmente quando ela estava se divorciando daquele galinha do Ronnie Darlington. Ela é alguns anos mais velha do que eu, mas sempre a achei uma fofa.

— E você sempre foi a garota mais simpática da escola de boas maneiras. E bonita, também.

— Você é uma fofa.

O pai dela não pensava assim.

— Mostre-me alguma coisa bonita. A maioria das minhas roupas está no meu *closet* em Phoenix, e estou ficando cansada dos mesmos vestidos de verão e conjuntos de corrida.

Deeann bateu palmas.

— Você é tamanho quatro?

Quem era ela para retrucar?

— Claro. — A loja era mais comprida do que larga, com prateleiras e prateleiras recheadas com tudo, de saias, *shorts* e camisetas a vestidos de verão e vestidos e baile. Havia algumas coisas bacanas, mas a maioria das roupas da Deeann's Duds não era realmente do estilo de Sadie. Muitos "detalhes". O que queria dizer contas e conchas de prata e renda.

— Eu adoro as suas joias — o que era verdade.

— Ajuda a pagar as contas — Deeann olhou para o relógio que tinha feito com uma colher. — Algumas das meninas da cidade vêm aqui olhar vestidos de baile. Espero que encontrem alguma coisa e não vão para Amarillo — ela sacudiu a cabeça e seu longo cabelo ruivo penteou-lhe as costas. — Meu ex não paga a pensão alimentícia há um ano, e eu preciso do dinheiro.

Sadie colocou três camisetas, dois pares de *shorts* e cinco pares de brincos em cima do balcão.

— Meu vestido de formatura era um Jessica McClintock. Azul com *strass* no corpete — ela suspirou. — Eu estava linda. Pena que meu par, Rowdy Dell, foi atingido na cabeça por uma garrafa de tequila voadora e sangrou por cima de mim.

— Nossa. Ele precisou levar pontos?

— Sim. Alguns — ela riu. — Acho que foi horrível da minha parte estar mais preocupada com o vestido do que com a cabeça dele.

Deeann mordeu o lábio para evitar sorrir.

— Não totalmente, querida. Uma cabeça amassada vai se curar. Mas não dá para consertar um Jessica McClintock cravejado manchado de sangue. Rowdy se desculpou por arruinar o seu vestido?

— Ele obviamente não recebeu uma boa criação — Sadie riu. — Foi a noite do baile do inferno.

— Aposto que não foi tão ruim como a minha — Deeann deu a ela a sacola com as compras. — Eu fiquei grávida na noite do baile e tornei tudo ainda pior me casando três meses depois. Agora, toco esta loja, vendo joias e imóveis também apenas para sustentar as crianças e a mim. Tudo porque me arrastei para a traseira da caminhonete de Ricky Gunderson.

Deeann era certamente uma trabalhadora. Sadie gostava disso nela.

— Posso ajudar? — Ela não tinha licença para vender imóveis no Texas, mas certamente poderia mostrar uma casa com Deeann. Dar a ela algumas dicas para fechar o acordo. Ela foi muitas vezes a agente que mais vendeu na imobiliária em Phoenix.

SALVE-me

— Você pode vender vestidos de baile comigo.

— O quê? — Ela tinha pensado em imóveis. Mostrar casas e falar de amenidades.

— É fácil. As garotas vão querer experimentar todos os vestidos da loja. Eu certamente poderia usar outro par de mãos.

Fazia um longo tempo desde que ela tinha comprado um vestido de baile ou estado em volta de adolescentes. A turma dos vinte anos no casamento de sua prima tinha sido irritante.

— Eu não sei...

— Não deve levar mais do que algumas horas.

— Horas?

Vince ergueu a marreta acima da cabeça e a desceu sobre o balcão. Os sons de madeira se estilhaçando e o lamento de pregos retorcidos encheram o ar, e era bom se atirar a algo com toda a força. Seu lema sempre fora "às vezes é inteiramente apropriado matar uma mosca com uma marreta". O homem a quem o dito era creditado era um fuzileiro naval, major Holdridge. Vince amava os fuzileiros navais. Amava a determinação selvagem da corporação.

Claro, os *seals* eram treinados de um jeito um pouco diferente. Eram treinados para saber que era fácil matar um inimigo, mas muito mais difícil pegar informações de um cadáver. Vince compreendia isso, e vivera no limite entre saber que era frequentemente vital para a missão pegar os combatentes inimigos vivos e amar uma grande explosão. E às vezes não havia nada quase como uma marreta para entregar uma mensagem e trazer o ponto para casa.

Uma gota de suor deslizou por sua têmpora, e ele a secou com o ombro da camiseta. Bateu em um armário aéreo e o derrubou da parede. Havia sonhado com Wilson de novo na noite passada. Desta vez, o sonho começou antes do tiroteio que tirou a vida do companheiro. Ele sonhou que estava de volta nas duras montanhas e cavernas de calcário. Ele e Wilson parados perto de um estoque de lançadores RPG, pentes de AK-47, granadas de fabricação russa, mísseis Stinger e o que alguém alegou ser a cópia pessoal do Alcorão de Osama bin Laden. Vince sempre teve uma dúvida ou duas sobre isso, mas servia para uma boa história.

As ordens da operação convocavam a inserção de quatro *seals* e um esforço de onze quilômetros até as cavernas. A segurança dos Marines cobriu os flancos direito e esquerdo, procurando atiradores inimigos escondidos em fendas e rachaduras. O ataque levou mais tempo do que o esperado por causa do terreno irregular e do calor. Eles haviam parado no meio do caminho para tirar as jaquetas que tinham vestido para o voo, mas isso ainda o deixou com água, pacotes de refeições prontas, carga de apoio, armamentos variados, armadura e capacete.

A primeira coisa que notaram quando se aproximaram do objetivo foi que as bombas que a força aérea havia largado mais cedo erraram cerca de oitenta por cento dos alvos. O pelotão patrulhou até a entrada e invadiu as cavernas como faria em uma casa ou embarcação. As luzes nas armas se perderam nas cavernas profundas.

— "Pequenas surpresas em todo canto" — Wilson disse enquanto eles rodeavam a entrada de uma caverna. Antes que qualquer um perguntasse, acrescentou: — Willy Wonka, o original, não aquele *remake* ferrado do Johnny Depp.

— Cacete. Que monte de doce — Vince iluminou caixas de mísseis Stinger com a luz da arma. — Parece que alguém está pensando em brincar de guerra com a gente.

Wilson riu. Aquele profundo *staccato* ha ha ha que sempre levava um sorriso ao rosto de Vince. A risada de que sentia falta quando pensava no amigo.

Vince pôs a marreta em cima da velha mesa de Luraleen, que decidiu manter em nome dos "velhos tempos", e pegou pedaços de madeira e do balcão. Pensar em Wilson normalmente o fazia

SALVE-me

sorrir. Sonhar com ele o fazia tremer como um bebê e bater nas paredes.

Ele saiu do escritório pela porta de trás, que deixara entreaberta com um tijolo. Caminhou alguns metros até uma lixeira e jogou os detritos. Calculava que levaria uma ou duas semanas para terminar a demolição e mais três ou quatro para reformar o lugar.

O sol caindo da tarde baixou no céu sem nuvens do Texas quando um fusca vermelho parou nos fundos. Uma gota de suor deslizou pela testa dele, que levantou o braço e a secou com o ombro. Becca desligou o motor e acenou para Vince através do para-brisa.

— Menino Jesus, me salve — por alguma razão inexplicável ela ainda parava ali em sua volta para casa algumas vezes por semana. Ele nunca fez nada para estimular a "amizade".

— Oi, Vince! — Ela gritou enquanto caminhava até ele.

— Ei, Becca. — Ele deu a volta no prédio, depois parou e olhou para trás. — Você cortou o cabelo.

— Uma das garotas fez isso na escola.

Ele apontou para o lado esquerdo.

— Parece mais comprido de um lado.

— É para ser assim. — Ela passou os dedos pelos cabelos. — Gostou?

Ele pensou que podia mentir, mas isso apenas a incentivaria a ficar andando em volta dele.

— Não.

Em vez de ficar toda chateada e ir embora, ela sorriu.

— É isso que eu gosto em você, Vince. Você não adoça as coisas.

Havia uma razão. Adoçar as coisas encorajava relacionamentos que ele não queria.

— Você não está brava por causa do cabelo? — As mulheres que ele conhecia teriam surtado.

— Não. Amanhã eu arrumo. Você precisa cortar seu cabelo? Estou ficando bem boa com as máquinas.

Bem boa?

— Está tudo bem. Eu não quero minha cabeça torta.

De novo, ela riu.

— Eu usaria a número dois em você, porque parece que você gosta dela alta e ajustada.

Ele pensou em Sadie, e não pela primeira vez desde que saíra da casa dela. Tinha pensado nela várias vezes por dia desde então. Se houvesse qualquer coisa acontecendo além do trabalho insano, ele poderia estar preocupado com o quanto pensava nela.

— Preciso do seu conselho.

— Meu? Por quê? — Ele dava conselhos para sua irmã, mas ela nunca o escutava. Becca não era nem mesmo parente, então por que ele deveria sofrer?

Ela pôs a mão no antebraço dele.

— Porque eu meio que gosto de você, e acho que você gosta de mim. Eu confio em você.

Ah, não. Um mau pressentimento beliscou sua nuca. Era um daqueles momentos que exigem *finesse* e extração precisa.

— Becca, eu tenho trinta e seis anos — muito velho para ela.

— Ah, eu pensei que você fosse mais velho.

Mais velho? O quê? Ele não parecia velho.

— E, se meu pai ainda estivesse vivo, acho que ele me escutaria como você faz. Acho que ele teria me dado bons conselhos como você faz.

— Você pensa em mim como seu… pai? — Que diabos?

Ela olhou para ele e seus olhos reviraram.

— Não. Não, Vince. Mais como um irmão mais velho. É, um irmão mais velho.

Certo. Ele apenas se sentia velho quando o frio se instalava em seus ossos e contraía suas mãos. Houve um tempo em que o frio não o incomodava muito, mas ele certamente não era *velho*.

Atrás do Fusca de Becca, o Saab de Sadie ocupou uma vaga, e ele esqueceu sobre ser o pai de Becca. As luzes do carro dela se apagaram, e a porta se abriu. O sol laranja disparou faíscas de

SALVE-me

ouro de seus óculos escuros e cabelo. Ela estava toda dourada, brilhante e bonita.

— Parei para abastecer com um pouco de supersem chumbo. O que está acontecendo? — Ela perguntou.

— Estou fechado por um tempo.

Ela fechou a porta do carro e se aproximou dele, o caminhar fluido aprendido na escola de boas maneiras com um leve balanço dos passos e dos seios. Um sorriso inclinando os cantos da sua boca. A boca que ela tinha usado nele algumas noites atrás. Uma boca quente, molhada, que ele não se importaria que fosse usada novamente. Ela estava com um vestido branco que ele tinha visto antes. Um que ele não se importaria de tirar.

— Oi, Becca.

— Ei, Sadie Jo.

As duas se abraçaram como verdadeiras texanas que eram.

— Seu cabelo está bonito — Becca disse quando se afastou.

— Obrigada, retoquei as raízes hoje — Sadie correu o olhar sobre o cabelo de Becca. — Seu cabelo está... querida — ela olhou para Vince. — Curto e longo ao mesmo tempo. Muito diferente.

— Obrigada. Estou na escola de beleza, e praticamos umas nas outras. Quando eu ficar melhor, você pode me deixar colorir o seu cabelo.

Como Sadie não estaria por perto quando isso acontecesse, ela disse "Fabuloso".

Becca tirou as chaves do bolso e olhou para Vince.

— Vou dar uma passadinha aqui amanhã para dizer um alô.

— Fabuloso.

Sadie virou-se e olhou Becca se apressar para dentro do carro e partir.

— Quantas vezes ela dá essas paradinhas aqui para dizer um alô?

— Um par de vezes por semana quando volta da escola para casa.

— Bem, aquele corte de cabelo é simplesmente trágico — ela olhou para Vince através dos óculos de sol. — Acho que Becca tem uma queda por você.

— Não, não tem.

— Sim. Ela tem.

— Não, de verdade. Pare com isso.

— Como dizem, "ela está ligada em você".

Ele sacudiu a cabeça.

— Ela me vê como seu... — ele fez uma pausa como se não conseguisse terminar.

— Irmão?

— Pai.

— Sério? — Por vários segundos atordoados ela apenas olhou fixamente para ele, depois o riso começou como uma risada baixa. — Isso é hilário. — O riso se transformou em uma gargalhada alta e clara.

— Não é assim tão engraçado. — Ele enfiou as mãos nos bolsos da calça cargo. — Eu só tenho trinta e seis anos. Dificilmente tenho idade suficiente para ter uma filha de vinte e um.

Ela colocou a mão no peito e respirou fundo.

— Tecnicamente é possível, meu velho — ela disse, antes de explodir em riso novamente.

— Já acabou?

Ela sacudiu a cabeça.

Ele franziu a testa para não sorrir e deu a ela o seu olhar penetrante. Aquele usado para incutir medo nos corações e mentes de jihadistas endurecidos. Não funcionou, então ele a beijou para que ela calasse a boca. Uma pressão dos lábios sorridentes dele para acalmar a risada dela.

— Venha tomar uma cerveja comigo — ele disse contra a boca de Sadie.

— Está entediado?

— Agora não.

Doze

Sadie empurrou os óculos de sol para o topo da cabeça e seguiu alguns metros atrás de Vince enquanto ele passava pelo corredor por um escritório na direção da frente da Gas & Go. O olhar dela foi dos ombros largos dele na camiseta marrom para as costas e desceu até o cós da calça cáqui cargo, muito baixo nos quadris. Ele parecia um pouco suado. Quente, suado e totalmente pegável.

— Essas camisetas e calças são uma espécie de uniforme?

— Não, apenas fáceis de manter limpas numa tempestade de areia.

Ela pensou que isso faria sentido se o cara vivesse num deserto sujeito a tempestades de areia.

— Por quanto tempo ficará fechado? — Ela perguntou enquanto entravam na loja. As luzes estavam apagadas, e o espaço preenchido pela sombra e o constante zumbido dos refrigeradores. As prateleiras de perecíveis estavam quase vazias, mas os *freezers* ainda tinham um bom estoque.

— A menos que eu tenha algum imprevisto, dois meses. Aqui fora vou pintar, trocar o piso e colocar novos balcões — ele abriu a porta do grande *freezer*. —Boa parte do equipamento é relativamente nova — ele pegou duas Coronas. — Exceto esse rolo de salsichas. Essa coisa tem que sumir. Luraleen chama de "experiente" — ele fechou a porta e tirou a tampa das garrafas. — Eu chamo de ação judicial à espera de ser feita.

A loja de conveniência certamente precisava de um trabalho. Ela era simplesmente igual há vinte anos.

— Quem está fazendo as reformas? — Sadie pegou a garrafa que ele lhe estendia. — Não sei indicar quem contratar, mas posso dizer quem faz corpo mole.

—Você está olhando para o cara que está fazendo as reformas.

— Você?

— Sim, eu. Vou contratar uns caras para virem me ajudar a pôr os ladrilhos.

Ela estava perto o suficiente para sentir o cheiro dele. Ele cheirava como homem e suor limpo. A luz acinzentada na loja escurecia a sombra da barba.

Na faculdade, ela tivera aulas de mosaico.

— Você é bom em deitar ladrilhos?

Ele riu, os dentes cintilando como um *flash* branco na luz matizada, e levou a garrafa aos lábios.

— Entre outras coisas.

Eles provavelmente não deveriam falar sobre as outras coisas que ele era bom em deitar.

— E por onde anda Luraleen?

Ele tomou um gole e engoliu.

— Neste momento está em Las Vegas gastando o dinheiro que paguei por este lugar — ele baixou a cerveja. — Uma máquina caça-níqueis e uísque barato de uma vez.

— Não é uma grande jogadora?

— O sofá de veludo na casa dela é dos anos 1970 e ela tem toda sua música em fitas cassete.

Sadie riu.

SALVE-me

— Conway Twitty e Loretta Lynn?

— É — ele segurou a mão dela na sua, quente, forte e áspera. — Neste momento, estou tomando conta da casa para ela, mas vou precisar de um lugar para morar quando ela voltar. Se eu tiver de ouvir mais uma música para disfarçar enquanto ela e Alvin mandam ver lá em cima, vou apunhalar minha própria cabeça — ele a puxou atrás dele para o corredor e para dentro do escritório. Havia pregos e lascas de madeira espalhados pelo chão, e a parede estava de uma cor diferente nos lugares onde antes havia armários aéreos. Uma bancada verde-azeitona, uma pia velha lascada e mais um armário ainda ocupavam a sala. Havia um par de óculos claros de segurança em cima de uma mesa antiga de madeira, com uma marreta encostada em uma das pernas.

— Alvin Bandy? — Sadie parou no meio da sala e soltou a mão dele. — Eu o conheço. Um baixinho com bigode e orelhas grandes?

— Ele mesmo.

— Oh, meu Deus. Ele trabalhou no JH por um tempo quando eu era menina — ela tomou um gole da cerveja e engoliu. — Ele não é tão velho. Tem provavelmente uns quarenta anos. E Luraleen tem o quê?

— Acho que sessenta e oito.

E Lily Darlington achando que *é uma loba*.

— Minha nossa, eu sei que mulheres podem ficar desesperadas — sacudiu a cabeça e pensou em Sarah Louise Baynard-Conseco. — Mas não sabia que os homens também ficavam desesperados. Caramba, isso é obsceno. — Ela parou. — Puxa, desculpe. Luraleen é sua tia.

Ele levantou uma sobrancelha negra.

— Ele não é o único namorado dela.

Sadie engasgou.

— É apenas o mais jovem. Ela tem vários.

Meu Senhor!

— Vários? — Ela sentou na borda da mesa. — Eu não tive um namorado em cerca de um ano e Luraleen tem vários. O que há de errado?

Ele encolheu um ombro grande.

— Talvez você tenha padrões.

Ela riu.

— Você não diria isso se conhecesse meu último namorado.

— Um perdedor?

— Chato — ela encolheu os ombros. — Então você é como sua tia Luraleen? Várias mulheres juntas?

— Não. Eu não amarro ninguém.

Ela acreditou nele. Na noite do Dia dos Fundadores, ele tinha dito a ela que não era bom com relacionamentos.

— Você já teve alguma namorada séria? Já foi noivo?

— Não. — Ele tomou um gole.

Assunto encerrado. Ela achou que poderia perguntar o porquê, mas ele não parecia estar com vontade de responder.

— Luraleen é sua tia por parte de pai ou de mãe? — Ela preferiu perguntar.

— Mãe, mas elas não eram nada parecidas — ele encostou o quadril no único balcão remanescente. — Minha mãe era muito religiosa. Especialmente depois que meu pai foi embora.

Pelo menos o pai dela não a havia abandonado.

— Quando seu pai foi embora?

— Eu tinha dez anos — ele tomou um gole, depois baixou a cerveja para o lado. — Minha irmã tinha cinco.

— Você ainda fala com o seu pai?

Ele bateu a garrafa contra a coxa, como se talvez não fosse responder. O olhar dele percorreu o rosto dela antes de dizer:

— Falei com ele há alguns meses. Ele entrou em contato comigo, do nada, e queria me ver depois de vinte e seis anos.

— Você se encontrou com ele?

Ele assentiu com a cabeça.

SALVE-me

— Ele está morando no norte da Califórnia. Acho que sua esposa mais recente o deixou e levou a última penca de crianças, então, de repente, ele lembrou que tinha outro filho — apontou a cerveja para si mesmo. — Eu.

Em comparação com a outra noite, ele se transformou em uma fonte de conversa.

— Eu me encontrei com ele e ouvi o que ele tinha a dizer e seus problemas. Na época, estava pensando em perdão e tal, mas depois de cerca de uma hora, eu tinha ouvido o suficiente e fui embora.

— Só uma hora? — Não parecia muito tempo depois de tantos anos.

— Se ele tivesse perguntado sobre a minha irmã ou o meu sobrinho, eu teria dado mais tempo a ele — ele apertou os maxilares e seus olhos verdes brilhantes se estreitaram, e Sadie teve um vislumbre do guerreiro em Vince Haven. O *seal* da marinha com uma metralhadora cruzada sobre o peito e um lançador de mísseis. — Que tipo de idiota não pergunta sobre a própria filha e o neto, caramba? — Ele ergue a garrafa. — Ele que se foda.

E ela achava que tinha problemas.

Ele baixou a cerveja, e a espuma subiu pelo gargalo da garrafa.

— Um velho amigo me disse um dia que às vezes uma pessoa precisa de perdão para poder seguir em frente e perdoar a si mesma. Se o velho tivesse perguntado sobre Conner, eu teria dado uma chance a ele. Eu sou mais legal do que costumava ser.

Ela mordeu o lado da bochecha para não sorrir.

— O que foi?

— Nada. Conner é seu sobrinho?

— É. Acabou de fazer seis anos. É muito engraçado e inteligente. Ele me mandou um desenho que fez da minha caminhonete e eu. Ele desenha muito bem.

E Vince sentia falta dele. Não precisava dizer isso. Estava na tristeza em seus olhos e na sua voz.

— Sua irmã sabe sobre o seu pai entrar em contato com você?

Ele sacudiu a cabeça.

— E eu nunca vou contar a ela — ele riu sem humor. — E o irônico é que, se meu pai soubesse com quem ela vai se casar, de repente lembraria que tem uma filha.

— Com quem ela vai se casar? — O príncipe William já fora fisgado, mas Harry ainda estava disponível.

— Ela está se casando de novo com o filho da puta do ex, Sam Leclaire.

O nome soou vagamente familiar.

— É um jogador de hóquei de Seattle.

Sadie apoiou o queixo na boca da garrafa.

— Hmm — ela foi a vários jogos dos Coyotes em Phoenix e era fã de Ed Jovanovski.

— Um cara grandão? Mesmo para um jogador de hóquei. Gosta de provocar? Passa muito tempo no banco de penalidade? Loiro? Bonitão?

— Parece que é ele. Exceto pela parte do bonitão.

— Eu o vi jogar nos Coyotes em Phoenix alguns meses atrás — ela colocou a garrafa sobre a mesa perto dela e, porque os olhos verdes de Vince se estreitaram e ela o achava ainda mais lindo irritado, acrescentou. — Ele é muito *sexy*. Ou, como dizemos no Texas, "mais quente que bunda de cabra com bandagem de pimenta".

— Meu Deus.

— E isso é realmente quente — ela virou a boca para baixo, em uma falsa careta. — Não fique chateado.

Ele franziu a testa quando ela ergueu a garrafa, mas ela duvidou de que ele estivesse verdadeiramente furioso. Tinha bastante segurança de que o ego dele aguentaria o tranco.

— Não se preocupe — ela sacudiu a cabeça e riu. — Você é muito *sexy* também... para um cara velho o bastante para ser o pai de Becca.

SALVE-me

Ele baixou a garrafa sem tomar um gole.

— Você vai ter um ataque de riso por causa disso de novo?

— Talvez. É só um presente que continua sendo dado — ela se levantou e estendeu a mão para o cabo da marreta.

— O que você vai fazer com isso?

— Preocupado? — Ela tentou levantá-la com uma mão. Mal se mexeu.

— Apavorado.

— Quanto pesa esta coisa?

— Quase dez quilos — ele se aproximou e colocou a cerveja dele perto da dela.

Ela usou as duas mãos e ergueu a marreta cerca de trinta centímetros do chão.

— Eu poderia botar para fora muitas frustrações e fazer um grande estrago com essa coisa.

Com uma das mãos, ele tirou dela facilmente e jogou para trás a marreta, que bateu no chão com um baque.

— Eu sei um jeito melhor de botar suas frustrações para fora — as palmas das mãos dele deslizaram para a cintura dela, e ele puxou seus quadris contra os dele.

Ela olhou o rosto dele, os olhos fixos nos dela.

— O que você tem em mente? — Ela perguntou, mesmo que sua pélvis sentisse exatamente o que ele tinha em mente.

— Fazer estrago — ele baixou o rosto e pressionou a testa dele na dela. — Muito estrago.

Ela sentiu um calorão no estômago, que se espalhou pelas coxas. Queria apertar o corpo contra o corpo dele. Pele contra pele. Era este o motivo de ter parado na Gas & Go. Ela poderia ter abastecido o carro em Amarillo ou no Chevron do outro lado da cidade. Puxou a camiseta dele e tirou para fora do cós da calça.

— Tive uns dias difíceis — ela deslizou as mãos para baixo e tocou a pele quente e úmida da barriga firme dele. — Não quero machucar você, Vince.

— Faça o seu pior — ele disse contra os lábios dela, numa respiração sussurrada, e ela inspirou. Inspirou o desejo dele, tão quente e abrasador como o dela. O beijo foi surpreendentemente suave e quase doce, enquanto contra o ápice das coxas dela ele pressionava sua ereção intensa. O desejo se concentrou e queimou, e ela abriu os lábios sob os dele. Ela o beijou com a boca aberta, faminta. Faminta por mais daquilo que ele tinha dado a ela algumas noites antes. Faminta por ele preencher seu corpo, se não seu coração.

Ela queria tocá-lo e que ele a tocasse. Queria que ele preenchesse os lugares solitários, mas, mesmo que ele a tocasse como ela queria, ela sabia que não devia querê-lo demais. Ele havia deixado bem claro que tudo o que queria era sexo. Sem jantares. Sem filmes. Sem conversa. E, naquele momento, isso era tudo o que ela queria também.

Ele a deixou apenas de calcinha e a jogou sobre a mesa. Ficou entre as coxas dela e suas mãos e boca partiram para os seios. Ela arqueou as costas e plantou as mãos na mesa atrás de si. A língua quente e lisa dele a deixou louca, e quando ele finalmente chupou o mamilo com a boca quente e molhada, ela gemeu e deixou a cabeça cair para trás.

Ela não o amava, mas amava o que ele fazia com ela. Amava o jeito que ele a tocava e beijava e, no momento em que ele entrou nela, amou mais ainda. Ela plantou os pés em cima da mesa, e ele olhou para ela, o desejo estreitando seus olhos verdes e entreabrindo os lábios. As mãos dele seguraram os joelhos dela e seus dedos pesquisaram as pontas de seu corpo. Ele se moveu dentro dela, empurrando fundo e acariciando todos os pontos certos. O peito largo dele se expandia quando ele puxava ar para dentro dos pulmões poderosos.

Um orgasmo quente e arrepiante começou nos dedos dos pés e abriu caminho pelo corpo dela. Mexeu com ela de cima a baixo, dentro e fora, e, quando a mágica terminou, deixou um sorriso no rosto dela.

— *Oh yeah!*

Através da janela aberta, uma fria brisa noturna movia as cortinas de renda no quarto de Sadie. Uma lâmpada de cabeceira lançava um brilho agradável de um lado a outro da cama e sobre seu ombro macio e rosto suave. Vince estendeu a mão para a barriga nua dela e a puxou de volta contra o seu peito.

— Você está dormindo? — Ele perguntou, roçando o polegar em sua pele.

— Não — ela sacudiu a cabeça e bocejou. — Embora esteja um trapo. Meu Deus, eu acabei de dizer "trapo"?

Ele sorriu e beijou o pescoço dela. Não estava nem um pouco cansado. Depois que saíram da Gas & Go, ele pegou uma pizza da Lovett Pizza e Pasta e foi se encontrar com ela no rancho. Eles comeram, depois fizeram sexo na banheira, o que não foi fácil, mas deram um jeito. Depois, ele ficou observando enquanto ela secava os cabelos e passava loção hidratante nos cotovelos e pés. Com cheiro de limão.

— Trabalhei como o diabo vendendo aqueles vestidos — ela contou a ele, sentada numa cadeira branca no banheiro e passando a loção nos calcanhares. Vestia uma calcinha cor de rosa. Ele se sentou na borda da banheira vestindo suas calças cargo. Ele nunca pensou que algum dia ficaria simplesmente sentado vendo uma mulher passar loção em si mesma. Estava gostando da vista. — Acho que nunca me comportei tão ridiculamente por causa de um vestido. Eu sei que o baile é importante, mas, caramba.

Ele ainda não tinha entendido direito como ela acabou trabalhando para Deeann Gunderson, em primeiro lugar. Talvez, se não estivesse falando seminua, com a pequena calcinha rosa mal cobrindo o rosa por baixo, ele seria capaz de se concentrar no que ela estava dizendo.

— Aquelas garotas se comportaram como se estivessem na Vera Wang — ela olhou para cima e esguichou loção na palma da mão. — Eu culpo Rachel Zoe.

— Quem? — Ele olhou para cima e tentou prestar atenção.

— A estilista de celebridades Rachel Zoe? Ela tem seu próprio programa na Bravo? Consegue vestidos e sapatos de estilistas fabulosos? Acaba de ter um menino com seu marido, Rodge? Alguma coisa dessas soa familiar para você?

Ele sacudiu a cabeça e coçou o peito nu. Foi o que ganhou por tentar prestar atenção.

— Ela é tipo a Martha Stewart das roupas e acessórios. Tem muito estilo e bom gosto e faz o resto de nós nos sentirmos lixos inadequados. — Olhou para ele e suspirou. — Não me diga que você nunca ouviu falar de Martha Stewart.

— A senhora que ficou um tempo em prisão federal? Ouvi falar dela.

Ela o encarou no outro lado do banheiro.

— Ela é mais famosa pelos bolos deslumbrantes.

O olhar dele deslizou para os peitos deslumbrantes dela. Os pequenos mamilos rosados que cabiam perfeitamente em sua boca. Sadie tinha um corpo bonito. Um corpo de mulher, e não tinha vergonha de andar nua. Gostava disso nela. Gostava de ela ser confiante e aberta para fazer sexo sobre uma mesa em um escritório destruído. Gostava que ela não fazia joguinhos. E, hipócrita como era vindo de um cara que tinha tido sua cota de mulheres aleatórias, gostava que ela não andava em bares pegando homens aleatórios. Pelo menos, nenhum que ele soubesse.

Ele gostava de uma porção de coisas nela. A relação difícil com o pai não importava. Ela ficou na cidade e o visitava todos os dias. Ele gostava que ela ria com facilidade. Às vezes, dele. Mais surpreendente, ele gostava que ela falava para preencher o silêncio, mesmo quando ele não estava prestando muita atenção. Como agora, enquanto esguichava loção nas palmas e esfregava na pele suave da parte interna das coxas. Caramba. Ela cheirava a limão. Ele gostava de limão. Ele gostava de parte interna de coxa também.

— Vince?

— Sim? — Ele voltou o olhar para o dela.

— Eu fiz uma pergunta.

Ele tinha sido treinado pelos melhores militares do mundo. Ele podia prestar atenção a várias coisas ao mesmo tempo se escolhesse.

— O quê?

Ela virou os olhos.

— Você sempre grita "*Oh yeah!*" quando tem um orgasmo?

Como eles tinham ido de bolos para orgasmos?

— Eu grito "*Oh yeah!*"?

— Bem, é mais como um gemido.

Ele não sabia disso.

— É embaraçoso.

— Ninguém nunca disse a você?

Ele sacudiu a cabeça e ficou de pé.

— Talvez eu só diga "*Oh yeah!*" para você. Ele caminhou pelo chão de ladrilhos na direção dela. — Você sempre fica ululante como uma mulher árabe quando chega ao orgasmo?

Ela riu e olhou para ele.

— Isso é embaraçoso. Ninguém nunca disse isso antes de você.

Ele se ajoelhou entre as pernas dela e deslizou as mãos pelas macias coxas nuas. As pontas dos dedos dele tocaram o elástico da calcinha.

— Talvez ninguém mais tenha o que é preciso.

Ela respirou fundo e segurou.

— Aparentemente, você me ulula.

— *Oh yeah!* — Os polegares dele roçaram através do algodão fino, e ele colocou o seio dela em sua boca. Ele lambeu e chupou até os mamilos ficarem duros, depois, desceu a boca e enterrou o rosto entre as pernas dela. Puxou para o lado o tecido da calcinha e a lambeu e chupou ali também.

— Vince — ela não ululou. Nem gritou, nem uivou. Apenas soltou um gemido suave com o nome dele no quarto sossegado. O som do prazer dela, tão doce quanto o gosto dela em sua boca. Quando entrou em seu corpo apertado, ele segurou o rosto dela nas mãos e viu o prazer entreabrir seus lábios. Sentiu-a segurando seu pau, contraindo, pulsando e massageando o prazer dele.

Mordiscou o ombro nu dela.

— Vou embora para deixar você dormir.

O bocejo dela sussurrou na escuridão.

— Você pode ficar, se quiser.

Ele nunca ficava. Ir embora de manhã era sempre mais complicado do que na noite anterior.

— Você pode ir antes de as irmãs Parton chegarem aqui ou ficar, e elas farão café da manhã para você.

— Isso não seria complicado?

Ela deu de ombros.

— Sua caminhonete esteve aqui duas noites, agora. Portanto, imagino que todo mundo no rancho já saiba sobre você. Ora, provavelmente todo mundo no condado de Potter saiba. Além disso, tenho trinta e três anos, Vince. Sou adulta.

Mesmo que ficar não fosse complicado, acordar gritando como uma garota e correndo pelas paredes seria. Quando a respiração suave e uniforme ergueu o peito dela, ele se levantou da cama e se vestiu. Fechou e trancou a janela dela e olhou para ela uma última vez antes de sair do quarto e descer as escadas. Virou a fechadura na maçaneta da porta da frente e fechou-a atrás dele, certificando-se de que ela estava a salvo e segura lá dentro. Ele teria se sentido melhor se ela tivesse um sistema de alarme e uma 357 na mesa de cabeceira.

SALVE-me

Bilhões de estrelas superlotavam o céu infinito da noite do Texas enquanto ele ia até a caminhonete e a ligava. Enquanto dirigia pela estrada de terra na direção da autoestrada, pensou na Gas & Go e em tudo o que precisava terminar antes de estar pronto para começar as reformas de verdade. Se não fosse por Sadie, teria terminado a demolição no escritório e metade do balcão da frente naquela noite. Mas no momento em que ela saiu do carro e a luz do sol brilhou em seus cabelos, ele soube que não ia fazer nada naquela noite a não ser ficar pelado.

"White Wedding", de Billy Idol, tocou no celular no porta--copos, e ele sorriu.

Era meia-noite no Texas. Dez em Seattle. Apertou o botão de resposta no volante.

— E aí?

— Oi, Vinny — a voz de sua irmã encheu a cabine da caminhonete. Ela era a única pessoa no planeta a chamá-lo de Vinny.

— É muito tarde para ligar?

Obviamente que não.

— O que está acontecendo?

— Nada demais. Como está a vida na Gas & Go?

— Por enquanto tudo bem — eles falaram sobre o plano de negócios dele e quando ele esperava reabrir. — Luraleen ainda está em Las Vegas — ele disse. — Fico me perguntando se ela vai se casar com um imitador de Elvis.

— Engraçado. Ha ha.

É, era engraçado agora. Seis anos atrás, quando Autumn se casou com o ex em Las Vegas, não foi tão engraçado.

— Como está o Conner?

— Bem. De férias em pouco mais de um mês — Vince virou na autoestrada e ela acrescentou. — Ele sente a sua falta.

Vince sentiu o coração afundar. Ele havia ajudado a criar o sobrinho. Via o menino todos os dias da vida dele até alguns meses atrás, mas não era o pai de Conner. Por mais que odiasse Sam Leclaire, ele amava Conner ainda mais. Ele foi embora para que Sam pudesse entrar mais facilmente e ser o pai de que o sobrinho precisava. Se tivesse ficado, os dois já teriam trocado alguns socos.

— Conner está perguntando quando você vem para casa.

Casa? Ele não sabia mais onde era.

— Não sei. Tem muita coisa acontecendo.

— Com a loja?

Ela estava pescando.

— É.

— Amiga?

Ele riu. A irmã o achava ótimo e não entendia por que não era bom em relacionamentos. Sabia que ele não tinha relações longas. Só não entendia por quê.

—Você sabe, eu sempre encontro amigas — embora, no momento, ele só tivesse uma amiga e estivesse bem com isso. Não havia nada chato em relação a Sadie Hollowell. — Algum grande evento para acontecer?

— Meu casamento.

Ah, é.

— É em alguns meses, Vin.

Ele sabia. Estava só querendo esquecer.

— Ainda vai se casar em Maui?

— E você ainda vai estar lá.

Merda. Ele preferia levar um chute nas bolas.

— Preciso alugar um *smoking*?

— Não. Eu cuido de tudo. Apenas traga você. E, Vin?

— Sim.

— Quero que você me leve.

Ele olhou para fora da janela. Levar a irmã? Entregá-la para aquele imprestável filho da puta? Deus, ele odiava aquele cara. Talvez com uma paixão que não fosse assim tão saudável.

— Papai não está na minha vida há mais de vinte anos. Eu quero meu irmão grandão. — Ele não queria. Deus, ele detestou a ideia. — Por favor, Vin.

Ele fechou os olhos e apertou a mandíbula.

— É claro — ele disse, e olhou para a estrada à frente dos faróis da caminhonete. — Qualquer coisa que você quiser, Autumn — o que significava que ele teria de fazer as pazes com aquele filho da puta antes do casamento.

Merda.

Treze

Sadie encontrou algumas meias antiderrapantes com ferraduras estampadas em uma Target em Amarillo. O pai ainda reclamava e resmungava sobre não precisar de nada, mas ela notou que ele sempre vestia as meias confortáveis que levava.

Parou na Victoria's Secret e comprou um sutiã preto de renda e calcinha combinando. Na noite anterior, Vince não parecera entediado — ainda. E ela... ela estava caminhando sobre aquela fina linha entre gostar dele e gostar demais dele. Entre gostar de sexo com ele e confundir isso com algo mais. Mais do que pele quente pressionando junto em todos os lugares certos. Mais do que ele saber onde tocar sem perguntar. Mais do que apenas querer e desejar o toque dele até nenhum dos dois querer mais.

Na noite anterior, quando olhou para ele no banheiro, sentado na borda da banheira olhando para ela, quase pensou em mais. Os olhos dele quentes e interessados em suas mãos espalhando loção pelo corpo. Os dois já haviam feito sexo duas vezes, e ele quis mais. Ela não tinha intenção de dizer que ele gemia "*Oh yeah!*". Ela estava falando de algo completamente diferente. Não conseguia nem mesmo lembrar o que estava prestes a dizer, mas o jeito que ele tinha olhado para ela transformou seu cérebro em geleia e a fez querer mais também. Fez com que saísse de casa para comprar *lingerie* nova. Não que ela fosse usá-la antes de quatro dias. Havia ficado menstruada naquela manhã, algo que sempre foi recebido com alívio ou irritação, dependendo do estado da vida sexual dela, não importa o quanto ela fosse consciente sobre uso de camisinha.

Ela não sabia se Vince ia ver a *lingerie* nova. Esperava que sim. Gostava dele, mas não havia garantias na vida. Especialmente quando a vida dela estava tão suspensa no ar. Viver no longo prazo em Lovett não estava no futuro dela, pelo menos não tão cedo. Até onde ela sabia, tampouco estava nos planos dele. Eles eram apenas duas pessoas desfrutando uma da outra enquanto durasse.

Quando chegou ao hospital de reabilitação naquela manhã, o pai estava dormindo. Eram apenas onze da manhã, e ela retraçou os passos até o posto de enfermagem. Disseram que ele teve um pouco de febre. Eles o estavam observando, mas não pareciam preocupados. Desde o acidente, ele tinha algum fluido nos pulmões, o que era uma preocupação. Ela perguntou sobre isso e lhe disseram que não havia mudança no som dos pulmões dele.

Ela se sentou numa cadeira perto da cama e relaxou para ver um pouco de TV. Até o acidente do pai, estava relativamente por fora da programação diurna, mas todos os programas de tribunal a atraíam, e ela assistia indiretamente à vida desagradável de outras pessoas. Vidas mais desagradáveis do que a dela, inclusive.

O celular tocou na bolsa, e fazia tanto tempo que não tocava que ela o segurou e ficou olhando por alguns momentos. Não reconheceu o número e apertou o botão *inbox* com o polegar. Havia apenas uma mensagem de texto com três palavras: *Já está entediada?*

Juntou as sobrancelhas. Vince. Só podia ser. Quem mais perguntaria se ela estava entediada? Mas como tinha o número dela? Ela não havia dado e ele, e ele certamente nunca pedira. *Quem é?* — ela escreveu de volta, depois colocou o celular em cima da mesa de cabeceira, ao lado das margaridas amarelas. Olhou para o pai. Ele não parecia diferente, mas normalmente estaria acordado e ranzinza a esta hora. Pensou em tocar sua testa, mas não queria acordá-lo e tê-lo berrando com ela.

Voltou a prestar atenção no programa *Divorce Court* e sacudiu a cabeça diante da estupidez de algumas mulheres. Se, na primeira vez que você encontra um homem, o carro dele está parado em cima de blocos no jardim, ele provavelmente não será um bom marido. Havia apenas certas qualificações que um homem precisava ter. Não cuidar do próprio carro provavelmente está abaixo do mínimo necessário nesse departamento.

O celular dela soou novamente. Ela abriu o texto e leu: *De quantos homens você precisa para não ficar entediada à noite?*

Ela riu e olhou para o pai, para ter certeza de que ele não havia acordado. Ela ignorou a sensação provocada no estômago pela ideia de Vince e seus olhos verdes voltados para ela. *No momento... um.* Ela apertou "enviar", e ele escreveu de volta. *Se o cara tem o que você precisa, você só precisa de um.*

Ela sorriu. Realmente gostava dele, e escreveu *Oh yeah!* Seu pai se moveu em seu sono, e ela olhou para ele. Ele coçou os finos bigodes cinzentos no rosto quando o celular dela soou.

Entediada neste momento? — Ela leu.

Desculpe. Fora de serviço nos próximos dias. Ela esperava que ele captasse o sentido sem entrar em detalhes.

Alguns minutos mais tarde, ele escreveu: *Suas mandíbulas estão fora de serviço?*

Ela respirou fundo, e seus polegares voaram pelo minúsculo teclado furiosamente. *Sério?* ela escreveu. Que idiota. *Eu não vou chupar você só porque estou menstruada.* Que babaca. E ela tinha gostado dele, também. Pensou que ele realmente era adulto.

Depois de alguns minutos, ele escreveu de volta. *Eu ia perguntar se você quer almoçar. Com que tipo de homem você tem saído?*

SALVE-me

Opa. Agora ela se sentiu mal e respondeu: *Desculpe. Estou com cólicas e de mau humor.* O que não era verdade. Sempre teve a sorte de ter períodos leves e com poucos sintomas. O pai se mexeu novamente, e ela escreveu um último texto antes de largar o telefone. *Almoço não é bom. Escrevo mais tarde.*

Ela pegou a mão do pai ao lado da cama. Estava mais quente e seca ao toque. Bem, mais seca do que o normal para um homem que viveu no calor do Texas. Os olhos dele se abriram.

— Ei, papai. Como está se sentindo?

— Ótimo — ele respondeu, como sempre. Se o homem estivesse com sangue arterial jorrando da garganta, diria que estava bem. — Você está aqui — ele disse.

— Como todos os dias. — E como todos os dias, ela perguntou: — Onde mais eu estaria?

— Vivendo a sua vida — ele respondeu, como sempre. Mas, não como sempre, acrescentou: — Eu nunca quis que esta fosse a sua vida, Sadie Jo. Você não foi feita para isso.

Ele finalmente tinha dito. Ele achava que ela não servia para aquilo. Ela sentiu o coração apertar e olhou para o chão azulejado.

— Você sempre quis fazer algo mais. Qualquer coisa menos arrebanhar gado.

Isso era verdade. Talvez ainda fosse. Ela estava na cidade fazia um mês e meio e não tinha assumido nenhuma das funções do pai ou qualquer responsabilidade pelo JH.

— Você é como eu.

Ela olhou para cima.

— Você ama o JH.

— Sou um Hollowell — ele tossiu e pareceu mais um estertor quando ele agarrou o lado do corpo e ela se perguntou se deveria apertar o botão de chamada. — Mas odeio o maldito gado.

Ela se esqueceu do som da tosse e de chamar a enfermeira. Tudo nela parou como se ele tivesse acabado de dizer que a Terra era plana e a gente caía dela em algum lugar perto da China.

Como se ele odiasse o Texas. Como se ele tivesse enlouquecido. Ela engasgou e pôs a mão no peito.

— O quê?

— Animais estúpidos e fedorentos. Não são como cavalos. Gado só é bom para bife — ele limpou a garganta e suspirou.

— Eu gosto de bifes.

— E sapatos — ela conseguiu dizer. Ela se parecia com seu pai. O mesmo cabelo acinzentado, nariz comprido e olhos azuis. Mas estava dizendo maluquices. — E boas bolsas de mão.

— E botas.

Ela pegou as meias.

— Trouxe algo para você — ela disse, através da sua perplexidade.

— Eu não preciso de nada.

— Eu sei — ela entregou as meias para ele.

Ele franziu a testa e tocou as solas antiderrapantes.

— Acho que posso usar estas.

— Papai? — ela olhou para ele, e era como se o mundo fosse de fato plano, e ela estivesse caindo. — Se odeia gado, por que é um rancheiro?

— Eu sou um Hollowell. Como meu pai, meu avô e meu bisavô. Os Hollowell homens sempre foram homens do gado, desde que John Hays Hollowell comprou seu primeiro Hereford.

Ela sabia de tudo isso e achou que sabia a resposta para a próxima pergunta. Mas a fez de qualquer maneira.

— Você nunca pensou em fazer outra coisa?

A testa franzida do pai se transformou em uma profunda carranca, e ela não teria ficado surpresa se ele não respondesse ou mudasse de assunto, como sempre fazia quando ela tentava conversar sobre qualquer coisa que o deixasse desconfortável. Em vez disso, ele perguntou:

— Como o quê, garota?

Ela encolheu os ombros e empurrou o cabelo para trás das orelhas.

— Eu não sei. Se não tivesse nascido um Hollowell, o que teria feito?

A voz rouca e áspera ficou um pouco melancólica.

— Eu sempre sonhei em ser caminhoneiro.

As mãos dela caíram no colo. Ela não sabia o que esperava que ele respondesse, mas não era isso.

— Um motorista de caminhão?

— Rei da estrada — ele corrigiu, como se vivesse o sonho em sua cabeça. — Eu teria viajado o país. Visto muitas coisas diferentes. Vivido vidas diferentes — ele virou a cabeça e olhou para ela. Pela primeira vez em sua vida, ela sentiu como se estivesse fazendo uma conexão com o homem que tinha lhe dado a vida e a havia criado. Foi apenas um breve olhar, que em seguida desapareceu.

— Mas eu teria voltado para cá — a voz dele voltou à aspereza usual. Sou um texano. As minhas raízes estão aqui. E se eu tivesse viajado o país, não teria criado tantos *paints* bons.

E o bom Deus sabia o quanto ele amava seus cavalos.

— Você vai entender um dia.

Ela pensou que sabia o que ele queria dizer, mas ele estava cheio de surpresas.

— O quê?

— Que é fácil vagar quando se tem uma âncora.

Às vezes a âncora era um fardo pesado, puxando para baixo.

Ele apertou um botão na cama e ergueu a cabeceira um pouco mais.

— É temporada de reprodução dos cavalos e do gado e eu estou preso aqui.

— Os médicos disseram quando você poderá voltar para casa? — Quando isso acontecesse, ela contrataria cuidados em casa para atendê-lo.

— Eles não dizem. Meus velhos ossos não estão se curando como fariam se eu fosse mais novo.

Sim. Ela sabia disso.

— O que o seu médico disse sobre a temperatura alta? Além de que você está obviamente cansado.

Ele deu de ombros.

— Eu estou velho, Sadie Jo.

— Mas você é duro como couro de bota velha.

Um canto da boca dele se ergueu um pouco.

— É, mas não sou o que costumava ser. Mesmo antes do acidente, meus ossos doíam.

— Então vá mais devagar. Quando sair daqui, devemos tirar umas férias — ela não conseguia lembrar alguma vez em que os dois tivessem tirado férias juntos. Quando criança, ele sempre a mandava para os parentes da mãe ou para acampamentos. Ela achava que ele nunca saíra do JH, a não ser para algo relacionado a negócios. — Você disse que gostaria de viajar pelo país. Nós podíamos ir ao Havaí — embora ela jamais pudesse imaginar o pai em uma camisa floreada bebendo drinques com sombrinhas na praia e suas botas. — Ou você podia ficar um tempo comigo em Phoenix. Há muitas cidades de aposentados no Arizona — pessoas idosas *amavam* o Arizona. — O JH vai sobreviver sem você por algumas semanas.

— O rancho vai sobreviver muito tempo depois que eu partir — ele olhou para ela, o branco dos olhos num bege sem graça. — Está acertado desse jeito, Sadie Jo. Nunca falamos sobre isso, porque pensei que teria mais tempo e você voltaria para casa por conta própria. Eu...

— Papai, você... — ela tentou interromper.

— ... tenho boas pessoas tomando conta de tudo — ele não ia deixá-la. — Você não precisa fazer nada a não ser viver a sua vida e, algum dia, quando estiver pronta, eu estarei esperando por você.

As palavras dele a atingiram no peito. Ele nunca falou assim. Nunca sobre negócios ou o rancho ou algum dia quando ele não estivesse mais por perto.

SALVE-me

— Papai.

— Mas você não pode vender a nossa terra.

— Eu jamais venderia. Nunca. Nunca pensei nisso — ela disse, mas não podia mentir para ele. Ela havia pensado nisso. Mais de uma vez. Mas assim que disse as palavras, soube que eram verdadeiras. Ela jamais poderia vender a terra do seu pai. — Eu sou uma Hollowell. Como meu pai e meu avô e meu bisavô. — Ela era uma texana, e isso significava raízes profundas. Não importava onde a pessoa morasse. — Todas as minhas âncoras.

Clive deu-lhe um tapinha na mão. Dois. Raríssimas três vezes. Era o mais afetivo que ele era capaz de ficar. Era o equivalente a um grande e velho abraço de outros pais.

Sadie sorriu.

— É uma pena eu nem ter conhecido o vovô. — Quando ela nasceu, os dois avós já haviam morrido.

— Ele era mau como uma frigideira cheia de cascavéis. Fico feliz por você não tê-lo conhecido — ele puxou a mão dele das dela. — Ele teria curtido a minha pele por olhar para os lados.

Tinha ouvido rumores aqui e ali de que Clive sênior era um cabeça-quente, mas, como fazia com a maioria dos rumores envolvendo sua família, ela os havia ignorado. Tinha vagas memórias das opiniões de sua mãe sobre seu avô, mas o pai nunca dissera uma palavra. É claro que não. Não diria. Olhou para o perfil do pai. Fechado e rude, e ela sentiu como se uma cortina de gaze tivesse sido puxada por um momento, e o confuso amor e distanciamento e desapontamento da sua vida ficaram mais claros. Ela sempre soube que ele não sabia ser pai, mas imaginou que fosse porque ela era uma menina. Não sabia que era porque ele tinha tido um exemplo de merda.

— Bem, estou feliz por você ser a minha âncora, papai.

— É — ele limpou a garganta, depois bradou: — Onde está esse maldito Snooks? Era para estar aqui há uma hora.

Típico. Quando as coisas pareciam um pouco piegas, Clive ficava irritável. Sadie sorriu. A relação deles podia ter sido sempre difícil, mas pelo menos ela entendia seu pai um pouquinho mais do que antes. Ele era um homem duro. Criado por um homem ainda mais duro.

Depois que deixou o hospital de reabilitação naquela noite, pensou no pai e no relacionamento deles. Ele nunca seria candidato a melhor pai do ano, mas talvez isso não fosse um problema.

Também pensou em mandar uma mensagem para Vince. Ela queria, mas não o fez. Queria ver os olhos verdes dele enquanto ele inclinava a cabeça para um lado e a ouvia falar. Queria ver o sorriso dele e ouvir o timbre profundo da sua risada, mas não queria querer isso demais.

Em vez disso, foi para casa, jantou no refeitório com os homens do rancho e foi para a cama cedo. Ela e Vince Haven não eram nada além de amigos com benefícios. Era o que os dois queriam. Ela nunca tivera um amigo com benefícios antes. Havia tido namorados e alguns casos de uma noite. E realmente não sabia se podia chamar Vince de amigo. Gostava dele, mas, a esta altura, ele era mais um benefício do que um amigo, e a última coisa que queria era se apaixonar pelo seu amigo com benefícios.

Vince estacionou a caminhonete na frente da casa principal e caminhou até a lateral. À luz do dia, o JH estava vivo e em plena atividade. Como uma base de acampamento, apenas com mais animais e um pouco menos de poeira. E, como uma base de acampamento, era à primeira vista caótico, mas um caos organizado e bem orquestrado.

À sua esquerda, a distância, bezerros eram arrebanhados em uma calha de metal, um a um. O barulho de metal pesado atravessava a distância. Ele não podia ver o que os homens estavam fazendo ou ouvir se os bezerros reclamavam.

SALVE-me

Eram quatro e meia da tarde, e ele estivera trabalhando o dia inteiro arrancando assoalho velho dentro da Gas & Go. Cerca de uma hora antes, Sadie havia finalmente mandado uma mensagem. Ele não a vira nem soubera dela por quatro dias. Não desde aquela manhã em que ela o acusara de esperar um boquete. Ele não ia fingir que não tinha ficado irritado. Ele não era esse tipo de idiota, mas também não era aquele tipo de idiota que fica sentado esperando uma mulher que disse que entraria em contato e não o fez.

Havia passado os últimos dias trabalhando duro, demolindo a loja e enchendo a lixeira. À noite, foi a alguns bares locais. Tomou uma Lone Star no Slim Clem's, virou uma tequila no Road Kill e, nas duas noites, voltou para casa depois da meia-noite. Sozinho. Poderia ter levado alguém com ele, se tivesse ficado tempo suficiente, mas, por mais que detestasse admitir, estava cansado das horas de trabalho físico. Houve um tempo em que sobrevivia dormindo pouco ou não dormindo por dias a fio. Houve um tempo em que caminhava ou corria ou nadava contra a corrente por quilômetros, em um calor insuportável ou num frio de rachar os ossos, carregando de trinta a cinquenta quilos de equipamento básico... Mas ele já não tinha esse condicionamento físico ultimamente e, por mais que detestasse admitir, anos forçando o corpo para além dos limites cobravam um preço. Ultimamente, sua escolha de analgésico não era tequila. Era Advil.

Depois de quatro dias sem saber de Sadie, ela mandou uma mensagem de texto convidando-o a encontrá-la no JH. Claramente, ela só queria sexo. Era isso. Ele nunca havia conhecido uma mulher que só quisesse sexo e nada mais. Não depois de ele ter estado com ela algumas vezes. Ele não achava que estava sendo egoísta. Gostava de se sobressair. Ser o melhor. Não havia paradas até o trabalho estar feito. As mulheres gostavam disso e sempre queriam mais. Mas não Sadie. Ela não queria mais, e ele não sabia como se sentia em relação a isso. Devia estar empolgado.

RACHEL GIBSON

Era perfeito. Ela era bonita. Interessante. Boa de cama e apenas queria usá-lo para o sexo. Perfeito.

Então por que ele se sentia levemente irritado? E se tudo o que ela queria era foder, o que ele estava fazendo ali à luz do dia? Com todos os homens do rancho em volta? Por que ela não tinha pedido para ele vir à noite, depois de escurecer?

Ele podia estar fazendo um monte de coisas neste momento. Um monte antes que seu amigo Blake Junger terminasse os próprios negócios e se mandasse para Lovett. Blake era um mestre de muitos ofícios. Atirador mortal e carpinteiro licenciado eram apenas dois deles.

— Vince!

Ele virou para a direita e avistou Sadie de pé ao lado de um curral anexo a um grande celeiro. Ela usava *jeans* e camiseta preta com alguma coisa na frente e um par de botas. Um rabo de cavalo loiro estava preso atrás do pescoço, e ela usava o mesmo chapéu branco de caubói da noite do Dia dos Fundadores de Lovett. Ele não a via tinha quatro dias. Caramba, ela estava bonita. Simplesmente parada feito uma rainha da beleza e, por alguma razão, isso o irritou um pouquinho mais.

Não o bastante para fazê-lo dar meia-volta e ir embora, porém. Havia alguma coisa em Mercedes Jo Hollowell. Algo mais do que sua aparência. Algo que o fez largar seu pé de cabra quando ela mandou uma mensagem. Ele não tinha certeza sobre o que era isso nela. Talvez fosse apenas o fato de que ele ainda não havia terminado.

Ainda não.

— Ei, Vince. — Ao lado de Sadie havia um homem alto e magro vestindo uma camisa listrada azul e branca e um amplo chapéu Stetson. Era um caubói. Um caubói de verdade. Bronzeado pelo sol e endurecido pela vida. Parecia ter cinquenta e poucos anos e se chamava Tyrus Pratt.

— Tyrus é nosso administrador para os cavalos — Sadie apresentou os dois.

SALVE-me

— É um prazer conhecê-lo — Vince apertou a mão do homem. O aperto dele e o olhar em seus olhos castanhos era tão resistentes quanto seu couro. Vince havia encarado instrutores de recrutas e sabia quando estava sendo avaliado.

— Vince é sobrinho de Luraleen Jinks.

A linha dura em volta dos olhos de Tyrus suavizou-se.

— O novo dono da Gas & Go?

— Sim, senhor —não ficou surpreso que o capataz soubesse. Ele estava na cidade tempo o suficiente para saber que as notícias viajavam rápido.

— Você foi um *seal* da marinha.

Agora isso o surpreendeu.

— Sim, senhor. Suboficial com a Equipe Um, Pelotão Alfa.

— Muito obrigado pelo seu serviço.

Ele sempre tivera muita dificuldade com isso. Havia um monte de homens como ele que serviam pelo amor ao país, não pela glória. Homens que não conheciam a palavra "desistir" porque sentiam um propósito, não porque o mundo poderia lhes agradecer.

— Não há de quê.

Tyrus deixou cair a mão.

— Esteve no ataque a bin Laden?

Vince sorriu.

— Negativo, mas adoraria ter estado lá.

— Tyrus trouxe Maribell para casa — Sadie disse, e apontou para um cavalo preto parado na cerca. — Ela estava em Laredo cruzando com Diamond Dan. O cavalo que chutou meu pai nas costelas.

— Como ele está? — Vince perguntou.

Ela sacudiu a cabeça e a sombra da aba do chapéu deslizou através de sua boca.

— Ele teve uma febre alta que indica possível infecção, mas seus pulmões estão iguais. Como precaução, estão dando antibióticos mais agressivos, e ele pareceu mais com ele mesmo hoje. Voltou a ser ranzinza e mal-humorado. Mas ainda estou preocupada.

— Ele é durão — Tyrus garantiu a ela. — Vai ficar ótimo. — Voltou a atenção para Vince. — Foi bom conhecer você. Boa sorte com a Gas & Go, e diga a Luraleen que eu mandei lembranças quando ela voltar de Las Vegas.

— Direi, e muito obrigado — ele se virou ligeiramente e observou Tyrus entrar no celeiro. — As Forças Especiais não têm nada nesta cidade. Vocês têm seu próprio Centro de Comando Lovett operando no porão da biblioteca?

Sadie riu, e ele a conhecia bem o suficiente para saber que era o tipo de risada falsa que ela usava quando não achava algo engraçado.

— Acho que tem alguma coisa na água, mas como temos nosso próprio poço lá fora, papai e eu perdemos as fofocas. Não que a gente goste disso, de qualquer maneira — ela olhou as planícies do Texas ao longe e Vince baixou o olhar para a frase "Cowboy Butts Drive Me Nuts"[3] impressa na camiseta dela. — É estranho estar de volta. De certa forma, parece que nunca fui embora e, ao mesmo tempo, sinto como se tivesse ido para sempre. Eu não sei muito do que acontece por aqui nesses dias.

Ele apontou para o rebanho de bezerros.

— O que está acontecendo por lá?

— Apenas uma das cem ou mais coisas que têm de ser feitas numa rotina básica — ela ajustou a aba do chapéu. — Os homens colocam cada bezerro na esteira de aperto, marcam suas orelhas e pesam cada um. Depois, colocam a informação nos computadores de modo que possam rastreá-los e ter certeza de que estão saudáveis.

— Você acabou de dizer que não sabe o que acontece ao seu redor.

---

[3] Bundas de caubóis me deixam doida. (N. T.)

Ela deu de ombros.

— Eu vivi no JH por dezoito anos. Aprendi uma coisa ou outra — suas sobrancelhas baixaram enquanto ela olhava a propriedade. — Agora estou de volta, e não sei quando o meu pai estará bem o suficiente para que eu possa ir embora novamente. Eu me enganei pensando que seriam algumas semanas. Talvez um mês, e eu estaria de volta à vida de verdade. Vendendo casas, saindo com amigos, regando minhas plantas e flores. Agora eu não tenho trabalho. Todas as minhas plantas estão mortas e eu estarei presa aqui até junho. No mínimo. Junho é temporada de castração — os cantos de sua boca se curvaram para baixo e ela deu de ombros. — Meu Deus, eu odeio a castração.

— Bom saber.

Ela riu enquanto o cavalo botava a cabeça sobre a cerca. Uma risada de verdade desta vez. Do tipo que atingiu a pele dele e o fez querer beijar a garganta dela. Bem ali, na frente de meia dúzia de caubóis. À luz do dia. Quando ele ainda estava meio irritado por nenhuma razão.

— Não há nada com que se preocupar, marinheiro. Eu gosto das suas bolas.

Ele olhou para o rosto dela. Para os cantos de seus lábios pintados de cor-de-rosa e as bochechas macias. Ele não conseguia se lembrar se já havia realmente notado as bochechas macias de uma mulher antes. Pelo menos não as bochechas no rosto dela. Nem ele lembrava por que mesmo tinha ficado ligeiramente irritado com ela.

— Eu gosto de uma ou duas coisas em você também.

Ela ergueu uma sobrancelha loira e se virou para o curral.

— Quais duas?

As duas que enchiam as mãos dele e balançavam simpáticas quando ela montava no colo dele. Ele sorriu.

— Seus olhos azuis.

— Arrã — Sadie levantou a mão e coçou o lado da cabeça de Maribell sob o cabresto azul. — Tyrus diz que você vai ser mamãe de novo. Está tudo indo direitinho, Maribell?

A égua sacudiu a cabeça como se estivesse respondendo.

— Diamond Dan é um idiota grosseiro. Nós o odiamos, não é? — A égua não mexeu a cabeça, e Sadie lhe deu tapinhas no focinho.

Vince encostou o quadril na cerca e cruzou os braços sobre a camiseta, cobrindo o peitoral.

— Não sei nada sobre criação de cavalos, mas não deveria haver algum tipo de proteção? Por que seu pai estava perto o suficiente para levar um coice?

— Porque ele é determinado em seus caminhos — Sadie tirou os óculos de sol e os colocou sobre a aba do chapéu. — Você já viu reprodução de cavalos à moda antiga?

— Não pessoalmente. Talvez em algum *show* de natureza quando eu era criança.

— É violento. A fêmea é amarrada, e cordas com chumbo seguram o garanhão. Ele a monta por trás, ela se debate e há um bocado de gritos.

Soava como algumas mulheres que ele conhecia. Ele olhou nos grandes olhos pretos do cavalo em sua cabeça preta brilhante. Ela não parecia ter sofrido.

— Talvez ela goste da coisa um pouco rude — cavalos copulam em estado selvagem. Não podia ser tão horrível assim para as fêmeas, ou elas fugiriam. De jeito nenhum um garanhão montaria um alvo em movimento.

Sadie sacudiu a cabeça, e seu rabo de cavalo bateu atrás de seus ombros.

— Ela odiou.

— Aposto como poderia fazer você gritar se a amarrasse — ele ergueu uma sobrancelha. — E você não iria odiar.

Ela olhou para ele debaixo da sombra do chapéu.

SALVE-me

— Isso costuma funcionar para você?

Ele deu de ombros.

— Funcionou da última vez que usei.

Ela virou a cabeça para um lado e mordeu o lábio para não sorrir.

— Eu presumo, já que você é um militar, que consegue disparar em linha reta.

— Você está falando de armas? — Sua expertise com armamentos era ampla e variava com a situação, mas a arma de sua escolha era uma pistola automática Colt. A PAC tem precisão para um centímetro em vinte e cinco metros e armazena oito balas mortais.

— Espingardas. Pensei que podíamos atirar um pouco.

Ele inclinou a cabeça só para ter certeza de tê-la ouvido bem e baixou o olhar para sua boca.

— Você atira? — A última espingarda que ele segurara havia sido a versão curta com um cabo de pistola.

— A bunda do sapo é à prova d'água? — ela revirou os olhos. — Sou uma texana e cresci num rancho — ela pôs os óculos no rosto. — Atirar em alvos e pratos eram duas coisas que papai e eu fazíamos juntos.

Uma mulher bonita, boa de cama e que não queria nada dele além de sexo? Uma mulher que podia travar e carregar e estava embrulhada em um pacote macio? Ele tinha morrido e ido para o céu?

— Eu pensei que, já que a parte dos benefícios da nossa situação de amigos com benefícios está bem... — ela botou uma das mãos nas letras da camiseta. — Pelos menos eu acho que está bem. Pensei que a gente devia tentar a parte de amigos.

Era isso que eles eram? Amigos com benefícios?

— Você quer que sejamos amigos?

— Claro. Por que não?

— Já teve amigos homens?

— Sim — levantou os olhos para cima, como se estivesse contando. — Bem, não. Não realmente — ela voltou o olhar para ele. — Já teve? Uma amiga mulher, quero dizer.

— Não — ele deslizou a mão para a cintura dela e a puxou mais para perto. Ele não acreditava que isso fosse realmente possível, mas gostava de passar o tempo com ela mais do que com qualquer pessoa na cidade. Portanto, que diabos? — Talvez eu possa te dar uma chance.

Quatorze

Sadie tropeçou para fora da cama e passou por cima da calcinha de renda preta que estava no chão. Um sorriso curvou seus lábios quando pegou o roupão e lembrou de Vince empurrando sua calcinha coxas abaixo na noite anterior.

— Você nem reparou na minha *lingerie* — ela reclamou, quando estendeu a mão para a fivela do cinto dele.

— Eu reparei — ele respondeu, a voz rouca de tesão enquanto a empurrava para a cama. — Só que estou mais interessado no que está embaixo.

O fato de eles terem durado até depois de rasgarem as roupas um do outro havia sido um milagre. Um milagre frustrante e carregado sexualmente.

Ela enfiou os braços nas mangas de cetim roxo e amarrou o cinto em volta da cintura. Sadie era competitiva, Vince era supercompetitivo. Ela devia ter imaginado isso dele. Ele perdeu os primeiros dois alvos de barro, mas, depois que pegou o jeito do cano longo e ajustou a precisão dos tiros, o cara foi mortal. Derrubou quarenta e um de cinquenta pombos de barro.

Sadie atirava em pombos de barro havia tanto tempo quanto podia se lembrar. Estava enferrujada, o que contou para a sua marca de trinta e três.

Foi para o banheiro e se olhou no espelho acima da pia. Seus cabelos eram um emaranhado das mãos de Vince, e ela estava com uma aparência péssima. Mais uma vez, havia dormido antes de ele ir embora, e ficou feliz por ele não estar por perto para vê-la tão assustadora.

Ainda com cara de sono, caminhou pelo corredor e desceu as escadas para a cozinha. As pontas do roupão batiam sobre suas pernas, e ela paralisou no último degrau.

— Mais café, Vince?

— Não, obrigado, senhora.

— Ah, você. Eu disse para me chamar de Clara Anne.

Sadie esticou o pé descalço para o piso de madeira e olhou através da cozinha para o alegre cantinho do café. Banhado pela luz dourada do sol da manhã, Vince estava sentado à mesa, os restos de um banquete diante dele.

Bem, foi esquisito e constrangedor o "bom-dia" que ela deu, apertando um pouco mais o roupão na cintura.

Vince olhou para ela e não pareceu minimamente embaraçado.

— Oi.

— Olhe quem eu peguei se esgueirando para fora de casa — Clara Anne disse chegando ao armário e pegando uma caneca de café.

Sadie deduziu que fosse uma questão retórica, já que ele estava sentado à mesa. Pegou a caneca de Clara Anne e serviu café. Ela já havia acordado com homens no passado, mas ver Vince a abalou. Talvez porque ele fosse um amigo com benefícios. Talvez porque agora todo mundo no JH soubesse que ele havia passado a noite ali. Ou talvez porque ele estivesse tão bem e ela uma bagunça. Se soubesse, teria ao menos penteado o cabelo.

SALVE-ME

— Você cozinhou para Vince? — ela perguntou enquanto servia uma generosa quantidade de creme de avelã na caneca. Clara Anne nunca cozinhava.

— Santo Deus, não. Carolynn trouxe para ele um prato da cozinha.

Ótimo. Sem dúvida, as duas já haviam começado a planejar seu casamento. Levou a caneca aos lábios e soprou o café. Seu olhar encontrou o de Vince enquanto tomava um grande gole. Reconheceu o olhar dele, lembrando-a de que ela estava nua por baixo do robe de seda.

— Preciso ir — ele disse, jogando o guardanapo em cima da mesa e levantando-se. — Foi um prazer conhecê-la, Clara Anne. Diga a Carolynn que gostei muito do café da manhã.

— Direi. E não desapareça — Clara Anne deu-lhe um abraço, e ele deu-lhe dois tapinhas nas costas. — Você é grande como o inferno e metade do Texas.

Ele olhou por cima dela para Sadie, que encolheu os ombros e tomou um gole do café. Ei, ele estava no Texas. Cercado de nativos. Nativos eram abraçadores.

Clara Anne o soltou, e ele foi até Sadie e pegou a mão livre dela. Ela tomou cuidado para não derramar o café enquanto os dois caminhavam até a porta da frente.

— Dormi demais. Desculpe, não sei como aconteceu. Isso nunca acontece — ele disse na entrada. — Depois, fui pego me esgueirando como um criminoso.

— E Clara Anne obrigou você a tomar café da manhã?

— Ela ofereceu, e eu estava com fome — ele sorriu. — Fiquei com um enorme apetite depois de ontem à noite.

— E ia cair fora?

— É. Lamento.

— Não lamente. Tudo bem — só que ela gostaria de ter recebido um pequeno aviso para ao menos pentear o cabelo. — Exceto que você parece bem e eu pareço horrível.

Ele beijou a parte embolada do cabelo dela.

— Você tem isso, Sadie. Você pode estar horrível, que eu ainda quero você nua — ele ergueu a cabeça e pegou a maçaneta atrás dele. — Vejo você mais tarde.

Ela assentiu com a cabeça e deu um passo para trás.

— Talvez eu dê um giro na Gas & Go.

— Vá, e talvez eu deixe você dar um giro na minha marreta — ele abriu a porta e saiu. — Ou ponha você para arrancar assoalho velho de vinil dos anos 1950.

— Eca. Vou mandar mensagem de texto para ter certeza de que você já acabou essa parte. — Ela se despediu e fechou a porta atrás dele. E soltou o ar enquanto se encostava contra ela. Tomou um gole e percebeu que tinha duas escolhas. Subir e tomar um banho ou refazer os passos até a cozinha e convencer Clara Anne de que um casamento não estava no horizonte. Ela escolheu o caminho mais fácil e foi para as escadas. Entrou embaixo do chuveiro e lavou os cabelos. Esfoliou-se com uma bucha, depois escovou os dentes na pia. Nos últimos dias, seu pai vinha falando mais e mais sobre o rancho e o dia em que ele não estaria mais por perto. Ela queria que ele não falasse daquele jeito. Sentia um aperto de pânico no peito. Não só porque não estava pronta para a responsabilidade do JH, mas porque não queria pensar em seu pai não estar mais ali. No rancho. Cruzando seus cavalos. Sendo um ranzinza pé no saco.

Sua âncora.

Secou os cabelos e pôs um vestido de verão azul sobre calcinha e sutiã brancos. Talvez fosse até a loja e comprasse algumas flores para animar o quarto. Não que isso fizesse qualquer diferença.

O telefone tocou quando ela estava aplicando rímel nos cílios, em cima e embaixo até estarem longos e exuberantes. Ela não era exatamente uma rainha da beleza como sua mãe, mas dava atenção especial aos cabelos e cílios.

— Sadie Jo — Clara Anne chamou do pé da escada. — O telefone é para você. É do hospital de reabilitação em Amarillo.

SALVE-me

Ela largou o rímel e foi para o quarto. Não era tão incomum que um dos médicos do pai telefonasse para ela depois das visitas matinais.

— Alô — ela sentou no lado de sua cama desfeita. — É Sadie.

— É o dr. Morgan — o especialista geriátrico falou.

— Olá, doutor. Como está o papai nesta manhã?

— Quando a enfermeira da manhã foi checá-lo, ela o encontrou sem resposta.

Sem resposta?

— Ele está extremamente cansado de novo?

— Lamento. Ele não está mais conosco.

— Ele saiu? Onde ele foi?

— Ele faleceu.

Faleceu?

— O quê?

— Ele morreu dormindo entre as três da madrugada, quando a enfermeira fez a última checagem, e as seis da manhã.

— O quê? — ela piscou e engoliu em seco. — Ele estava se sentindo melhor ontem.

— Sinto muito. Você está sozinha? Você tem alguém que possa trazê-la hoje?

— Meu pai morreu? Sozinho?

— Eu lamento. Não saberemos a causa da morte antes da autópsia, mas foi tranquilo.

— Tranquilo — seu rosto estava formigando. Suas mãos estavam dormentes e seu coração apertado e em chamas em seu peito. — Eu... eu não sei o que fazer agora. — O que ela iria fazer sem o pai?

— Você já fez os arranjos?

— Para quê?

— Venha aqui e converse com alguém no escritório da administração.

— Está bem — ela se levantou. — Tchau. — Ela desligou o telefone na mesa de cabeceira e ficou olhando fixamente para ele. *Tum-tum-tum*, seu coração pulsava no peito, na cabeça e nos ouvidos. Sadie pegou os chinelos e a bolsa e saiu para o corredor. Passou a parede dos Hollowell. O médico estava errado. Seu pai tinha sido ele mesmo ontem. Mal-humorado e irritadiço. Ótimo.

Ela saiu pela porta da frente para pegar seu carro. Pensou que talvez devesse dizer a Clara Anne. Clara Anne iria chorar. Carolynn iria chorar. Todo mundo iria chorar, e as notícias a levariam para Amarillo. Ela queria segurar isso. Segurar dentro de si por um tempo. Até que falasse com os médicos. Até que soubesse... ela não sabia o quê.

Miranda Lambert retumbou nos alto-falantes do carro quando ela ligou o motor. Ela baixou o volume e se dirigiu para Amarillo. Seu pai não podia estar morto. Ela não teria sabido disso? Ela não teria sentido de algum modo? O mundo não teria que estar diferente? Parecer diferente?

Estava com a boca seca e tomou um gole de uma velha Coca Diet que havia no porta-copos. Seus ouvidos tinham um estranho zumbido estridente. Como cigarras em sua cabeça. Seus dedos formigaram, e ela se perguntou como as flores selvagens nas laterais da estrada não estavam definhando e morrendo como ela por dentro.

Atravessou Lovett e passou pela Gas & Go. A caminhonete de Vince estava parada perto da lixeira do fundo. Ela o vira havia pouco mais de uma hora? Na cozinha? Tomando café da manhã? Parecia que tinha passado mais tempo. Como uma semana. Como uma vida. Como quando a vida dela era inteira.

Antes.

Antes de o seu mundo desmoronar.

Vince ligou a cafeteira na tomada do escritório e ligou o botão. A maior parte da demolição estava feita, e a reforma começaria em breve.

SALVE-*me*

Um suave farfalhar chamou a atenção dele para a porta. Sadie estava parada lá. As chaves em uma das mãos e um par de chinelos na outra.

— Mudou de ideia sobre arrancar o assoalho? — ele perguntou.

Ela olhou para ele e passou a língua nos lábios.

— Eu preciso de uma Coca Diet da máquina.

Ele deslizou o olhar sobre ela, do topo do cabelo loiro aos dedos dos pés descalços. Havia alguma coisa estranha.

— Joguei fora a máquina de refrigerantes e pedi uma nova.

— Vou pegar uma lata.

Alguma coisa não estava certa.

— Eu esvaziei os refrigeradores e pus para fora. Todas as coisas estão empilhadas em um canto do depósito.

— Tudo bem. Vou tomar uma de qualquer maneira.

— Você quer uma Coca Diet quente?

Ela assentiu com a cabeça e lambeu os lábios novamente.

— Meu pai morreu na noite passada — ela sacudiu a cabeça.

— Esta manhã, quero dizer — as chaves chacoalharam na mão dela e suas sobrancelhas baixaram. — O hospital telefonou. Tenho que ir fazer os arranjos — as sobrancelhas dela baixaram como se nada fizesse sentido. — Eu acho.

Ele baixou a cabeça e olhou nos olhos dela.

— Você dirigiu até aqui, Sadie?

Ela assentiu com a cabeça.

— Estou com a boca seca.

Os olhos dela estavam arregalados, vidrados, com aquele olhar de mil quilômetros de alguém em choque profundo. Ele reconheceu aquele olhar. Ele o tinha visto nos olhos de guerreiros endurecidos.

— Você tem água?

Ele pegou a caneca de café e encheu com água da torneira. Pegou as chaves e os chinelos e deu água a ela.

— Sinto muito sobre seu pai — ele colocou as coisas dela em cima da velha mesa e caminhou até ela. — Eu não o conheci, mas todo mundo que falou dele tinha alguma coisa boa para dizer.

Ela assentiu e esvaziou a caneca.

— Preciso ir.

— Espere aí — ele pegou o punho dela e colocou os dedos sobre o pulso. — Ainda não — olhou para o relógio e contou os batimentos cardíacos dela. — Você está se sentindo tonta?

— O quê?

— Alguém da sua família está levando você para Amarillo? — o pulso dela estava rápido, mas não perigosamente alto. — Uma das suas tias, primos ou tios?

— Meu pai era filho único. Minhas tias e tios são todos do lado da minha mãe.

— Algum deles pode levar você?

— Por quê?

Porque ela não deveria estar dirigindo por aí em choque. Ele largou o pulso dela, depois, pegou seus sapatos e as chaves sobre a mesa.

— Eu vou levar você.

— Você não tem que fazer isso.

Ele ficou de joelhos e colocou os chinelos nos pés delas.

— Eu sei que não — ele se levantou e colocou a mão na parte inferior das costas dela.

Ela sacudiu a cabeça.

— Eu estou bem.

Ela não estava histérica, mas provavelmente não estava nem perto de estar bem. Os dois percorreram o corredor, os chinelos dela batendo suavemente as solas dos seus pés.

— Clara Anne vai falar com todo mundo para você?

— Eu não sei — eles pararam, e ele pegou um jogo de chaves de dentro do bolso das calças. — Eu provavelmente deveria contar a ela.

SALVE-*me*

Vince olhou por cima do seu ombro para o rosto de Sadie enquanto fechava a porta dos fundos da Gas & Go.

— Você não contou a ela antes de sair?

Sadie sacudiu a cabeça.

— Ela teria feito perguntas, e eu não sei de nada ainda — juntos, os dois foram para a caminhonete dele, e ele a ajudou a sentar no banco de passageiros. — Vou ligar para ela do hospital quando souber alguma coisa.

Vince pegou uma garrafa de água da caixa térmica na traseira da caminhonete, então foi para o lado do motorista e sentou. Ao dar a partida, entregou a água para ela e estudou o rosto de Sadie. Ela parecia um pouco pálida, aquele certo tom de branco choque. Seus olhos azuis estavam secos, e ele dava graças por isso. Detestava ver mulheres ou crianças chorando. Era um clichê, ele sabia, mas preferia enfrentar uma tribo talibã insurgente. Sabia o que fazer com terroristas, mas mulheres e crianças chorando o faziam se sentir impotente.

Ele saiu do estacionamento e pediu o endereço do hospital. Ela deu, e ele inseriu no GPS. O silêncio encheu a caminhonete enquanto ela abria a garrafa. Ele não sabia o que dizer, e esperou que ela falasse, para assim pegar uma deixa com ela. Ele andou alguns quarteirões e entrou na autoestrada. Quando ela finalmente disse alguma coisa, não foi o que ele esperava.

— Eu sou a única mulher com quem você está dormindo no momento?

Ele olhou para ela, depois voltou para a estrada.

— O quê?

— Se não sou, tudo bem — ela tomou um gole. — Só estava pensando.

Tudo bem uma ova. Não importa o que uma mulher dissesse, ela nunca achava que estava "tudo bem" com essa merda.

— Você quer falar sobre isso?

Ela assentiu com a cabeça.

— É meia hora até Amarillo, Vince. Eu não posso falar sobre meu pai agora — ela colocou uma das mãos sobre o peito como se pudesse guardar tudo ali dentro. Respirou fundo e expirou lentamente. — Eu não posso fazer isso. Ainda não. Não antes de saber tudo. — Se eu começar a chorar, não vou parar. Fale comigo, por favor. Fale comigo, assim eu não vou pensar no meu pai morrendo totalmente sozinho, sem mim. Fale sobre qualquer coisa.

Merda.

— Bem — ele disse, olhando para trás na estrada —, você é a única mulher com quem eu dormi em um longo tempo. — Ele ainda não podia acreditar que tinha caído no sono na cama dela. Ele não permitira que isso acontecesse desde que deixara as equipes. Como se isso não tivesse sido ruim o suficiente, ele foi pego escapando como um garoto. — E "no momento" você é a única mulher com quem estou fazendo sexo.

— Ah — ela olhou para fora da janela do passageiro e colocou a tampa de volta na garrafa. — No momento você é o único homem com quem estou fazendo sexo — ela parou por alguns segundos e então acrescentou: — Caso você esteja se perguntando.

— Eu não estava. Sem ofensa, querida, mas conheci alguns dos homens solteiros que Lovett tem a oferecer.

Ela olhou para baixo e quase sorriu.

— Tem uns caras realmente legais aqui. Não que eu queira sair com qualquer um deles. Principalmente porque conheço a maioria desde a escola primária e lembro de quando eles costumavam fuçar o nariz — o canto do seu lábio ensaiou um sorriso como se por alguns segundos ela tivesse esquecido aonde eles estavam indo e o motivo, e subitamente se lembrasse. — Graças a Deus que não dormi com nenhum deles.

Isso o surpreendeu um pouco. Provavelmente porque ele crescera em várias cidades pequenas e não tivesse muito para fazer a não ser rolar nos campos de feno.

— Nenhum?

SALVE-me

Ela sacudiu a cabeça.

— Só perdi a virgindade depois de ir embora para a faculdade.

— Qual era o nome dele?

— Frosty Bassinger — a voz dela tremeu.

— Frosty? — ele riu. — Você perdeu a virgindade com um cara chamado Frosty?

— Bom, o nome verdadeiro dele era Frank — ela tirou a tampa e tomou um gole da garrafa. — Quantos anos você tinha?

— Dezesseis. Ela tinha dezoito e o nome dela era Heather.

Sadie sacudiu a cabeça.

— Dezesseis? E sua namorada tinha dezoito? Isso é ilegal.

— A ideia foi minha, e ela não era minha namorada.

— Você não era um cara de relacionamentos nem aos dezesseis anos?

Ele olhou para ela e sorriu.

— Eu tive algumas namoradas no ensino médio.

— E desde então?

Ele olhou para ela. Para as planícies lisas do Texas, relva verde e marrom passando na janela emoldurando a cabeça dela. Para o desespero em seus olhos azuis, suplicando a ele para falar. Apenas continuar falando. Assim ela não teria de pensar em seu pai e na realidade que esperava por ela em Amarillo.

— Na verdade, nada desde que entrei para as equipes. — Ele nunca foi bom conversando amenidades ou falando apenas por falar. Faria uma tentativa, se isso a distraísse. — Não conheço ninguém no primeiro casamento, mas conheço um monte de caras no terceiro. Caras legais. Sérios. — Passou para a pista da esquerda e ultrapassou um Nissan. — A taxa de divórcio entre as equipes fica em torno de noventa por cento.

— Mas você não é mais militar. Já se passaram cinco anos.

— Quase seis.

— E você nunca se apaixonou?

— Claro — ele apoiou o punho sobre a direção. — Por algumas horas.

RACHEL GIBSON

— Isso não é amor.

— Não? — Ele olhou para ela e virou o jogo. — Você já teve um relacionamento realmente sério? Já esteve noiva?

Ela sacudiu a cabeça e colocou a garrafa no porta-copos.

— Eu tive relacionamentos, mas ninguém me deu um anel — a ansiedade dela escapava pelos seus dedos e ela batucava o console. — Eu namorei homens indisponíveis emocionalmente, como meu pai, e tentei fazer que eles me amassem.

— Um psiquiatra falou isso para você?

— O programa *Loveline,* com Mike e dr. Dre.

Ele nunca tinha ouvido falar de *Loveline,* mas já ouvira uma psiquiatra falando a ele por que ele fugia de relacionamentos.

— Aparentemente, eu tenho uma desconexão com emoções profundas. — Ele olhou para ela, e depois de volta para a estrada. — Pelo menos foi o que me disseram.

— Uma mulher?

— Sim. Uma psiquiatra da marinha — ele podia sentir o olhar dela sobre ele. — Uma mulher inteligente como o diabo.

— Por que você é emocionalmente desconectado?

Ele estava disposto a distraí-la... até certo ponto, que não incluía escavar o passado ou a cabeça dele.

— É mais fácil.

— Do quê?

Do que viver com culpa.

— Mike e dr. Dre deram dicas para evitar homens emocionalmente disponíveis?

— Eles deram sinais de aviso.

— E você prestou atenção aos conselhos?

Sadie estudou o perfil de Vince do banco de passageiros da grande caminhonete dele. O maxilar forte e as bochechas estavam cobertos por uma barba de vários dias. Ele não tinha se barbeado desde que ela o vira mais cedo, mas ele parecia ter tomado banho e trocado de roupa.

SALVE-me

— O fato de que estou de alguma maneira envolvida com você deixa bem claro que eu obviamente não ouvi — logo abaixo da superfície da pele, ela podia sentir a dor e a mágoa. Estava muito perto. Muito perto de derramar, se deixasse.

— Claramente.

Ela olhou pela janela para as planícies poeirentas do Texas. O pai dela estava morto. Morto. Isso não podia ser possível. Ele era muito mal-humorado para morrer.

Pela próxima meia hora, Vince atendeu o desejo dela de falar. Não ficou falando mais e mais, apenas fez observações sobre o Texas e Lovett. Toda vez que o silêncio a puxava mais para a borda, a voz dele a trazia de volta. Ela realmente não sabia por que tinha parado na Gas & Go. Ela poderia ter dirigido até Amarillo, mas estava grata pela presença forte e sólida ao seu lado.

No hospital, ele colocou a mão nas costas dela e os dois atravessaram as portas automáticas. Ele ficou esperando do lado de fora do quarto do pai dela com a enfermeira quando ela entrou. As margaridas que ela havia deixado no outro dia estavam na mesa de cabeceira perto das meias antiderrapantes que ela trouxera para ele. Alguém havia puxado o lençol até o peito da camisa do pijama dele. Suas velhas mãos jaziam ao lado do corpo, e seus olhos estavam fechados.

— Papai — ela sussurrou. Seu coração batia forte no peito e na garganta. — Papai — ela disse mais alto, como se pudesse acordá-lo. Ainda que, quando disse isso, já soubesse que ele não estava dormindo. Deu um passo para mais perto da cama. Ele não parecia adormecido. Ele parecia afundado... desaparecido. Pôs os dedos na mão fria dele.

Ele se fora justo quando ela estava começando a compreendê-lo.

Uma lágrima e depois outra rolaram em seu rosto. Ela fechou os olhos e empurrou tudo para baixo até o peito doer.

— Desculpe, pai. Duas escaparam — ela disse. Ele tinha sido sua âncora quando ela nem sequer sabia que precisava de uma.

Ela deslizou a mão na mão do pai e secou o rosto com um lenço de papel da mesa de cabeceira. Mesmo na sua dor, não podia mentir para si mesma. Ele não tinha sido o pai perfeito, mas ela também não havia sido a filha perfeita. O relacionamento dos dois às vezes era difícil, mas ela o amava. Amava-o com uma dor profunda, de devastar a alma. Inspirou, passou pela dor que estava em seu peito, e expirou.

— Você fez o melhor que podia. — Ela entendia isso. Entendia, considerando o passado difícil dele. — Sinto muito por não estar aqui quando você morreu. Lamento que você estivesse sozinho. Sinto muito por uma porção de coisas.

Ela beijou sua bochecha fria. Não havia razão para ficar ao lado da cama dele. Ele não estava mais ali.

— Eu amo você, papai — a emoção trancou sua garganta e ela conseguiu dizer um fraco "Adeus".

Ela saiu para o corredor e fez a difícil ligação para o JH. Vince ficou ao lado dela, a mão em suas costas, enquanto ela falava em voz baixa com as enfermeiras.

Previsivelmente, as irmãs Parton desmoronaram, enquanto Snooks e Tyrus ficaram profundamente entristecidos, mas não surpresos. Eram velhos caubóis durões como Clive e garantiriam que o Rancho JH seguisse tranquilo como sempre.

Ela não sabia como ia viver sem sua âncora e, nos cinco dias seguintes, apenas acompanhou os movimentos. Comeu pouco e dormiu menos ainda. Sua vida era um borrão. Uma entorpecida e nebulosa mancha de pessoas passando no JH para conversar e lembrar do seu pai. Um fluxo constante de caçarolas e histórias de Clive. Uma névoa de escolher caixão e roupas para o funeral. De assinar documentos e escrever o obituário. De descobrir que seu pai morreu de insuficiência cardíaca causada por trombose profunda. Encontrar o advogado da propriedade, o sr. Koonz, e o executor do testamento de Clive.

Ela se sentou no escritório do advogado, o aroma de couro e madeira polida enchendo sua cabeça confusa. Sentou-se com cinco dos empregados mais leais de seu pai e escutou enquanto cada um recebeu um legado de 50 mil dólares e garantia de emprego no rancho JH enquanto quisessem. O advogado mencionou um fundo para um beneficiário não nomeado, que Sadie deduziu ser um filho que ela pudesse ter.

Tudo mais de sua propriedade foi deixado para Sadie. Tudo, da sua velha caminhonete Ford às apólices de seguros e o JH.

Houve um tempo, algumas semanas atrás, quando o peso da responsabilidade a teria esmagado. Ele a sobrecarregava agora, mas não tanto. Agora, o JH parecia mais uma âncora do que uma forca. Ele deixou uma carta para Sadie. Curta e direto ao ponto:

"Falar nunca foi fácil para mim. Eu amei sua mãe e amei você. Não fui o melhor pai e me arrependo disso. Não deixe o pessoal da funerária colocar maquiagem em mim e deixe meu caixão fechado. Você sabe como eu detesto as pessoas espiando e fofocando".

E durante o pior disso tudo, Vince esteve com ela. A presença forte e sólida sempre que ela parecia precisar dele. Ele a ajudou a pegar as coisas de seu pai, depois a levou para a casa funerária no dia seguinte. Principalmente, ele ficou com ela à noite. Quando todos iam embora. Quando a casa ficava quieta demais. Quando ela ficava sozinha com os próprios pensamentos e a dor nebulosa ameaçava afogá-la. Ele pressionava o corpo dele contra o dela. O calor sólido dele perseguindo o frio dos seus ossos. Não se tratava de sexo. Foi mais como se ele fosse para ver se ela estava em segurança e ficasse por algumas horas.

Ele nunca cometeu o erro de dormir na cama dela novamente, e quando ela acordava de um sono sem descanso, ele sempre havia ido embora.

Quinze

Parecia que a população inteira daquela parte do Texas comparecera ao funeral de Clive Hollowell. Enlutados de lugares distantes como Denver, Tulsa e Laredo lotaram os bancos da maior igreja batista de Lovett. Como muitos batistas sulistas, Clive tinha sido batizado aos quatro anos, depois da profissão de fé. A não ser no funeral de sua mulher, ninguém podia lembrar realmente de ver a figura alta de Clive sentada nos bancos da frente da Primeira Igreja Batista na esquina da Terceira com a Houston. Mas no decorrer dos anos, muito dinheiro Hollowell havia passado pelos cofres da igreja, e foi usado em muitas reformas e nos novos campanários de quatorze metros e sinos do carrilhão.

O pastor sênior Grover Tinsdale fez o sermão, tocando em todos os pontos altos sobre pecado, almas e Deus recebendo seu filho Clive de volta. Depois que o pastor se sentou, Sadie foi ao púlpito e fez o discurso fúnebre. Não houve dúvida se ela o faria ou não. Ela era uma Hollowell. A última Hollowell. Ficou sobre o estrado em seu vestido preto sem mangas, o cabelo puxado para trás, os olhos secos.

Abaixo dela estava o caixão de seu pai, feito de pinho simples com as iniciais JH gravadas a fogo, como se devia a um velho caubói. E, como todos os velhos caubóis, ele foi enterrado com suas botas. Seguindo o desejo dele, Sadie insistiu que o caixão fosse fechado, e um arranjo de girassóis e ásteres, margaridas e capotas-azuis, que cresciam selvagens no rancho, cobriram o topo.

Em contraste com o caixão simples, a frente da igreja estava repleta de elaborados arranjos florais. Cruzes e grinaldas e ramalhetes cercavam grandes fotos de Clive e seus cavalos. Sadie ficou acima de todo aquele esplendor, com a voz clara enquanto falava do pai. As irmãs Parton choraram alto no banco da frente, e ela sabia que havia aqueles na congregação que iriam julgá-la. Escutariam sua voz clara e veriam seus olhos secos e cochichariam que ela era uma pessoa fria e insensível. Uma filha ingrata, que fechou o caixão dele para que as pessoas não pudessem se despedir apropriadamente.

Ela falou sobre o amor de seu pai pela terra e pelas pessoas que trabalhavam para ele. Falou sobre o seu amor por cavalos *paint*. Homens crescidos e mulheres choraram abertamente, mas ela não derramou uma lágrima.

Seu pai ficaria orgulhoso.

Seguindo o funeral, a cerimônia foi realizada no cemitério Holy Cross. Clive foi colocado para repousar com as demais gerações de Hollowell ao lado da esposa. Depois disso, o JH foi aberto para os enlutados. As irmãs Parton e dúzias de outros membros da Primeira Igreja Batista fizeram sanduíches de salada de frango e pepino. Foram montadas mesas de banquete sob tendas no gramado, e as mulheres de Lovett chegaram com comida de funeral em mãos. Receitas transmitidas através de gerações lotaram as mesas com galinha frita e toda caçarola concebível. Saladas e cinco diferentes tipos de ovos cozidos, legumes e pães e uma mesa inteira cheia de sobremesas. Tudo regado a chá doce e limonada.

Todo mundo concordou que o serviço foi adorável, e um bom tributo para alguém da estatura e reputação de Clive. E não é preciso dizer que nenhum enterro é perfeito sem escândalos. O primeiro foi, é claro, o distanciamento emocional de Sadie Jo enquanto pranteadores de verdade caíam nos pescoços uns dos outros. Ela estava sem dúvida muito ocupada contando sua herança para realmente estar de luto. O segundo aconteceu quando B. J. Henderson declarou que o picles caseiro de Tamara Perdue era melhor do que o da mulher dele, Margie. Todo mundo sabia que Tamara Perdue não estava acima de caçar o homem de outra mulher. A declaração de B. J. lançou Margie em um parafuso, e a conserva de Tamara terminou com uma dose acidental de Tabasco.

— Onde está o seu jovem? — tia Nelma gritou do outro lado da sala para Sadie, que ficou ao lado da lareira bebendo seu chá gelado tentando atravessar o dia.

Primeiro, Vince não era seu jovem. Ele era seu amigo com benefícios. Ele havia sido um grande amigo nos últimos cinco dias, mas ainda era apenas um amigo colorido. Se ela se permitisse esquecer isso, se ela se deixasse ansiar pela presença sólida dele em sua vida, mesmo que por um segundo, estaria em grandes, grandes problemas. E, segundo, Sadie sabia com certeza que Nelma estava "vestindo seus ouvidos" e não havia razão para gritar.

— Vince está na Gas & Go. Acho que está pintando hoje.

— Seu homem é habilidoso — ela disse, alto o suficiente para ser ouvida no outro condado. — É sempre bom ter um homem útil para consertar coisas. Ele tem um bom plano odontológico?

Sadie não tinha a menor ideia do "plano odontológico" de Vince e nem se algum dia saberia, e não havia absolutamente nenhuma razão para ele comparecer ao funeral de seu pai. Vince não conhecera Clive, e ainda que Sadie pudesse ter encontrado conforto na força da mão dele em suas costas, foi melhor que ele não comparecesse. A vinda dele teria acrescentado outra suculenta camada de fofoca de que ela não precisava.

SALVE-me

Vince havia sido realmente gentil ao levá-la a Amarillo no dia em que seu pai morreu e na funerária depois, mas não era seu namorado. Não importava o quanto gostava dele, ela não poderia esquecer que a relação deles era temporária e, como ela descobriu desde que chegara à cidade dois meses antes, a vida muda em um segundo e tudo muda num piscar de olhos.

A vida dela certamente estava mudada. Ela tinha muito em que pensar. Muito o que imaginar. Mas não hoje. Hoje era o funeral de seu pai. Ela tinha apenas que passar o dia, minuto a minuto, uma hora por vez.

— Pobre criança órfã — tia Ivella colocou os braços em volta do pescoço de Sadie. Ela cheirava a *spray* para cabelo e pó facial.

— Como você está aguentando?

Honestamente, ela não sabia.

— Estou bem.

— Bem, nada seca mais rápido do que uma lágrima — Ivella puxou para trás. — Foi um serviço adorável e com muita gente. Por Deus, tiveram de encontrar um segundo livro.

Sadie não entendia a coisa toda do livro de convidados de um funeral. Talvez algumas pessoas achassem isso um conforto, mas ela não conseguia vislumbrar um dia em que fosse olhar para isso.

— É melhor você comer alguma coisa. Há muita comida. Charlotte fez sua torta de cerejas. O tipo que ela faz todo Natal.

— Vou comer — ela tomou um gole de chá. — Obrigada por vir, tia Ivella.

— Claro que vim. Você é família, Sadie Jo.

Dúzias de parentes por parte de sua mãe tinham comparecido para prestar seus respeitos. A maioria deixou uma caçarola ou um pedaço de bolo e foi embora depois de uma hora. As tias idosas se envolveram e ficaram durante todo o tempo.

— E mesmo que Clive pudesse ser difícil — Ivella continuou —, ele era família também.

O que foi uma das coisas mais simpáticas que Ivella dissera sobre o marido de sua falecida irmã. Sadie fez questão de agradecer a todos os que compareceram e que foram à sua casa, mas tinha certeza de que havia se esquecido de alguém. Alguém que falaria sobre a falta de consideração pela próxima década.

Pediu licença e correu para tio Frasier e tia Pansy Jean. Já passava das quatro da tarde, e Frasier estava ansioso pela hora do coquetel. Frasier contou uma piada sem graça e Pansy Jean fofocou sobre Margie e Tamara e o picles estragado.

— Tamara Perdue é apenas naturalmente horizontal — ela disse.

Depois de alguns momentos, Sadie deslizou até a cozinha e encheu o copo de chá. Acrescentou um pouco de gelo e girou a cabeça de um lado para o outro. Estava ficando com o pescoço duro de tantos abraços, e seus pés começaram a doer no salto de sete centímetros. Perguntou-se se alguém notaria se ela escapasse lá para cima para trocar de sapatos.

— Ouvi por aí que você está gastando tempo com Vince.

Sadie reconheceu a voz rouca de tabaco antes de se virar.

— Olá, sra. Jinks — Luraleen vestia uma camisa cor-de-rosa e longos brincos de pérola balançando sobre os ombros ossudos de sua camiseta que dizia "Fabulous Las Vegas". A mulher estava com um prato cheio nas mãos. — Não sabia que a senhora estava de volta.

— Cheguei em casa esta manhã. Vim prestar meus respeitos e trazer para você uma torta Frito. — Ela empurrou o prato para Sadie. — Sempre gostei do seu pai. Ele era respeitoso com todo mundo.

Sadie pegou o prato.

— Muito obrigada — ela tinha razão. Clive sempre fora respeitoso e a ensinara a ser respeitosa também. — Temos um bufê completo, se estiver com fome.

— Vai ficar na cidade agora?

— Não tenho certeza sobre meus planos — e, mesmo se tivesse certeza, Luraleen seria a última pessoa a quem contaria qualquer coisa. — Ainda preciso esperar um pouco para descobrir.

SALVE-me

— Não demore muito. Garotas não podem esperar tanto quanto os rapazes — ela disse, e sua voz era um chiado estridente. — Você voltou para onde foi criada, mas agora seu pai se foi — ela ergueu um dedo ossudo. — Você precisa se lembrar do seu lugar por aqui.

Sadie apenas sorriu e entregou o prato para Carolynn.

— Muito obrigada novamente por vir prestar seus respeitos. — Ela se virou e disse perto do ouvido da cozinheira: — Estou indo para o meu quarto me deitar um pouco.

— É claro, querida. Clara Anne e eu faremos tudo para tomar conta das coisas por aqui. Descanse.

Sem olhar para trás, subiu a escada e cruzou o corredor cheio de fotos de seus ancestrais. Deslizou para dentro do quarto e tirou os sapatos. Queria alguns momentos de paz e sentou na beira da cama. Só um pouco de quietude. Mas vozes vazavam da janela e subiam pela escada. Risadas misturadas com tons baixos e respeitosos. Ela estava exausta, mas não se deu o trabalho de deitar. Sabia que tentar dormir seria apenas um exercício de frustração.

Levantou e foi pelo corredor até as portas fechadas do quarto do pai. Ficou com a mão na maçaneta de bronze manchada durante vários segundos, antes de respirar fundo e abrir a porta. Havia entrado ali apenas uma vez desde a morte do pai. O dia que teve de pegar o seu único terno, camisa e a gravata. O pai havia sido um homem de poucas palavras e ainda menos pertences pessoais. Uma velha colcha ficava nos pés da cama de ferro forjado. Havia três retratos sobre a velha cômoda de madeira: a foto de Johanna Miss Texas, o retrato do casamento do casal e a foto da formatura de Sadie. Na cornija acima da lareira de pedra estava pendurada uma pintura do Captain Church Hill, um dos seus garanhões Tovero de maior sucesso, e o seu predileto. Captain Church Hill havia morrido fazia dez anos.

Lágrimas correram do canto de seus olhos, e ela mordeu a ponta do lábio trêmulo enquanto se lembrava do pai falando sobre a história e as linhagens dos cavalos *paint*. Ele nunca falara com ela sobre como foi crescer no JH. Ela sempre pensou que era porque ele era ranzinza e pouco comunicativo. As duas coisas eram verdade, mas agora ela sabia que ele havia sido criado por um pai inconstante e tinha seus próprios sonhos irrealizados de se tornar um "rei das estradas".

Um barulho lá embaixo fez Sadie pular. Seu coração disparou, e ela deu um passo atrás para fora do quarto. Secou as lágrimas do rosto.

Sentiu-se como um copo prestes a transbordar. Não podia aguentar ficar no corredor olhando as coisas de seu pai e não podia voltar lá para baixo. A ideia de tomar mais chá e sorrir polidamente era a gota d'água.

Foi para dentro do quarto e enfiou os pés nas velhas botas. Botou o chapéu Stetson na cabeça e pegou a pequena bolsa preta da mesa de cabeceira. Os saltos das botas fizeram um ruído surdo no chão de madeira e nos degraus da escada. Ela passou por várias pessoas no caminho até a porta da frente, mas não parou para cumprimentá-las. Apenas continuou andando. Além da fila de carros estacionados, da estrada poeirenta. O chapéu protegia os olhos dela do sol do fim de tarde, e ela continuou. Ansiedade e tristeza tomaram conta do seu coração. O que ela iria fazer agora que seu pai se fora? O que ia fazer a respeito do JH? Ela não precisava viver no rancho. Tinha várias opções. Envolver-se no gerenciamento do dia a dia do rancho, deixar o atual gerente e os dois capatazes tomarem conta completamente ou alguma coisa entre essas duas opções. Ela tinha uma reunião com Dickie Briscoe, Snooks Perry e Tyrus Pratt na segunda-feira de manhã. O gerente do rancho e os dois capatazes queriam conversar com ela sobre seus planos e opções. Ela era agora a única dona de 4 mil hectares, milhares de cabeças de gado e uma dúzia de cavalos American *paint* registrados. Estava certa de possuir também alguns cães pastores e uma enorme quantidade de gatos do celeiro.

SALVE-me

Uma parte dela queria fugir, como sempre. Entrar no carro e deixar tudo aquilo para trás. No entanto, havia também uma parte, uma nova e intrigante parte, que queria ficar por ali e ver o que poderia fazer.

Uma brisa leve soprou o gramado selvagem e a poeira. Ela parou no meio da rua e olhou para trás, para a casa. Calculou que havia caminhado cerca de um quilômetro e meio. Devia voltar.

— Todo mundo diz que Sadie vai deixar a cidade assim que puser as mãos no dinheiro do pai.

Vince olhou para Becca. Ele não a vira por cerca de uma semana. Pensou que talvez o tivesse esquecido. Seria muita sorte.

— É isso que todos estão dizendo?

— É.

Ele jogou para ela um dr. Pepper gelado tirado de um refrigerador Coleman no chão do escritório da Gas & Go. Os cabelos dela pareciam uma bolha curta. Um pouco estranhos, mas não tão estranhos quanto o corte torto com que aparecera alguns dias antes.

— Eu não sei dos planos dela — ela não os havia discutido com ele.

— Você está namorando Sadie Jo?

Ele se ajoelhou e vasculhou nas partes mais profundas da sua caixa de ferramentas, sentado no meio da sala. A reforma estava levando mais tempo do que ele esperava. Em vez de trabalhar, ele passara o dia olhando apartamentos e agora precisava parar tudo e fazer uma viagem a Seattle antes do esperado.

— Não está?

— Não estou o quê?

— Namorando Sadie Jo.

A vida sexual dele não era da conta de Becca.

— Não sei se eu chamaria de "namorar".

— De que você chamaria?

Ele olhou para a irritante garota de vinte e um anos.

— Eu chamo de "nada que interesse a você".

Becca franziu a testa e abriu a lata.

— Eu vi o jeito que você olhou para ela, Vince.

— Quando?

— Na semana passada, quando eu estava aqui e ela apareceu — ela encostou um ombro na porta onde o batente tinha sido removido dias atrás. Ele não tinha planejado remover as portas de madeira e os batentes, mas décadas do cheiro de cigarro de Luraleen tinham se entranhado na madeira, que cheirava como um bar na velha Las Vegas. — Você solta faíscas pelos olhos por ela.

Aquilo era ridículo. Se ela havia visto alguma coisa nos olhos dele, tinha sido puro tesão.

— Eu não solto faíscas — ele disse para a garota que usava brilho nas pálpebras. Continuou sua inspeção e acrescentou: — Nunca soltei faíscas.

— Ah, você soltou faíscas.

O rosto dele estava quente e, se não se conhecesse, acharia que estava constrangido. O que era simplesmente ridículo. Ele não ficava constrangido.

— Lembra quando nos conhecemos no casamento da Tally Lynn?

Não era provável que ele esquecesse. Ele levantou e pegou o cinto de ferramentas em cima da mesa.

— Eu nunca pensei que fosse encontrar alguém depois do Slade.

Ele colocou o cinto de couro macio ao redor da cintura. Meu Deus, como ela era dramática.

— Mas encontrei. O nome dele é Jeremiah.

Ele olhou para cima e se perguntou por que ela achava que ele se importava. Ah, é, ela achava que ele era o pai dela.

— Então não vou mais aparecer muito por aqui.

Louvado seja Jesus.

— E então, Sadie vai ficar por aqui?

Mesmo que ele quisesse que ela ficasse, ela sempre dizia que daria o fora de Lovett assim que tivesse a chance. De volta para sua vida real. Quando eles se encontraram pela primeira vez, foi esse um dos motivos de ele tê-la achado tão atraente. Agora, havia uma porção de coisas nela que o atraíam. Além do óbvio, ela era inteligente e resistente. Nos últimos dias, ela foi forte diante da perda. Ao contrário de sua própria mãe, que sempre se ajoelhava quando se sentia desmoronando, Sadie se levantou e enfrentou o que veio com uma dignidade tranquila. Gostou disso nela. A partida de Sadie não era mais uma coisa de que ele gostasse, no entanto. Ele não se importaria se ela quisesse ficar por ali. Quando ele entrou pela primeira vez na cidade, achou que ficaria apenas uma ou duas semanas. Problemas acontecem, ou, para parafrasear Donald Rumsfeld, há conhecidos conhecidos, conhecidos desconhecidos e desconhecidos desconhecidos. A imprensa fez piada da afirmação do ex-secretário de defesa, mas ela fez muito sentido para caras como Vince, que entravam em conhecidos desconhecidos apenas para aterrissar em merdas de tempestades de desconhecidos desconhecidos. Ele amava um bem executado plano de conhecidos conhecidos. Gostava de antecipar complicações. Como ver o problema surgindo antes de um conhecido conhecido se transformar num conhecido desconhecido. Ou pior. Um desconhecido desconhecido onde nada restou a não ser explodir tudo e atirar em qualquer coisa que se move. Simplesmente queimar tudo.

— Você é um homem legal e merece uma mulher legal.

O que mostrava o quanto ela sabia. Ele não era um cara legal. Ele tinha visto e feito coisas sobre as quais jamais falaria com qualquer pessoa fora das equipes. Coisas que os civis jamais poderiam entender. Coisas horríveis que deixaram uma marca em sua alma, ainda que não se arrependesse delas e as faria de novo se o país pedisse. Coisas que faria para proteger sua família. Só que sua família não precisava mais dele para protegê-la.

— Eu acho você realmente demais, Vince — seus grandes olhos castanhos olharam para ele.

O telefone dele tocou, e ele o tirou do bolso. Abriu o texto e leu: *Salve-me*. Havia muito o que fazer na Gas & Go. Ele tinha passado o dia vendo apartamentos, e, nos últimos quatro dias, havia ficado com Sadie. Estava atrasado em sua reforma. E ainda poderia trabalhar umas boas horas hoje. Precisava trabalhar mais umas horas antes de ir para Seattle em alguns dias. A viagem inesperada ia atrasá-lo ainda mais, o que poderia lhe custar dinheiro.

Vince odiava perder dinheiro quase tanto quanto odiava desconhecidos desconhecidos e dever às pessoas.

Ele deslizou o telefone para dentro do bolso lateral da calça cargo.

— Está tarde — ele disse. — Hora de ir para casa. — Conduziu Becca pela porta dos fundos e saltou em sua caminhonete. No caminho para o JH, não se incomodou em perguntar a si mesmo por que estava largando tudo para salvar Sadie. Não fazia sentido, e ele preferia coisas que fazem sentido. Um plano bem executado. Uma clareza de propósitos. Um conhecido conhecido.

Saiu da autoestrada e dirigiu para a entrada do rancho JH. Gostava de dizer a si mesmo que não passava de sexo. Esta era a resposta simples. Reta. Clara. Mas, caminhando na direção dele, com finas nuvens de poeira saindo dos saltos das botas, *sexy* como o inferno, estava uma quentíssima complicação. O que o velho Rumsfeld chamaria de desconhecidos conhecidos.

A coisa mais sensata a fazer era dar meia-volta antes que a parte desconhecida daquela equação explodisse em uma tempestade de merda. Ele detestava tempestades de merda. Odiava a sensação subindo nele como se estivesse em território desconhecido. Todo bom guerreiro sabia quando abortar. Cair fora. Por meio segundo, ele pensou em dar meia-volta. Então ela sorriu, a mão dela se ergueu num pequeno aceno e ele sentiu como se um punho tivesse golpeado seu diafragma.

SALVE-*me*

Precisou se lembrar de respirar. Apertou o botão na porta e baixou o vidro da janela.

— Ei, marinheiro — Sadie disse enquanto uma pálida nuvem de poeira levantou da estrada de terra. Ela olhou através da janela aberta e seu olhar encontrou os cabelos escuros e os olhos verdes em um rosto que simplesmente parecia ficar mais bonito a cada vez que ela o via.

— Aonde você está indo? — ele perguntou.

— A qualquer lugar — ela abanou a poeira. — Interessado?

— Depende — ele sorriu. — O que você tem em mente?

Ela sorriu, um sorriso de verdade, pela primeira vez naquele dia.

— Decisões que provavelmente lamentaremos mais tarde.

Ele apontou para o assento vazio ao lado dele.

— Suba aí.

Ela não precisou ser convidada duas vezes. Vários carros com pessoas enlutadas tinham passado por ela em sua caminhada pela estrada. Eles foram gentis e bem-intencionados, mas ela estava completamente cansada de falar. Deslizou para o banco e colocou o cinto.

— Meu Deus, que dia — tirou o chapéu e reclinou a cabeça para trás.

— Cansada?

— Hmmm.

— Como foi? — Ele deu a volta com a caminhonete e virou para a cidade.

Ela virou a cabeça no apoio e olhou para ele. Isso do cara que disse que não queria conversa?

— O serviço foi bom. Toneladas de flores e muitas pessoas. Comida suficiente para alimentar uma aldeia. O que no Texas é uma grande coisa — sentada no conforto da caminhonete, ela se deixou relaxar pela primeira vez no dia. Talvez na última semana. — O que você fez o dia todo? — Nossa, eles pareciam um casal. O que era um pouco assustador.

— Fiquei procurando um apartamento e comprei um colchão de ar e um saco de dormir em Amarillo.

— Não sabia que você estava procurando — ele estava usando seu uniforme habitual de camiseta marrom e calça cargo bege. Era o único cara que ela conhecia que podia usar essa combinação de cores e ficar parecendo qualquer coisa, menos ridículo.

Ele entrou na autoestrada.

— Luraleen chegou em casa na noite passada.

— Eu sei. Ela estava no funeral e trouxe uma torta Frito.

Ele olhou para ela, e em seguida de volta para a estrada.

— O que é uma das razões pelas quais eu me mudei.

As sobrancelhas de Sadie se ergueram enquanto ela estudava o perfil dele, o pescoço e os ombros na camiseta apertada.

— Você já encontrou alguma coisa? Isso foi rápido.

— Eu sou rápido.

— Eu lembro. Na segunda vez que encontrei você, você enfiou as mãos embaixo do meu vestido.

Ele riu e olhou para ela.

— Você não estava reclamando.

— Verdade.

Ele pegou uma garrafa de Coca Diet gelada e um saco de Cheetos de trás do assento e entregou a ela.

Ela olhou para o saco laranja em seu colo. Sentiu a garrafa fria nas mãos e seu peito subitamente ficou pesado. O fundo do seu coração comprimiu-se um pouco. No passado, homens tinham dado a ela flores e joias e *lingerie*, e ela estava com o coração todo doendo por causa de Cheetos e Coca Diet?

— Jantar? — tinha que ser por causa das emoções do dia. — Cuidado. Daqui a pouco você vai me convidar para um filme.

— Eu tenho um motivo oculto.

SALVE-me

Ela abriu a garrafa, deu um gole e culpou o gás pela breve sensação engraçada em seu estômago.

— Eu sou uma coisa certa. Não precisa me adular com Cheetos e Coca Cola para ter sorte.

— Eu nunca confio na sorte — ele olhou para ela e os cantos de sua boca se ergueram. — Eu confio em um plano bem executado. É o chamado círculo completo da prontidão.

— Isso está no manual do *seal*?

— Em algum lugar — ele riu, um som leve e divertido que alterou a pulsação dela. — Em algum lugar entre "no tempo, no alvo, nunca desistir" e "pegue seu saco e salte".

Ela sorriu.

— Sua mochila?

— Isso, também.

— Você sente falta de pular de aviões?

Ele olhou pelo retrovisor.

— Não tanto quanto costumava, mas sim.

— Por que você saiu?

Passaram-se vários momentos até ele responder.

— Principalmente por obrigações familiares.

Ela pensou que provavelmente havia mais na história, mas não queria bisbilhotar. Tudo bem, ela *queria* bisbilhotar, mas sentiu que não poderia.

— Do que você sente mais falta?

— Dos meus colegas de equipe — ele limpou a garganta e voltou a atenção para a estrada à frente. — Ser parte de alguma coisa com um propósito nobre — ele parou um momento e então acrescentou. — Nadar no oceano. Atacar veículos camuflados com uma metralhadora M-2 e lançadores de granadas de 40 mm. Atirar em coisas.

Ela riu e abriu o saco de Cheetos enquanto eles chegavam a Lovett.

— Parece o meu tipo de trabalho. Sou uma ótima atiradora.

Ele olhou para ela com o canto dos olhos.

— Para uma garota, você se sai muito bem.

— Posso superar a maioria dos homens. Se tivermos outra rodada, eu provavelmente posso superar você também.

— Isso não vai acontecer nunca.

Verdade. Ela tinha visto a precisão mortal dele, cortesia do seu treinamento governamental.

— Do que mais você sente falta dos militares?

— Sinto falta de nadar e furar as ondas.

— O lago Meredith fica cerca de noventa quilômetros a oeste de Lovett — ela mordeu um pedaço crocante e acrescentou. — Meu tio Frasier tem uma piscina a algumas quadras daqui, mas já passou da hora do coquetel e ele provavelmente está nadando bêbado e nu. Mas eu poderia pedir.

— Nos últimos dezesseis anos, vivi perto do oceano. Prefiro o mar a uma piscina — ele virou na Desert Canyon, depois pegou a esquerda na Butte. — Ainda mais uma piscina com um cara bêbado flutuando nela como uma rolha nua.

O que descrevia muitíssimo bem o tio Frasier.

Dezesseis

O complexo de apartamentos Casa Bella era novo e feito de estuque em terracota colorida e telhado de telha espanhola. Parecia ter cerca de vinte unidades, e Vince parou a caminhonete embaixo de uma vaga coberta. Ele a levou para um apartamento no segundo andar. Era um básico imóvel de setenta e cinco metros quadrados, dois dormitórios, um banheiro e um lavabo. O carpete estava limpo e cheirava a pintura nova, perfeito para um cara que não sabia quanto tempo ficaria vivendo na cidadezinha.

— Se eu soubesse — ela disse enquanto seguia para a cozinha e olhava em volta para os aparelhos de preço médio —, eu teria trazido uma planta de inauguração. — Ela abriu o refrigerador e colocou a Coca Diet perto da caixa de Lone Star e uma embalagem com seis garrafas de água.

— Eu não quero uma planta — ele pegou o chapéu dela e jogou em cima de uma caixa que estava sobre o balcão. Depois, deslizou as mãos para a cintura dela. Ele a puxou de costas contra o seu peito e beijou o lado do seu pescoço. — Eu não trabalhei muito na Gas & Go hoje. Então, não devo estar cheirando mal.

Ela sorriu e inclinou a cabeça para um lado para facilitar o acesso dele.

— Isso funciona para você?

— Parece que sim.

Ele abriu o fecho nas costas do vestido e o escorregou pelos ombros dela.

— Seu sutiã é preto.

— Combina com a minha calcinha.

— Eu reparei — o vestido de crepe caiu no chão, e ele disse contra o ombro nu dela: — Quero foder você sem tirar as botas — os dedos dele se moveram para o fecho do sutiã. — Isso funciona para você?

Ah, sim. Ela se virou, e o sutiã se juntou ao vestido.

— Sim, Vince — ela puxou a camisa dele sobre a cabeça e correu as mãos para cima e para baixo pelos músculos dele. Ela beijou o pescoço dele e sua mão mergulhou para a frente das calças. — Você funciona para mim — ela disse, e colocou a mão em torno da grossa ereção. — Você está no tempo, no alvo, e nunca desiste. — Ele respirou fundo, e ela sorriu contra a pele quente do pescoço dele. — Acho que você chama isso de círculo completo de prontidão. Gosto de um cara que esteja totalmente pronto com um corpo realmente bom, grande e duro. — Ela deslizou a mão para cima e para baixo pelo pau dele e a cabeça roliça. Mordeu o lóbulo da orelha dele e sussurrou — Me fode de botas, Vince.

E ele obedeceu. Ali mesmo, contra o refrigerador com as pernas dela em volta da cintura dele. Foi rápido e feroz e tão quente que suas peles escorregavam e trancavam, e ela se sentia queimar de dentro para fora.

— Você é boa. Tão boa — ele gemeu enquanto a combustão interna se alastrou através dela e ela arquejou, incapaz de recuperar o fôlego. O coração dela batia forte quando todo seu mundo explodiu. Quando acabou, quando cada célula do seu corpo tinha se rearranjado, ela se sentia diferente. Não *apaixonada*, diferente.

SALVE-me

Não tão *sozinha*, diferente. Estivera cercada por uma multidão o dia inteiro. Não estava sozinha, mas, com Vince, ela se sentia viva.

— Você está bem? — Ele perguntou contra o pescoço dela, a respiração morna arrepiando a pele ainda sensível de Sadie.

— Estou. E você? Você fez todo o trabalho.

— Eu gosto deste tipo de trabalho — ele respirou fundo e soltou. — Especialmente com você.

Quanto tempo mais? Ela se perguntou pela primeira vez desde aquela primeira noite em que ele havia ido à casa dela. Ela sabia que ele ia preencher as noites dela. Ela só não tinha contado com ele para preencher sua vida tão completamente. E isso era assustador como o inferno. E deixar sua mente vagar por esse caminho assustador queria dizer que ela se importava. Importar-se não era necessariamente ruim, mas se importar *demais* seria realmente ruim. Algo em que, naquele momento, ela provavelmente não deveria pensar a respeito. Pensaria nisso mais tarde, quando tivesse de pensar em cada uma das outras questões da sua vida.

Em seguida, ela sentou de pernas cruzadas no pátio dos fundos, bebendo Lone Star. O concreto duro resfriou seu traseiro enquanto ela olhou o sol poente.

— Eu marquei um voo na segunda à tarde para Seattle.

Sadie estava de calcinha e com a camiseta marrom dele, que ficava abaixo dos joelhos dela.

— Por quê?

— Agora que sei que vou ficar aqui por um tempo ainda, preciso pegar algumas coisas no depósito. — Ele se sentou ao lado dela com as costas contra a parede. Com os pés nus descansados na parte de baixo da grade de ferro forjado. Estava com a calça cargo e nada mais. — Vou alugar uma van e voltar dirigindo — ele tomou um gole. — Vou ficar por alguns dias, ver minha irmã e sair com Conner.

— Seu sobrinho?

— É. E tenho certeza de que terei de ver o filho da puta.

— Sam Leclaire?

— É. Meu Deus, eu odeio aquele cara. Mais ainda agora, que as regras mudaram.

Ela tomou um gole e semicerrou os olhos para o sol alaranjado deslizando abaixo das árvores.

— Desde que ele está noivo da sua irmã?

— Não, desde que o filho da puta me livrou, agora não posso bater nele.

Sadie engasgou.

— Livrou você? — ela gaguejou. — Livrou você do quê?

— Da cadeia — ele olhou para ela com o canto dos olhos. — Eu me meti numa briga com uns caras em dezembro passado.

— Uns? Quantos caras?

— Provavelmente dez — ele deu de ombros, como se não fosse nada. — Eles pensaram que eram grandes motoqueiros fodões.

— Você lutou contra dez motoqueiros fodões?

— Eles pensavam que eram fodões — ele sacudiu a cabeça. — Não eram.

— Ainda assim... dez?

— Começou com apenas dois ou três. Os outros foram se juntando até que a briga tomou conta e todo mundo estava batendo em qualquer coisa que se movesse.

— O que começou a briga?

— Alguns caras queriam botar a boca para fora e eu não estava com disposição de ouvir.

— O quê? — Sua boca ficou aberta e em seguida se fechou rapidamente. — Você se meteu numa briga com motoqueiros porque eles disseram alguma coisa de que você não gostou? — Isso era loucura. Não fazia sentido. — Você não podia simplesmente ter ido embora?

Ele olhou para ela com o canto dos olhos, como se ela fosse a louca.

— Eu sou totalmente a favor da liberdade de expressão e tal. Mas com essa liberdade vem a responsabilidade de saber sobre o

SALVE-me

que você está falando. E se você vai acusar os militares de serem ignorantes estupradores, eu tenho a liberdade de fazer você calar a boca. Não. A obrigação.

— Um motoqueiro disse isso? — Ela imaginava que motoqueiros defendessem os militares.

— Era Seattle — ele disse, como se isso explicasse tudo. — Washington está recheado de liberais malucos.

Com certeza não era boa hora para dizer a ele que ela votou no Obama.

Ele enfiou a mão no bolso lateral da calça e tirou o celular.

— Você acabou com a minha energia e estou morrendo de fome. Cheetos não vão resolver isso. — Ele pediu uma pizza, depois ajudou Sadie a se levantar. — Se continuar comendo porcaria e saindo com você, vou engordar.

Ela ficou na frente dele e colocou a mão sobre sua barriga plana.

— Não acho que você precise se preocupar com isso.

— Estou fora de forma.

— Comparado com quem?

Ele foi para dentro do apartamento, e ela o seguiu até a cozinha.

— Comparado com quando eu treinava todos os dias — ele jogou o chapéu dela sobre uma caixa em cima do balcão da cozinha. — Minha irmã mandou fotos antigas e umas porcarias quando enviou minhas informações de imposto de renda dos últimos cinco anos. — Vince pegou de dentro da caixa um punhado de fotos. Jogou várias delas sobre o balcão e entregou uma a ela.

Ela olhou para o jovem com os músculos peitorais claramente definidos e um *short* molhado.

— Nossa — ela não tinha pensado que o cara pudesse ser ainda mais musculoso. Ela olhou do peito molhado na foto para o rosto dele. — Você parece tão jovem.

— Eu tinha vinte anos. Foi tirada no dia em que passei no teste de afogamento.

Ela tinha medo de perguntar o que aquilo significava e pegou uma foto de Vince de joelhos diante de uma parede crivada de balas, com uma metralhadora ao lado e vestindo uma roupa camuflada com uma barba suja. Em outra, ele estava barbeado e fazendo flexões com dois tanques de mergulho nas costas.

— Quanto isso pesa?

Ele virou a cabeça e olhou para as fotos.

— Mais ou menos trinta e seis quilos. Eu não me importava com os exercícios. Eu odiava ficar molhado e cheio de areia.

Eles já tinham estabelecido que ele amava a água, mas detestava a areia. Ela pegou uma foto diferente da versão mais jovem de Vince com seus braços ao redor de uma mulher e uma adolescente ruiva. Ele vestia uma camisa de marinheiro branca com um lenço preto no pescoço, chapéu branco e um enorme sorriso.

— Aí estão minha mãe e minha irmã na formatura do BUD/S — ela podia ver a semelhança dele com a mãe. Com a irmã, não.

— O que significa BUD/S?

— Básico de Demolição Submarina. O *seal* é porque operamos na terra, na água e no ar.

Ela também podia ver o orgulho nos olhos da mãe dele. Se o pai dela tivesse tido um filho como Vince, teria ficado orgulhoso. Talvez até tivesse lhe dado três tapinhas nas costas.

— Seu pai estava lá?

— Não. Tenho certeza de que tinha algo mais importante a fazer.

Pelo pouco que ele havia falado sobre o pai, ela não se surpreendeu com a resposta. Mas o que podia ser mais importante do que a formatura do filho no treinamento *seal*?

— Tipo o quê?

Ele sacudiu a cabeça.

— Não sei.

— Meu pai não foi à minha formatura no ensino médio — mas pelo menos ela sabia o que tinha sido mais importante. — Ele estava marcando o gado — ela pensou nos acontecimentos do dia e em

SALVE-me

todas as histórias de Clive. A boas e as não tão boas. Da última vez que o vira, eles tinham feito mais conexão do que nos últimos anos. Ela teve um vislumbre do seu pai que nunca havia tido antes, mas não tinha sido a grande conexão emocional que ela sempre esperou. — Seu pai ainda está vivo, talvez ele mude.

— Não me importa — ele olhou dentro da caixa e empurrou coisas ao redor. — Não acho que as pessoas mudem a não ser que realmente queiram. Ninguém muda apenas porque outra pessoa deseja. E, mesmo que isso aconteça, provavelmente já é tarde demais.

Ela não achava que isso fosse verdade, mas quem era ela para argumentar? Nunca havia feito as pazes de verdade com o pai. Não o tipo de grande e satisfatório final de Hollywood que deveria ter deixado as coisas envoltas por um belo laço para ela. Se ele tivesse vivido mais dez anos, ela provavelmente jamais teria conseguido isso dele. Sadie olhou para dentro da caixa e pegou um capacete azul com "Haven" escrito em branco na frente e "228" nos lados.

— O que é isso?

— O capacete da segunda fase do BUD/S — ele pegou das mãos dela e o colocou em sua cabeça. Caiu até as sobrancelhas dela. — Combina com seus olhos.

Ela o empurrou para cima.

— Cobre meus olhos.

Ele pegou uma medalha de ouro de uma caixa de veludo e a prendeu na camiseta dela.

— Você está muito gostosa com meu capacete e meu Tridente.

— Sério? — Ela riu. — Quantas mulheres você já deixou usarem seu capacete?

— Este capacete, em particular, nenhuma — ele baixou a boca para perto da garganta dela e falou. — Você é a primeira mulher a tocar o meu Tridente.

Ela não sabia se isso a tornava especial ou não, mas a boca quente dele contra a pele dela fazia coisas especiais dentro dela.

— Eu não tenho nada para você tocar.

— Você tem muitas coisas para eu tocar — ele deslizou a boca para a parte bem abaixo da orelha dela. — Coisas macias. Coisas que fazem bem.

— Você já tocou em todas essas coisas.

— Eu quero tocar nelas muito mais — ela se inclinou para trás, e o capacete dele caiu sobre o balcão. — Eu gosto de tocar em você — ele disse entre beijos no maxilar dela. — Eu amo ir fundo.

Ele amava ir fundo, mas isso não significava que ele a amava. No passado, ela poderia ter distorcido isso em sua cabeça para significar que esse homem emocionalmente indisponível a amava. Não amava, e ela não podia nunca se permitir ter qualquer sentimento profundo por ele.

A campainha da porta soou, e Vince ergueu a cabeça. As sobrancelhas franziram, os olhos um tanto vidrados.

— Quem poderia ser? Só você sabe onde eu moro.

— O cara da pizza.

— Ah, é — ele piscou. — Eu esqueci.

Juntos, os dois sentaram no meio da sala de estar vazia de Vince. Devoraram a pizza de pepperoni duplo e beberam Lone Star. Sadie ficou surpresa com o tanto que comeu, considerando que sua casa estava cheia de caçarolas do funeral.

— Não acho que pizza seja um alimento energético. Estou me sentindo como uma lesma agora — disse ela, inclinando-se sobre os cotovelos e esfregando a barriga cheia. — Se eu continuar saindo com você, eu é que vou ficar gorda. — No momento, não havia nenhum lugar em que ela preferisse estar. Havia, no entanto, um lugar em que precisava estar. — Eu provavelmente deveria ir para casa.

— Eu provavelmente deveria lhe mostrar meu novo colchão de ar primeiro — Vince engoliu o último pedaço com Lone Star e colocou a garrafa na caixa vazia.

SALVE-me

— Por quê? — Ela tinha visto o colchão de ar e um saco de dormir duplo quando ele lhe mostrou o apartamento. — Ele faz alguma coisa superespecial que outros colchões não fazem?

— Vai fazer assim que eu puser você nele.

— Nós vamos ficar de conchinha sem roupa, é?

Ele assentiu.

— Com bolas na bunda.

A risada suave dela se transformou em um bocejo.

— Você é tão romântico.

Alguma coisa estava errada. Sadie sentiu isso antes mesmo de abrir completamente os olhos. Por alguns desorientados segundos, não conseguia lembrar onde estava. Ouviu um baque surdo e olhou em volta no quarto escuro. Estava na casa de Vince. No saco de dormir dele, no colchão de ar. Não sabia quanto tempo tinha dormido, mas já estava escuro. Virou a cabeça e olhou para o travesseiro vazio perto dela.

— Compreendido!

Sadie se levantou e pegou a camiseta marrom de Vince do chão. Outro baque surdo, e foi até o corredor enfiando os braços na camiseta. Parecia que ele estava lutando com um intruso.

— Foda-se!

— Vince! — ela teve a ideia fugaz de pegar alguma coisa para ajudar, mas sabia que não havia nada.

— Mate todos aqueles pastores filhos da puta!

A luz do forno da cozinha fazia um caminho até a sala. Uma sombra mais escura se movia com a luz matizada.

— Vince?

— Ah, meu Deus — ele resfolegava com força, como se tivesse corrido dez quilômetros no calor escaldante. — Ah, merda! ... Wilson — ele deu uns passos para trás. — Aguente, irmão... merda. Vou arrumar você.

Wilson? Quem era Wilson?

Ele se ajoelhou. A luz fraca brilhou em sua coxa nua até a cintura. A tensão engrossava o ar.

— Não faça isso, Pete.

— Vince?

A respiração dele ficou pior. Mais rápida. Ele tossiu e engasgou. A luz pegou em seu braço duro, as veias salientes como se ele estivesse levantando pesos. Ele era enorme, agachado no corredor estreito.

— Fique comigo.

— Vince! — Ela não tocou nele. Não chegou mais perto. Ela não estava com medo dele. Estava com medo por ele. Medo de que ele tivesse uma hiperventilação ou se machucasse. — Você está bem? — Apesar de ele claramente não estar.

Ele levantou a cabeça, e ela pensou que ele a tivesse escutado.

— A ajuda está vindo. Aguente.

Ela acendeu a luz do quarto e se ajoelhou na entrada.

— Vince! — os olhos arregalados dele fitaram os dela, olhando fixamente para alguma coisa que só ele podia ver. O coração dela se partiu por ele. Completamente partido. Ela não queria que isso acontecesse. Ela não tinha nenhum controle.

Ele ergueu a cabeça e as costas como se estivesse vendo algo no céu. Sua boca se abriu enquanto ele puxava ar para os pulmões, e suas mãos se moveram em frente ao seu peito como se ele estivesse agarrando alguma coisa invisível.

Ele era normalmente grande e poderoso e tinha total controle de tudo à sua volta.

— Vince! — ela gritou.

Ele piscou e virou o olhar cego na direção dela.

— O quê?

— Você está bem?

Sua boca se fechou e suas narinas tremeram quando ele respirou pelo nariz. Suas sobrancelhas baixaram, e ele olhou em volta.

SALVE-me

— O quê?

— Você está bem?

— Onde eu estou?

O coração dela arquejou e se partiu um pouco mais.

— No seu apartamento.

O som da respiração pesada dele encheu o corredor, e ele voltou o olhar para o dela.

— Sadie?

— É — sentiu como se estivesse caindo através das rachaduras em seu coração. Bem ali no corredor do apartamento sem móveis. No possível pior dia da vida dela. Ela tentou muito. Tentou muito não se apaixonar por Vince Haven, o mais indisponível homem do planeta, mas se apaixonou.

— Meu Deus.

É. Meu Deus. Ela foi até ele e colocou a mão sobre seu ombro. A pele dele estava quente e seca.

— Posso pegar alguma coisa para você?

— Não — ele engoliu em seco e encostou as costas na parede atrás dele.

Ela se levantou do mesmo jeito e foi pela sala de estar até a cozinha pequena. Pegou uma garrafa de água do refrigerador. Tentou muito não chorar por ele e por ela, mas as lágrimas deslizaram por suas bochechas, e ela as secou na bainha da camiseta de Vince. Quando ela voltou, ele ainda estava sentado com as costas na parede, os antebraços descansando nos joelhos dobrados. O olhar dele estava fixo no teto.

— Aqui — ela se ajoelhou na frente dele e abriu a garrafa. Ele tentou alcançar a garrafa, mas sua mão tremeu e ele cerrou o punho.

— Você vai ficar bem?

Ele lambeu os lábios secos.

— Eu estou bem.

Ele não estava bem.

— Isso acontece às vezes?

Ele encolheu os ombros.

— Às vezes.

Obviamente, ele não estava a fim de falar sobre isso. Ela beijou o ombro quente e seco dele.

— Amo o seu cheiro — ela disse. Ele não disse nada, e ela sentou perto dele e o abraçou pela cintura. Ela o amava, e isso a apavorava. — Quem é Wilson?

Ele olhou para ela, as sobrancelhas contraídas.

— Onde você ouviu esse nome?

— Você gritou.

Ele desviou o olhar para longe.

— Pete Wilson. Ele está morto.

— Era um companheiro? — Ela apanhou o punho dele e forçou a garrafa em sua mão.

— É — A água escorreu pelos cantos de sua boca enquanto ele tomou vários grandes goles. — Foi o melhor oficial que conheci — ele secou a água com as costas da mão. — O melhor homem que conheci.

— Como ele morreu?

— Foi morto nas montanhas Hindu Kush, no Afeganistão central.

A raiva rolou dele, e a tensão deixou seus músculos ainda mais tensos.

— O que posso fazer para ajudar você? — Ela perguntou. Ele tinha sido tão bom para ela na semana anterior. Quando ela precisou dele, ele estava lá. Levando-a e caminhando ao lado dela com a mão em suas costas. Conversando com ela e às vezes não dizendo nada. Salvando-a mesmo sem ela pedir. Percorrendo o caminho até o coração dela, que era o último lugar em que ele queria estar.

— Não preciso de ajuda — ele se levantou e sua mão deslizou para baixo pela perna nua. — Não sou uma garotinha.

Ela ficou de pé e olhou nos olhos verdes dele.

SALVE-me

— Nem eu, Vince — bem diante dos seus olhos, ela o viu se fechar. Ela não sabia onde ele tinha ido, apenas que se fora. — Vince.

— O nome dele ficou preso no peito dela, entupido de emoções, e ela colocou os braços em volta do pescoço dele. Ela pressionou o corpo contra o peito rijo e quente e divagou. — Desculpe, deve ser horrível. Eu gostaria que houvesse algo que eu pudesse fazer.

— Por quê?

— Porque você me ajudou quando eu precisei. Porque eu não me sinto sozinha quando você está por perto. Porque você me salva mesmo quando eu não peço — ela engoliu as lágrimas e abriu a boca para dizer a ele que ele era grande, forte e maravilhoso. Que ele era o melhor homem que ela já conhecera. Em vez disso, algo cru e novo e realmente horrível escapou. — Porque eu amo você.

Um silêncio esquisito estendeu-se entre eles até que ele disse, finalmente:

— Muito obrigado.

Ah, meu Deus. Ele tinha *agradecido* a ela?

— Vamos levar você para casa.

As mãos dele continuaram caídas ao longo do corpo, mas as palavras foram como um empurrão físico. Ela tinha acabado de dizer que o amava e ele reagiu com um agradecimento e uma oferta de levá-la para casa.

— Está tarde.

Ela entrou ligeiramente em seu vestido preto e enfiou os pés nas botas de caubói. Nenhum dos dois falou muito enquanto ela pegou seu chapéu e a bolsa no caminho para a porta. Um silêncio desconfortável encheu a cabine da caminhonete enquanto Vince dirigia para o JH. Um silêncio desconfortável que nunca existira antes. Nem mesmo na primeira vez em que ela o viu parado ao lado da estrada, com o capô da caminhonete levantado.

Ela não perguntou se ele ia ligar ou mandar mensagem de texto. Não perguntou quando o veria de novo. Sem mais declarações de amor. Ela tinha mais dignidade do que isso, quando a última coisa que ele queria era o seu amor. Ele sempre tinha sido claro a respeito dessa questão, e, ao observar as luzes da caminhonete dele desaparecerem, ela soube que estava acabado.

O que ela esperava? Ele tinha sido franco sobre o que queria. Era o que ela queria também, mas em algum lugar naquelas poucas semanas ela começou a ter sentimentos por ele. Começou a sentir mais do que apenas tesão.

Ela enterrou o pai, se apaixonou e foi rejeitada. Tudo no mesmo dia.

Dezessete

O vento úmido e frio roçou os nós dos dedos, o rosto e as orelhas de Vince. Os canos Bad Dog da sua Harley retumbaram no ar da Morning Glore Drive, em Kirkland, subúrbio de Seattle. A parte de trás do capacete de Conner bateu pela décima vez no queixo de Vince enquanto os dois rodavam devagar para cima e para baixo na rua da casa de Conner. Eles vestiam jaquetas de couro iguais, mas a de Conner estava mais justa do que da última vez que os dois haviam andado para cima e para baixo na rua.

Fazia cinco meses que ele tinha deixado Washington. Cinco meses que, de algum modo, pareciam anos.

A moto desacelerou quando os dois começaram a rodar em direção à casa de dois andares com o caminhão alugado na entrada da garagem.

— Mais uma vez, tio Vince! — disse Conner, acima do barulho da moto.

— Certo — ele fez a meia-volta e retornou para a rua de três vias. Vince perdeu a conta de quantas vezes rodou para cima e para baixo. Quando finalmente parou na vaga atrás do caminhão, Conner protestou.

— Não quero parar.

Ele desligou a moto e ajudou o sobrinho a ir para o chão.

— Da próxima vez que eu estiver na cidade, vamos ter de comprar uma jaqueta nova para você. Enganchou o apoio com o calcanhar das botas e o abaixou. — Talvez sua mãe nos deixe andar no parque — Autumn odiava a Harley, mas Conner amava tanto que ela deixava que eles rodassem em frente de casa. No máximo a vinte e cinco quilômetros por hora.

Conner alcançou a tira sob seu queixo.

— Talvez eu possa pilotar.

— Quando seus pés tocarem o chão, falaremos sobre isso — ele levantou do assento da moto e passou a perna por cima. — Não conte para sua mãe.

— Ou pai.

— O quê? Seu pai não gosta de motos? — Era de se imaginar. Conner encolheu os ombros e deu o capacete a Vince.

— Eu não sei. Ele não tem uma.

Isso porque o cara era uma bicha.

— Vá dizer a sua mãe que já estou indo.

— Eu não quero que você vá.

Vince colocou o capacete no assento.

— Eu não quero ir — ficou sobre um joelho. — Vou sentir saudade de você — as costuras da jaqueta apareceram quando ele abraçou Conner. Deus, ele tinha o mesmo cheiro. Do sabão em pó que a mãe usava e de garotinho.

— Quando você volta para casa?

Boa pergunta. Ele não tinha certeza.

— Quando eu vender a Gas & Go e ganhar uma tonelada de dinheiro. — Só que ali não parecia muito sua casa. Ele não sabia mais o que era sua casa.

— Eu posso ter toneladas de dinheiro?

— Claro — para quem ele deixaria isso?

— E uma Harley?

SALVE-me

Ele se levantou e ergueu Conner sobre um ombro.

— A menos que eu encontre um outro menino para dar, um dia — seu sobrinho gritou enquanto Vince o girava duas vezes para trás. Depois o colocou de volta de pé. — Agora corra e vá chamar a sua mãe.

— Tá bem. — Conner deu meia-volta nos calcanhares dos tênis de Homem-Aranha e foi em direção à porta da frente. — Mamãe! — gritou, enquanto subia os degraus.

Vince abriu a porta de trás do caminhão de mudança e puxou uma rampa. Levou a Harley para dentro entre uma parede exterior e um sofá de couro e amarrou bem. Esteve em Washington por três dias. Bebendo com velhos amigos, saindo com a irmã e Conner e colocando no caminhão coisas essenciais, como sua cama, o sofá de couro e uma HDTV de 64 polegadas.

— Conner disse que você quer um garotinho? Eu sei que não sou ninguém para falar, mas você precisa ter uma esposa antes de ter o filho.

Vince olhou atrás dela para a porta aberta do caminhãozinho. O sol da manhã enevoada pegou no cabelo ruivo de sua irmã.

— Esposa?

— Você precisa de alguém na sua vida.

— Você está esquecendo Luraleen — ele brincou.

Ela fez uma careta.

— Alguém sem tosse de fumante e o fígado conservado. Eu simplesmente odeio pensar em você sozinho e vivendo com Luraleen.

— Eu me mudei da casa dela — ele pensou em Sadie. Ele não tinha estado sozinho desde o dia em que a caminhonete quebrou ao lado da estrada. — Eu nunca estive sozinho.

— Nunca? — Senhor, ele esqueceu que tinha de cuidar do que dizia perto dela. Ela o conhecia muito bem e prestava atenção em cada palavra. — Você conheceu alguém?

— É claro — ele se levantou e foi para a porta aberta. — Eu sempre conheço alguém.

Autumn cruzou os braços sobre o peito, séria, e olhou fixo para ele — mesmo com ele mais alto do que ela —, do jeito que sempre olhava fixo para ele. Mesmo quando crianças.

— Você viu alguém mais do que uma noite ou duas?

Ele pulou, agarrou a porta acima da cabeça e puxou, fechando. Trancou a porta e deu de ombros. Autumn o conhecia melhor do que qualquer outra pessoa no planeta, mas havia coisas que ela não sabia. Coisas que ninguém sabia.

Exceto Sadie. Ela sabia. Ela o tinha visto em seu momento absolutamente mais baixo. Desamparado e trancado em seus pesadelos. Deus, ele odiou que ela o tivesse visto daquele jeito.

— Vinny — ela agarrou seu braço.

Ela havia tomado o silêncio dele como uma espécie de admissão.

— Acabou — ele disse, esperando que ela deixasse para lá, mesmo sabendo que ela não faria isso.

— Quanto tempo você a namorou?

Ele não se incomodou em explicar que ele e Sadie nunca namoraram de fato.

— Eu a conheci na noite em que cheguei em Lovett — ele olhou para baixo nos olhos dela. — Terminou há algumas noites — quando ela o viu nu e patético. Ela disse que o amava. Ele não sabia nem mesmo como isso era possível.

Ela engasgou.

— Dois meses. Isso é longo para você. Realmente longo. Como quatorze meses em anos de cachorro.

Vince não podia nem mesmo ficar bravo, porque ela estava falando sério e isso era mais ou menos verdade. Parecia que ele a conhecia desde sempre, ainda que não longamente o suficiente. Ele se virou e sentou na borda do caminhão.

— Por que você terminou com ela? — Autumn sentou-se perto dele, e ele devia ter sabido que ela não ia deixar para lá.

Ela o conhecia muito bem. Sabia que era ele quem costumava terminar as coisas.

— Ela disse que me amava — essa não era a razão real, mas sua irmã não sabia dos pesadelos, e ele não estava a fim de contar agora.

Um sorriso pressionou os seus lábios.

— O que você disse?

— Muito obrigado.

Autumn engasgou.

— O quê? — Muito obrigado não era mau. Não era bom, mas era melhor do que não dizer nada.

— E depois?

— Depois eu a levei para casa.

— Você disse muito obrigado e a levou para casa? Você a odeia ou coisa parecida?

Odiar Sadie? Ele não odiava Sadie. Ele não tinha certeza do que sentia, além de alguma estranha espécie de confusão. Ambos, pânico visceral e alívio até os ossos agitavam e queimavam em sua cabeça e peito ao mesmo tempo. Como ele podia sentir tanto pânico quanto alívio por ter terminado? Não fazia sentido.

— Eu não a odeio.

— Ela disse isso durante — Autumn olhou em volta buscando ouvidos indiscretos — o sexo? Porque durante o sexo não conta.

Ele quase riu.

— Não foi durante o sexo.

— Ela é muito feia?

— Não — ele pensou nos cabelos loiros dela e no grande sorriso. Os olhos azuis-claros e a boca rosada. — Ela é linda.

— Burra?

Ele sacudiu a cabeça.

— Inteligente e engraçada, e, você vai gostar de saber, não a peguei num bar. Ela não era um caso de uma noite só — embora tivesse começado assim.

— Isso é um progresso, eu acho, mas é triste — um pesar genuíno fez os cantos da boca de Autumn caírem. — Quando você tranca tudo bem apertado para que a dor não possa sair, você também impede que as coisas boas entrem.

Ele olhou para baixo para os olhos dela, alguns tons mais escuros do que os dele, e um sorriso confuso ergueu seus lábios.

— O quê? Você é a nova Oprah branca?

— Não faça piada, Vin. Você é tão bom tomando conta de todo mundo. Tão bom em brigar por todo mundo, mas não por você.

— Eu posso tomar conta de mim.

— Não estou falando de brigas de bar. Elas não contam.

Ele riu e se levantou.

— Depende se você está no lado perdedor.

Ela se levantou e ele colocou os braços em volta dela.

— E agora, quando será esse casamento que vocês estão insistindo em fazer?

— Você sabe que é em julho, daí o rosto de Sam não estará tão bagunçado para as fotos do casamento. Tudo o que você precisa fazer é aparecer e me levar até o altar. Eu estou cuidando de tudo. — Ela o abraçou. — Você ainda vai estar no Texas?

— Sim. Acho que no mínimo pelo próximo ano — ele baixou as mãos e pensou em Sadie, perguntando-se se ela ia ficar por Lovett ou se já teria deixado a cidade.

Uma caminhonete vermelha virou a esquina e foi para a entrada da garagem. Autumn olhou para Vince e avisou.

— Seja simpático, e estou falando sério.

Vince sorriu quando Sam Leclaire, jogador de hóquei celebridade, pai de Conner, noivo de Autumn, seu futuro cunhado e um total filho da puta, saiu da Chevy e foi até ele. Sam era alguns centímetros mais alto do que Vince e forte como um lutador de rua. Vince teria amado enchê-lo de porrada, mas sabia que Sam não cairia fácil. No momento, o cara tinha uma contusão roxa na bochecha. Era abril. Ainda cedo nos *playoffs*. Mais um jogo ou dois e ele teria um olho combinando.

SALVE-me

— Você parece melhor do que da última vez que o vi — Sam ofereceu a mão, e Vince relutantemente apertou.

A última vez que Vince viu Sam, eles tinham sido espancados. Sam no trabalho e Vince em uma briga de bar.

— Você parece pior.

Sam riu. Um homem satisfeito vivendo uma boa vida. Vince não conseguia lembrar a última vez que havia se sentido assim. Antes de ter deixado as equipes, com certeza. Talvez alguns vislumbres disso no Texas.

Sam passou os braços em torno dos ombros de Autumn.

— Preciso falar com seu irmão.

— Sozinho?

— É.

Ela olhou de um para o outro.

— Comportem-se — ordenou. Depois, deu um último abraço de adeus em Vince. — Ligue quando chegar ao Texas, para eu não me preocupar.

Ele beijou o topo da cabeça dela.

— Pode deixar.

Os dois homens olharam Autumn subir as escadas para a casa e entrar.

— Eu a amo — Sam disse. — Você não precisa mais se preocupar com ela e Conner.

— Ela é minha irmã, e Conner é meu sobrinho — Vince cruzou os braços sobre o peito e fitou os olhos azuis do jogador.

Sam assentiu.

— Eu nunca agradeci a você.

— Por quê?

— Por cuidar da minha família quando eu fugi da responsabilidade. Quando eu não sabia que tudo o que eu queria, tudo o que me importava, estava aqui nesta casa de quarenta anos em Kirkland. Não em um condomínio de luxo no centro.

Um condomínio de luxo que tinha estado recheado de supermodelos e coelhinhas da Playboy até o último outono.

— Não é onde se vive — Sam acrescentou — é com quem se vive. Eu vou viver em qualquer lugar que sua irmã e Conner quiserem viver — ele riu. — Eu admito, entretanto, que prefiro ter uma banheira de hidromassagem maior.

Mesmo que isso o matasse, Vince disse:

— Não há de quê.

E mesmo que liquidasse com ele, lembrou a si mesmo que esse era o motivo de ele ter ido embora de Seattle há cinco meses.

— Mas isso não significa que eu goste de você.

Sam riu.

— É claro que não — ele bateu no ombro de Vince. — Você é um sapo bundão.

Vince tentou não sorrir, mas perdeu a batalha.

— Bom saber que estamos na mesma sintonia, eunuco. — Ele foi para a porta do motorista do caminhão alugado. Acenou para a irmã e o sobrinho que o estavam olhando da janela, depois deu meia-volta e seguiu em direção ao Texas. Para casa. Na direção da pequena e fofoqueira Lovett e da Gas & Go.

Casa. Quando isso tinha acontecido? Quando Lovett, Texas, tinha começado a parecer sua casa? E ainda seria sua casa agora? Agora que Sadie não era parte da sua vida? Ele pensou em não vê-la nunca mais, nunca mais vê-la entrando na Gas & Go, nunca mais ver seu rosto olhando para ele ou o corpo dela apertado contra o dele, nunca mais sentir a mão dela em seu rosto ou sua voz suave em seu ouvido ou no lado do seu pescoço, e teve aquele sentimento de pânico e alívio em suas entranhas de novo.

A irmã perguntou sobre um rompimento. Não houve qualquer rompimento. O que havia acontecido naquele canto escuro do apartamento dele tinha sido mais como uma destruição. Ele acordou de um pesadelo, desorientado, confuso e se cagando de medo.

E humilhado. Sadie era a última pessoa no planeta que ele jamais queria que o visse naquele estado. Ele olhou nos preocupados

SALVE-me

olhos azuis dela e sentiu como se tivesse aterrissado de bunda no desconhecido e fez o que havia sido treinado a fazer. Explodiu tudo e matou tudo à vista.

Pensou no rosto dela. No jeito que ela tinha olhado para ele enquanto eles se vestiam correndo. Esperando que ele dissesse alguma coisa que ele não havia sido capaz de dizer. Algo que ele nunca disse a ninguém fora da sua família.

Ela disse que o amava, e ele a feriu. Ele não havia precisado sequer olhar nos olhos dela quando a deixou no JH para saber quão profundamente a ferira, e machucar Sadie era a última coisa que ele queria ter feito. Pela primeira vez em suas relações com as mulheres, ele realmente se importava com o que isso dizia a seu respeito. Ele simplesmente não sabia o que fazer quanto a isso. Se ia fazer alguma coisa. Seria provavelmente melhor não fazer nada.

Sadie apertou o botão na porta do Saab e o vidro da janela desceu uns centímetros. O ar frio entrou pela fresta e bateu em seu rosto. A brisa colheu várias mechas dos cabelos loiros, soprando-as sobre as bochechas enquanto ela ia para Lovett e para casa.

Casa. Diferentemente daquele dia vários meses atrás, quando seguia para Lovett, ela não se sentia ansiosa e impaciente para sair de lá novamente. Estava se sentindo em paz com o próprio passado. Ela não se sentia em uma armadilha nem amarrada. Tudo bem, talvez um pouco, mas seu futuro estava amplamente aberto, e isso permitia a ela respirar quando o peito ficava muito apertado.

Na última semana, havia estado no Arizona jogando fora plantas mortas e arrumando as malas. Amarrou algumas pontas soltas, colocou a pequena casa no mercado e contratou uma empresa de mudança.

Na segunda-feira após o funeral do pai, ela se encontrou com Dickie e o resto dos administradores e capatazes, assim como com vários advogados em Amarillo. Teve encontros com eles nos dias seguintes, antes de sua viagem para o Arizona, e aprendeu muito sobre a gestão do rancho. Sabia que tinha muita coisa ainda para aprender, mas teve de admitir que gostou do negócio. Todos aqueles anos sem ganhar um diploma acabaram compensando. Bem, exceto pelos zumbis na aula de Mídia Popular. Ela não sabia como o estudo de filmes de zumbis e seu impacto na sociedade podia ser útil, mas quem sabia qual evento apocalíptico iria acontecer no futuro? Ela nunca pensou que haveria um dia no qual iria querer morar no JH. Não percebeu isso vindo, mas estava esperando para levar no papo os credores, como fazia quando era agente imobiliária. Trabalhando com prazos apertados e longos e mantendo tudo organizado. Ela podia se envolver muito ou pouco no dia a dia da gestão do rancho, como preferisse. Ainda não havia decidido o quanto ia tomar conta, mas chegara à conclusão de que era muito parecida com o pai. Ela amava o JH, mas detestava o gado. Animais estúpidos e fedorentos, bons apenas para bifes, sapatos e boas bolsas.

Virou na estrada para os portões do JH. Diferentemente da última vez, dois meses atrás, não havia nenhuma caminhonete preta quebrada na lateral da estrada. Nenhum homem grande e forte precisando de uma carona até a cidade.

Ela não podia fazer nada a não ser imaginar se Vince já havia voltado de Seattle. Não que isso importasse. Seu relacionamento de amizade com benefícios havia terminado. Estava acabado. Morto. Enterrado. Ele não tentou ligar nem mandou mensagens de texto desde aquela noite no apartamento dele, e ela desejou que pudesse pegar de volta as palavras que disse. Desejou que não tivesse deixado escapar que o amava. Principalmente, desejou que não fosse verdade.

Ainda.

O sol do final de tarde brilhava através do para-brisa dianteiro, e ela baixou o para-sol. Ela havia se apaixonado por um homem

SALVE-me

emocionalmente indisponível. Um homem que não poderia amá-la de volta. Um homem que a havia puxado para dentro apenas para afastá-la. Depois que ela disse que o amava. No pior dia da vida dela. O que certamente fazia dele o maior idiota do planeta.

A não ser por seu pai, ela havia derramado mais lágrimas por ele do que por qualquer outro homem. Certamente mais do que ele merecia. Estava com o coração partido e arrasada e não tinha ninguém mais a culpar a não ser a si mesma. Ele havia dito a ela antecipadamente que não era chegado em relacionamentos. Disse que ficava entediado e seguia em frente. Ela queria poder odiar Vince, mas não conseguia. Cada vez que trabalhava a cabeça cheia de raiva contra ele, e não era difícil, a imagem dele nu, puxando ar para os pulmões e olhando fixamente para coisas que só ele podia ver, entrava em sua cabeça e seu coração se despedaçava outra vez. Por ela e por ele.

Mais uma vez, havia se apaixonado por um homem emocionalmente atrofiado. E desta vez, havia caído mais forte e mais fundo, mas, como com todos os outros homens atrofiados que já haviam tomado espaço na vida dela, ela ia superar.

Parou o Saab em frente à casa principal e pegou a mala de viagem e a bolsa do assento traseiro. As irmãs Parton ainda estavam por lá em algum lugar, mas a casa estava silenciosa quando ela entrou. Uma cópia do testamento do pai estava sobre uma pilha de correspondências e outros documentos na mesa da entrada. Ela largou as bolsas e levou a pilha para a cozinha. Pegou uma Coca Diet no refrigerador e foi para o cantinho do café, onde Vince uma vez sentou, mastigando um especial para os caubóis de Carolynn.

Foi até a parte que incluía a carta que seu pai havia escrito para ela e sorriu. Diferentemente dos Hollowell do passado, ela modernizaria a casa. Guardaria toda a mobília do pai e traria as coisas dela. O sofá de couro de vaca e todos os retratos dos cavalos iriam para o depósito também. Se ela ia morar no JH, queria fazer isso do jeito dela. Também estava pensando seriamente em tirar os numerosos retratos no corredor lá em cima. Se e quando tivesse filhos, não queria todos aqueles ancestrais os apavorando como a haviam apavorado.

Foi até a parte providenciada para qualquer beneficiário não nomeado, que deduzira se tratar de qualquer filho ou filhos que ela viesse a ter. Levou a garrafa de Coca aos lábios e franziu a testa. Não sabia se tinha ouvido mal a cláusula ou se não havia sido lida direito, mas falava de um fundo de investimento para um beneficiário não nomeado. Um beneficiário não nomeado nascido em 10 de junho de 1985 em Las Cruces, Novo México.

Dez de junho de 1985? Que diabos significava isso? Las Cruces, Novo México? O fundo não podia ser para ela. Ela havia nascido em Amarillo. E não poderia ter nada a ver com qualquer futura criança que ela pudesse ter. O que isso significava?

A porta de tela traseira bateu com força e Sadie pulou.

— Eu vi você subir — Clara Anne disse ao entrar na cozinha.

— Se você estiver com fome, posso trazer algo da cozinha.

Ela sacudiu a cabeça.

— Clara Anne, você estava lá quando o testamento do meu pai foi lido.

— Sim. Um dia tão triste.

— Você se lembra disto?

— Do quê, benzinho? — Clara Anne curvou-se sobre o documento e seu dedo e seus cabelos caíram um pouco para o lado. Ela sacudiu a cabeça. — O que é isto?

— Não tenho certeza, mas por que papai estabeleceria um fundo para um beneficiário não nomeado nascido no Novo México em 10 de junho de 1985?

Ela franziu o nariz e a testa.

— É isso que diz aí?

— Acho que sim. Você ouviu isso no escritório do advogado?

— Não, mas você não pode se fiar em mim. Eu me sentia voando como um saco de algodão naquele dia — ela se endireitou.

SALVE-ME

— Dez de junho de 1985 — ela ponderou, e estalou os dentes com a língua. — Será que isso tem a ver com Marisol? Ela foi embora com tanta pressa.

Sadie baixou a Coca para a mesa.

— Quem?

— Pergunte ao sr. Koonz — Clara Anne sugeriu, depois apertou os lábios.

— Eu o farei. Quem é Marisol?

— Não me cabe dizer.

— Você já disse. Quem é Marisol?

— A babá que seu pai contratou logo depois que sua mãe morreu.

— Eu tive uma babá?

— Por alguns meses, e depois ela foi embora. Ela estava aqui num dia e no outro dia tinha ido — Clara Anne dobrou os braços sob os seios. — Ela voltou cerca de um ano depois com um bebê. Nós nunca acreditamos que aquele bebê era do seu pai.

— O quê? — Sadie se levantou antes de perceber que pulou em pé. — Que bebê?

— Uma menina. Pelo menos o cobertor era rosa. Se eu me lembro direito.

— Eu tenho uma irmã? — isso era loucura. — E só agora estou sabendo disso?

— Se você tivesse uma irmã, seu pai teria contado a você.

Ela esfregou o rosto com as mãos. Talvez. Talvez não.

— E você não acha que todo mundo na cidade teria falado sobre isso? — Clara Anne sacudiu a cabeça e deixou os braços caírem. — Eles ainda estariam jantando com isso no Wild Coyote Diner.

Isso sim era verdade. Se Clive Hollowell tivesse um filho ilegítimo, seria o assunto do século em todas as mesas de jantar da cidade. Ela certamente teria ouvido alguma coisa até esta altura.

— De novo, eu e Carolynn éramos as únicas aqui quando Marisol apareceu naquele dia. E nós nunca falamos sobre isso.

Dezoito

O bar Road Kill não tinha mudado muito em dez anos. Música *country* jorrava da mesma *jukebox* Wurlitzer. Velhos sinais de trânsito e bichos de pelúcia ainda decoravam as paredes, e clientes loucos por moda podiam comprar cintos de pele de cascavel e bolsas de tatu curtidas de uma vitrine atrás do bar de mogno. O dono do Road Kill era taxidermista nas horas vagas. E dizia-se que Velma Patterson, Deus a abençoe, havia contratado o cara para empalhar seu pobre cão, Hector, vítima desafortunada de um motorista maníaco que o atropelou e fugiu.

Sadie sentou-se numa mesa no canto dos fundos sob um coiote empalhado, a cabeça erguida e uivando para o teto. Em frente a ela, pequenas luzes de bar refletiam o penteado armado vermelho de Deeann quando as duas viraram um par de margaritas. Deeann havia telefonado mais cedo e falado para Sadie encontrá-la no bar. Não que tivesse de torcer o braço de Sadie para convencê-la. Ela não tinha outra coisa para fazer e estava com muitas coisas na cabeça. Havia se reunido com o sr. Koonz naquela manhã e descoberto que seu pai sustentava o "beneficiário não nomeado" havia vinte e

SALVE-ME

oito anos. Não havia nenhum reconhecimento de paternidade. Ou qualquer nome na conta do banco Wells Fargo, em Las Cruces. Pelo menos foi o que o advogado disse a ela, mas Sadie não acreditou.

— Eu sempre tento sair nos fins de semana que o ex fica com os meninos — disse Deeann enquanto tomava seu drinque misturado.

Sadie preferia sua bebida por cima do gelo. Menos chance de congelar o cérebro. Para a ida ao Road Kill, escolhera um simples vestido de verão branco, um cardigã azul e as botas. Quanto mais usava as botas, mais lembrava por que gostava tanto delas. Eram bem usadas e se encaixavam em seus pés com a carícia de uma luva.

— A casa fica muito quieta sem os meninos.

Sadie conhecia uma ou duas coisas sobre casas quietas. Quando as gêmeas Parton iam embora, sua casa ficava muito quieta. Tão quieta que ela podia ouvir os cavalos do pai no curral. Tão quieta que ela escutava um telefone que nunca tocava, um sinal de mensagem de texto que nunca era enviada e o som de uma caminhonete que nunca chegava à porta da frente.

— Nós não tivemos chance de conversar desde antes de o seu pai morrer — Deeann tomou um gole. — Como você está?

— Ocupada — era como ela gostava. Ocupada de modo que não tinha tempo de sentar e pensar na perda do pai. E de Vince. Embora achasse que Vince nunca tinha sido dela de verdade para tê-lo perdido.

— Passei de carro pela Gas & Go outro dia e vi os novos letreiros. Quando Vince vai abrir de novo?

Sadie tinha visto a nova sinalização e a caminhonete de Vince estacionada ao lado do prédio no caminho naquela manhã, quando foi até o advogado em Amarillo. Seu coração disparou e parou, tudo ao mesmo tempo. Uma pisada dura e um baque surdo. Uma dor que ardeu a parte de trás dos olhos, e ela tentou muito muito muito odiá-lo de verdade.

— Não sei quando ele vai reabrir a Gas & Go.

— Vocês não estão namorando? Namorando?

— Não, não estamos juntos. Ele é livre para ver quem quiser — ela tomou um gole e engoliu, passando a dor em seu peito. — Você pode namorá-lo — embora provavelmente devesse avisar Deeann que Vince podia ficar entediado e seguir adiante. Possivelmente no pior dia da vida dela. O dia em que ela tivesse enterrado o pai e precisado aturar a torta Frito da tia dele. Bundão.

Deeann sacudiu a cabeça, e suas sobrancelhas franziram sobre os olhos castanhos.

— Eu jamais namoraria o ex de uma amiga. Vince é um cara bonitão e tudo, mas isso é simplesmente errado. É contra as regras. O código das garotas.

Sadie sabia que havia uma razão para ela gostar de Deeann.

— Embora... — Deeann mexeu sua bebida. — Eu tenha namorado o ex-namorado de Jane Young — ela levantou uma mão para o lado da boca. — Mas ele lançava uma ampla rede, se é que você me entende.

Sadie se inclinou para a frente. Fazia tempo desde que ela se sentara com amigas. Esquecera do quanto sentia falta disso. E, sim... da fofoca também. Desde que fosse sobre alguém de quem não gostasse.

— A Jane roda por aí? — Ela normalmente não falaria contra uma garota. Mas Jane era do mal.

— Bem, como minha avó costumava dizer, ela solta os cabelos e tudo o mais — ela deixou a mão cair sobre a mesa. — E andou com meu ex, Ricky, por um tempo.

Sadie engasgou. Deeann era amiga das irmãs Young desde a escola de boas maneiras.

— Isso é contra as regras.

— Ela acha que eu não sei — Deeann deu de ombros e brincou com seu colar de prata. — Se ela não comprasse joias de mim, eu daria um gelo nela.

SALVE-me

Ah, Deeann não deixava o código da amizade atrapalhar o caminho do seu coração mercenário. Bom para ela.

— O velho namorado dela era muito melhor de cama do que o Ricky. É um milagre que eu tenha conseguido dois garotos daquele homem.

Sadie riu, e as duas pediram outra rodada. Ela bebeu enquanto o Road Kill se enchia de pessoas que ela conhecera a maior parte da vida. Jogou sinuca na sala dos fundos contra Cain Stokes e Cordell Parton e conseguiu perder para ambos. Ela se divertiu, mas por volta das onze estava pronta para ir embora. O veterinário estaria no JH de manhã para dar uma olhada em Maribell e dar a ela uma injeção de Pneumabort. Tyrus era capaz de tomar conta da fêmea, mas Maribell estava ficando velha, e esta seria sua última cria. O último dos potros de seu pai, e Sadie queria uma segunda opinião de que tudo estava correndo como deveria.

Ela largou o taco e saiu da sala dos fundos para encontrar Deeann.

— Eu estava justamente vindo atrás de você — Deeann disse do meio do bar. — Vince está aqui.

Sadie ergueu o olhar sobre o penteado armado no cabelo de Deeann para peitorais definidos dentro de uma camiseta alguns metros atrás dela. Ele vestia sua costumeira camiseta marrom e calças cargo, e a visão dele fez o coração dela apertar. Ela levantou os olhos do pescoço largo e do queixo para os olhos verdes mirando-a de volta.

— Quer ir embora? — Deeann perguntou.

— Não — ela sacudiu a cabeça, ainda que estivesse planejando sair. Numa cidade do tamanho de Lovett, tinha certeza de que se encontraria com ele. Melhor superar de uma vez. Ele foi na direção dela, e ela se obrigou a ficar totalmente imóvel. Não correr nem rebolar para ele ou colocar os braços em volta do seu peito grande.

Ele inclinou a cabeça para um lado e olhou para o rosto dela.

— Como vai você, Sadie? — ele disse acima do barulho do bar.

RACHEL GIBSON

O som da voz dele roçou contra ela e a puxou por dentro.

— Sobrevivendo.

Ele cruzou os braços sobre o peito.

— Você vai ficar em Lovett?

— Por enquanto — amenidades. Com Vince? Ela não podia fazer isso. Não sem se despedaçar.

— Este é o meu amigo Blake — disse ele, e fez um gesto em direção ao homem parado atrás dele. — Ele está me ajudando com os balcões da Gas & Go.

Sadie virou-se para o homem que não havia notado antes e se perguntou como podia não ter reparado. Ele era grande, loiro e obviamente militar. Ela estendeu a mão.

— É um prazer conhecê-lo, Blake.

Blake sorriu e pegou a mão dela.

— O prazer é meu, doçura.

Vince colocou a palma da mão no peito do amigo. Eles trocaram olhares, e Blake voltou a atenção para Deeann.

— Amo ruivas. Qual é o seu nome, beleza?

Sadie lutou para não revirar os olhos, mas Deeann engoliu como tortinha de amendoim. Eles mal tinham trocado nomes e saíram para a sala dos fundos para jogar sinuca.

— Quer um drinque?

Estando tão perto, seu coração batia no peito e na garganta.

— Eu já estava de saída.

O olhar dele baixou para os lábios dela. Daquele jeito dele de vê-la falar.

— Eu acompanho você.

— Não precisa.

Ele colocou a mão na parte de baixo das costas dela, e ela deixou. Como se não fosse grande coisa. Como se ele não tivesse despedaçado seu coração. Como se o toque dele não a fizesse querer se aninhar em seu peito. Como se ela não tivesse ficado tão ferida que se perguntou por que não morreu disso.

SALVE-*me*

— Como estão as coisas no JH?

Como se o toque da mão dele e o cheiro da pele dele não embaralhassem sua cabeça e confundissem seus sentidos.

— Eu posso ter uma irmã — ela deixou escapar quando eles saíram para a noite fria de maio. Ela não tinha a intenção de confessar isso a ninguém. Muito menos a Vince. Eles não eram mais amigos. Ele não precisava saber das coisas dela, mas ela o conhecia bem o suficiente para saber que ele não contaria a ninguém. Ela não precisava pedir a ele que não comentasse.

— O quê?

— Nada. Esqueça. Deixa pra lá. — Do lado de fora, ela se afastou, e ele deixou a mão cair ao lado do corpo. — Talvez nem seja verdade, e eu não saberia como encontrá-la, se fosse.

Eles seguiram sob as estrelas cravejadas no céu escuro do Texas, mas Vince não encontrou calma nessa noite. A paz não o confortou. Ele não sabia que Sadie estaria no Road Kill. Não sabia como ia se sentir na primeira vez que a visse de novo. Não sabia que seria como se o mundo estivesse rachando sob seus pés, mesmo que ele continuasse absolutamente imóvel. Não sabia que seus pulmões iam queimar com cada lufada de ar que tentasse captar.

— Ali está meu carro — ela apontou para a esquerda, e o barulho do cascalho sob os saltos das botas deles encheu o espaço entre os dois. A última vez que ela vestira aquelas botas, ele estava profundamente dentro dela, de pé contra o refrigerador. Perdido nela e nem pensando no fim. Não estava pensando em nada, a não ser em como era bom ficar com ela. — Você pode voltar lá para dentro agora — ela acrescentou.

Ele não podia voltar. Não agora. Os dois pararam ao lado da porta do motorista, e ele estendeu a mão para ela. Ela deu um passo atrás e, mais uma vez, a mão dele caiu para o lado do corpo.

— Eu nunca quis machucar você, Sadie — disse ele.

Ela olhou para baixo, para o bico das botas.

— Eu sabia que você ia ficar entediado e seguir adiante.

— Eu não estava entediado — ele não cometeu o erro de estender a mão para ela novamente e cerrou os punhos. — Nunca fiquei entediado.

Ela sacudiu a cabeça, e a luz brilhou na pele pálida do lado de seu rosto.

— Não importa.

— Importa, sim.

— Então por que você me tratou como se não importasse? — Ela olhou para cima e colocou uma mão sobre o peito. — Como se eu fosse nada.

Porque ela tinha visto o seu pior. Porque ele odiava ter pesadelos como uma garotinha, e agora ela sabia sobre eles. Porque ele se sentiu menor do que nada.

— Você nunca foi nada.

— Eu sempre soube que você ia seguir adiante. Eu sempre soube que ia acabar, mas você precisava mesmo partir meu coração no dia em que enterrei o meu pai?

— Eu sinto muito.

— Você não podia ter esperado? Pelo menos um dia?

Ele não tinha intenção de terminar as coisas. Ele daria qualquer coisa para voltar atrás naquela noite. Para ter ficado acordado a noite toda e não ter se permitido dormir. Ter ficado acordado olhando para ela enquanto ela dormia.

— Me desculpe, Sadie.

O luar saiu da testa dela quando ela franziu as sobrancelhas.

— Me desculpe. As pessoas que pisam no meu pé dizem "me desculpe". Você pisoteou meu coração, e isso é tudo o que consegue dizer? Que sente muito?

— Sim — ele lamentava principalmente estar parado ao lado dela e não poder tocá-la. Não poder conversar com ela sobre

SALVE-me

todas as coisas que tinha feito na Gas & Go e escutá-la falar sobre tudo que estava acontecendo na vida dela.

Ela se moveu antes que ele a visse ir até ele. Colocou as mãos no peito dele e empurrou com força.

— Me desculpe? — Ela estava com tanta raiva que realmente o empurrou de volta em seus calcanhares. — Você provavelmente acha que isso deixa tudo bem.

— Não — ele colocou as mãos sobre as dela. — Nada mais está bem — ele deslizou a palma da mão para o lado da cabeça dela e baixou o rosto até o dela. — Eu quero você — ele sussurrou. — Eu nunca quis nada como quero você.

— Vince — o nome dele nos lábios dela roçou os dele e o destruiu.

Ele se desfez. E a beijou. Devorando-a com uma fome quente que ele nem sabia existir em sua alma. Queimou num inferno feroz de necessidade primária e saudade. Emergindo sem freio. Selvagem e fora de controle. Suas mãos se moveram sobre ela. Tocando, puxando-a contra ele, enquanto sua boca a devorava. Ele queria puxá-la para dentro, comê-la inteira e nunca mais deixá-la ir embora novamente.

— Vince! — Ela o empurrou e deu vários passos para trás. — Pare com isso — ela ergueu as costas da mão contra a boca. — Eu não vou deixar você me machucar mais.

Os pulmões dele doíam enquanto ele puxava o ar profundamente, tentando retomar o fôlego.

— Eu não quero machucar você.

— Mas você vai — ela abriu a porta do Saab, mas não estava indo a lugar algum. Ela era dele. Ele podia fazê-la mudar de ideia.

Ele segurou a parte de cima da porta.

— Você disse que me amava — ele queria que ela o amasse. Queria isso mais do que ele podia lembrar ter desejado qualquer coisa.

— Vou superar isso — sob a luz da lua, uma lágrima rolou pela face pálida. Foi um soco no estômago dele, que deixou a mão cair novamente. — Fique longe de mim para eu não amar você. Fique longe para eu não sentir mais nada por você.

Sadie não chorou. Não no dia em que seu pai morreu ou no dia em que o enterrou. Vince viu-a ir embora, sentindo-se entorpecido e destruído ao mesmo tempo. Desamparado. Como quando tentou salvar Pete.

O inferno primário raivoso através dele voltou-se para fora. Raiva real. O tipo de raiva que ele sentiu durante os dias depois que Pete morreu. Durante os dias que ele teve de lutar para recuperar a audição e depois de sair das equipes que adorava. E a raiva que sentiu na noite que ele brigou com motoqueiros em um bar.

Dezenove

Sadie arrumou os travesseiros em cima da cama e foi para trás estudar seu trabalho. Talvez fosse necessário um toque de roxo. Na próxima vez que fosse a Amarillo, procuraria algo em uma loja de cama e banho.

Olhou através do quarto principal com um misto de tristeza e paz. Ela fez seu quarto, com a mobília branca e o tapete, uma grande área branca, e se sentiu em casa. Confortável. Captain Church Hill ainda estava pendurado sobre a lareira de pedra e a foto de casamento de seu pai e sua mãe na cornija, mas todo o resto havia sido retirado e armazenado no sótão. Tudo menos o conjunto de escova e pente de prata que ela sabia ser um presente de casamento do pai para a mãe. Ela havia encontrado o conjunto na gaveta de meias do pai com uma velha gravata de laço e decidira deixar na sua cômoda.

O veterinário aparecera mais cedo e dera uma olhada em Maribell. Ele e Tyrus fizeram um ultrassom do feto e descobriram que a fêmea daria à luz um pequeno garanhão no próximo outono. Em algum lugar no céu, seu pai estava dançando. Provavelmente com sua mãe.

Sadie saiu do quarto e seguiu pelo corredor repleto de retratos, ainda incerta sobre o que fazer com as velhas fotografias. Desceu as escadas até o escritório do pai e sentou-se atrás da velha mesa de madeira e couro que definitivamente precisava sair dali. A antiga cadeira de couro Navajo era confortável e ia ficar, no entanto. Abriu o *laptop* e escreveu "encontrando parentes perdidos" na ferramenta de busca. Ela tinha de achar alguma coisa interessante para preencher os seus dias. Preencher o vazio solitário. Não podia mais chamar Vince para salvá-la, e encontrar uma irmã perdida havia anos — se é que tinha uma irmã perdida havia anos — parecia ser a coisa certa a fazer. Se Sadie havia ficado no escuro a vida inteira, do que a irmã sabia? E, se realmente tinha uma irmã, como ela era?

Encontrá-la era como voar às cegas. Ela não sabia o que fazer para encontrar uma pessoa há muito perdida. Tinha o nome da mãe, a data de nascimento e o hospital. A informação do fundo que seu pai estabelecera e um número de conta bancária, mas não sabia o que fazer com a informação. Também não sabia a quem confiar a informação. Não era algo que quisesse contar. Pelo menos, ainda não. A única pessoa para quem havia dito algo fora Vince, e havia sido um total acidente.

Ela olhou acima da tela do computador. Ver Vince tinha sido difícil. Apenas olhar para ele fizera seu coração ferido doer inteiro. Depois, ele a beijou com mais paixão e desejo do que ela jamais tinha sentido antes. Ele tinha embalado mais necessidade naquele beijo do que em todos os beijos combinados. Provavelmente porque ainda não havia encontrado uma substituta para ela. E teria sido tão fácil beijá-lo de volta. Deixar que ele a tocasse, ir para casa com ele e fazer amor. Ele a queria. Ele mesmo dissera isso, mas ele não a amava. E ela estava cansada de amar homens que não podiam amá-la como ela merecia. A morte do seu pai havia ensinado a ela a

SALVE-me

não esperar e não prender a respiração por uma grande declaração que certos homens eram simplesmente incapazes de fazer ou sentir.

A campainha da porta soou, e ela esperou que Clara Anne atendesse. Quando soou de novo, ela se levantou e foi até a entrada. Abriu um lado da porta, e Vince estava parado sobre o grande tapete de boas-vindas do JH. Sumira de seu uniforme habitual de camiseta e cargos. Naquele dia, usava uma camisa branca e calças cáqui, como na noite do casamento de Tally Lynn. Só faltava uma gravata. Ele era grande e forte, e estava tão bem que ela sentiu um nó no estômago.

Ele olhou para ela através daqueles olhos verdes, parecendo tomá-la inteira de uma vez só. Tocá-la aqui e ali com seu olhar.

— Sadie — foi tudo o que ele disse.

Depois de alguns momentos, ela perguntou.

— Por que você está aqui?

— Eu trouxe um nome para você.

— De?

— Alguém que pode descobrir se você tem uma irmã — ele entregou a ela um pedaço de papel que ele tinha dobrado ao meio. — Ele vai fazer o pouco ou o muito que você precisar.

— Muito obrigada — ela pegou o papel da mão dele e colocou no bolso traseiro do *jeans*. — Você não precisava vir até aqui para me trazer isto. Podia ter mandado numa mensagem de texto.

— Tem mais.

— O quê?

— Me convide para entrar — ele limpou a garganta. — Por favor.

Mais? Como ele poderia saber mais? Ela não havia lhe dado nenhuma informação. Ela ficou de lado, e ele passou por ela na entrada. Ela se virou e encostou-se contra a porta fechada.

— Ontem à noite, depois que você foi embora do bar, eu queria bater em alguém. Estava me sentindo um merda e queria fazer alguém se sentir tão mal como eu estava me sentindo. Eu teria feito isso no passado.

Sadie olhou para as mãos dele e seu rosto limpo.

— Mas não fez.

Ele sacudiu a cabeça, e um sorriso torto enviesou seus lábios.

— Se eu aparecer no casamento da minha irmã com um olho roxo, é ela que vai bater em mim. — Ele fez uma pausa e o sorriso caiu. — Mas, principalmente, eu não fiz porque não queria que você pensasse que sou o tipo de cara que não consegue se controlar. Pela primeira vez na minha vida eu me importo com o que uma mulher pensa de mim. Eu me importo com o que você pensa.

O fundo do coração dela se apertou um pouco, e ela tentou não fazer as palavras dele significarem o que não diziam. Importar-se com o que alguém pensa não é amar.

— Na noite passada, quando vi você, pensei que a gente podia simplesmente voltar para o jeito que as coisas eram. Que poderíamos continuar de onde havíamos parado.

— Isso não é possível.

— Eu sei. Eu nunca pensei em você ser nada além de um caso de uma noite.

— Eu sei — ela olhou para o chão sob seus pés. Ela nunca pensou nele para ser mais do que um amigo com benefícios. Mas a parte da amizade se transformou em amor.

— Mas uma noite virou duas, duas viraram três, três se tornaram uma semana e uma semana virou duas. Duas semanas viraram dois meses. Eu nunca fiquei com uma mulher por tanto tempo.

Ela olhou para cima.

— Acho que eu devia estar orgulhosa de você ter levado tanto tempo para se entediar.

— Na noite passada eu disse a você que não estava entediado. Eu não estava preparado para terminar.

— Então por que fez isso?

Ele dobrou os braços sobre o peito.

— Porque você me viu naquela noite. Eu nunca queria que você me visse daquele jeito. Ninguém, a não ser um médico da marinha,

SALVE-me

sabe sobre os meus pesadelos, e eu nunca quis que ninguém soubesse. Especialmente você — ele sacudiu a cabeça. — Nunca você.

Ela se afastou da porta.

— Por quê?

— Porque eu sou um homem — ele deu de ombros e deixou as mãos caírem ao lado do corpo. — Porque eu deveria ser capaz de lidar com tudo. Porque eu sou um *seal* da marinha. Porque sou um guerreiro e não tenho Síndrome de Estresse Pós-Traumático. Porque eu não deveria ter medo de um sonhozinho.

— Não é um sonhozinho.

Ele olhou sobre o ombro dela para um vaso cheio de rosas amarelas que Clara Anne cortou do jardim. Ele abriu a boca e fechou novamente.

— Há quanto tempo você tem esses pesadelos?

— Desde que Pete morreu. Indo e vindo há cerca de seis anos.

— Seu companheiro, Pete Wilson?

— Sim.

— O que aconteceu com Pete?

Ele olhou para ela, mas, mais uma vez, ela pensou que ele olhava além dela, para algo que ela não podia ver. E, como da última vez, isso partiu seu já partido coração.

— Devia ter sido eu. Não ele. Fomos encurralados sob fogo pesado, balas batendo em árvores e pedras, vindas de todos os lados. Pete deu uma rajada, atirando em tudo com uma das mãos enquanto mandava um rádio pedindo apoio aéreo com a outra. Estávamos encaixotados, com os fuzileiros navais abaixo de nós atirando para cima, direto no talibã. Mas havia muitos deles. Centenas. Não tinha como cair fora daquela porra de montanha. Muitos terroristas. Nada a fazer a não ser colocar mais um pente na culatra e esperar que o infernal ataque aéreo acontecesse a tempo de salvar a nossa pele.

Ela sentiu uma vontade enorme de colocar a mão do lado do rosto dele e olhar dentro dos seus olhos. Mas não o fez. Ela o amava, mas não podia tocá-lo.

— Fico feliz que você não tenha morrido nesse dia.

Ele olhou para a esquerda novamente.

— Pete levou quatro tiros. Um na perna esquerda e três no peito. Eu não fui atingido. Pelo menos não pelas balas dos talibãs. Os caças-bombardeiros e helicópteros reagiram e explodiram o inferno para fora das fendas, até que todos os soldados talibãs fossem destruídos. Quando os helicópteros de resgate finalmente apareceram, vindos do sul, Pete estava morto. Eu estava surdo e vomitando as tripas, mas estava vivo.

Sadie levantou uma mão.

— Espere. Você estava surdo?

— Por causa da concussão no ataque aéreo — ele deu de ombros, como se isso não fosse grande coisa. — Recuperei tudo, menos sessenta por cento da audição do ouvido esquerdo.

Então era por isso que ele a olhava falar, às vezes. Ela pensava que ele gostava de olhar seus lábios.

— Nunca contei a ninguém sobre Pete, mas você me viu no meu pior estado. Achei que devia saber disso. Vim aqui hoje para contar a você porque agi daquele jeito depois que você me viu tão patético e... Bem, me viu no canto do corredor.

Ele não devia a ela nenhuma explicação.

— Você não estava patético.

— Uma mulher deve se sentir segura com um homem. Não encontrá-lo tremendo num canto, gritando para as sombras.

— Eu sempre me senti segura com você. Mesmo naquela noite.

Ele sacudiu a cabeça.

— Um homem deve tomar conta de uma mulher. Não o contrário. Você me viu no meu pior momento, e eu sinto muito por isso. Eu sinto muito por um monte de coisas, especialmente por ter apenas largado você aquela noite. Eu esperava que você pudesse esquecer que aquela noite inteira aconteceu.

— Foi por isso que você dirigiu até aqui? — Ele devia saber que ela não fofocava. Bem, a não ser sobre a promiscuidade de

SALVE-ME

Jane. — Eu jamais falaria sobre isso a alguém. — E, sobre ser largada, ela também não iria contar a ninguém.

— Não estou preocupado que você vá contar a alguém. E essa não é a única razão de eu estar aqui. Tem mais.

Mais? Ela não sabia quanto mais podia aguentar antes de se despedaçar novamente. Como na noite passada, em que ela berrou por todo o caminho de volta para casa. Ela estava apenas grata por ninguém tê-la visto.

— Sinto muito ter feito você chorar ontem à noite.

Merda. Estava escuro, e uma única lágrima tinha escapado. Ela desejou que ele não tivesse visto. Desejou que tivesse sido capaz de engolir melhor.

— Nunca mais quero fazer você chorar novamente.

O único jeito de isso acontecer seria ele ter ido embora e ter dado tempo para ela curar seu coração estraçalhado. Ela deu um passo para trás e estendeu a mão para a maçaneta atrás dela. A parte de trás dos olhos dela ardeu, e se Vince não se apressasse e fosse embora, ela temia que ele fosse vê-la chorar novamente.

— Isso é tudo?

— Tem mais uma coisa que eu vim dizer a você.

Ela baixou o olhar para o terceiro botão da camisa dele.

— O quê? — Ela não tinha ideia do que poderia estar faltando ele dizer. Apenas adeus.

Ele respirou fundo e deixou sair.

— Eu amo você.

O olhar dela subiu para o dele e um único "O quê?" escapou de seus lábios.

— Tenho trinta e seis anos e estou apaixonado pela primeira vez. Não sei o que isso diz a meu respeito. Talvez que eu tenha esperado você a minha vida inteira.

Sua boca se abriu, e ela respirou fundo. Ela estava se sentindo tonta, como se fosse desmaiar.

— Vince. Você disse que me ama?

— Sim, e isso me deixa completamente apavorado — ele engoliu em seco. — Por favor, não diga "muito obrigada".

Ela mordeu o lado do lábio para não rir, ou tremer, ou ambos.

— Você estava falando sério quando disse que me ama?

Ela assentiu com a cabeça.

— Eu amo você, Vince. Pensei que você ia ser apenas um amigo com benefícios. Então você se tornou um amigo de verdade e me deu Coca Diet e Cheetos. Eu me apaixonei por você.

— Cheetos? — Ele franziu a testa. — Só precisou disso?

Não, tinha havido muito mais.

— Você me salvou, Vince Haven. — Ela deu um passo na direção dele e inclinou a cabeça para trás para olhá-lo nos olhos. Quando ela precisasse dele, ele estaria sempre ali.

— Eu sempre vou salvar você.

— E eu vou salvar você também.

Um canto da boca dele se ergueu.

— Do quê?

— De você mesmo. De fazer trinta e sete sem mim.

Ele colocou as mãos nos lados do rosto dela.

— Eu amo você, Mercedes Jo Hollowell. Eu não quero viver sem você nem um dia mais — ele roçou o polegar na bochecha dela e no lábio superior. — Aquele filho da puta do Sam Leclaire disse uma coisa. Uma coisa sobre não importar onde se vive. É com quem se vive — ele a beijou e acrescentou, contra os lábios dela: — Meu Deus, odeio quando aquele cara tem razão.

Sadie riu e pegou a mão de Vince. Às vezes uma âncora não é apenas um lugar, é uma pessoa. O JH era sua casa. Vince era sua âncora.

— Vamos.

— Aonde?

— Para algum lugar mais privado. Algum lugar onde você vai me salvar deste *jeans* apertado e eu vou salvar você dessas calças.

— *Oh yeah!*

LEIA TAMBÉM, DA MESMA AUTORA

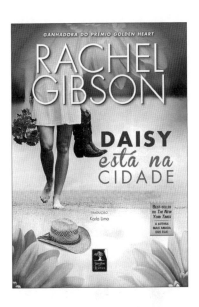

Daisy Lee Monroe está de volta a Lovett, Texas, e depois de muitos anos descobriu que pouca coisa mudou. Sua irmã continua uma louca e sua mãe ainda tem flamingos de plástico rosa no quintal. E Jackson Lamott Parrish, o *bad boy* que ela havia deixado para trás, ainda é tão *sexy* quanto antes. Ela gostaria de poder evitar este homem em particular, mas ela não pode. Daisy tem algo a dizer para Jackson, e ela não vai a lugar nenhum até que ele escute.

    Jackson aprendeu a lição sobre Daisy da maneira mais difícil, e agora a única palavra que ele está interessado em ouvir dos lábios vermelhos de Daisy é um adeus. Mas ela está surgindo em toda parte, e ele não acredita em coincidência. Parece que a única maneira de mantê-la quieta é com a boca, mas beijar Daisy já foi sua ruína no passado. Ele é forte o suficiente para resistir a ela agora? Forte o suficiente para vê-la sair de sua vida novamente? Ele é forte o suficiente para fazê-la ficar?

LEIA TAMBÉM, DA MESMA AUTORA

De volta à sua cidadezinha para comparecer ao funeral de seu padrasto Henry, a bela cabeleireira Delaney é surpreendida com uma cláusula do testamento dele: se quiser receber a sua herança, ela deverá permanecer durante um ano inteiro na cidade e não ter "contato sexual" algum com o *bad boy* Nick, filho bastardo de Henry. Acontece que, dez anos antes, ela e Nick viveram uma paixão e, embora ele seja um mulherengo incorrigível, a proximidade de ambos reacende a antiga chama. Será Delaney capaz de resistir ao motoqueiro de conversa fiada?

LEIA TAMBÉM, DA MESMA AUTORA

Neste *Sem clima para o amor*, Clare Wingate, uma jovem e atraente escritora sofre por ter sido traída pelo noivo (com o técnico da máquina de lavar roupa!) e o que mais queria era ficar em casa curtindo sua tristeza. No entanto, durante o casamento de sua melhor amiga, reencontra Sebastian, uma paixão de infância, que se tornou um jornalista famoso e *sexy*. Ele a quer para si de qualquer forma, mas Clare só quer curtir sua dor. Começa aqui uma história divertida e cheia de surpresas, que conquistou milhões de leitores em vários países e levou o livro para o topo da lista dos mais vendidos.

LEIA TAMBÉM, DA MESMA AUTORA

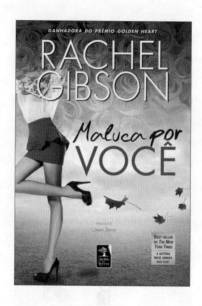

Um charmoso policial acaba de chegar à cidadezinha de Lovett, no Texas. Seu nome é Tucker Matthews. Tudo o que ele quer é um pouco de sossego e um lar para chamar de seu. Seu e de Pinky, sua gatinha de estimação, deixada com ele por uma ex-namorada louca. Mas parece que Tucker tem sorte (ou azar) para mulheres doidas. Sua nova vizinha é ninguém menos que Lily Brooks, ou, a maluca Lily Darlington, famosa na cidade pelos excessos do passado, como quando entrou com o carro no escritório do ex-marido cretino. Fofocas à parte, Tucker não imaginou que no lugar da suposta barraqueira fosse conhecer uma baita mulher em seus trinta e oito anos, linda, inteligente, *sexy* e engraçada, que irá virar sua cabeça do avesso. *Maluca por você* é um romance apimentando e divertidíssimo! Você não vai conseguir parar de ler!

LEIA TAMBÉM, DA MESMA AUTORA

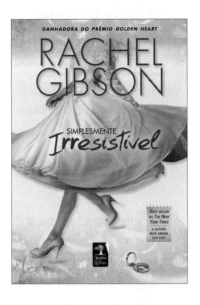

A belíssima Georgeanne deixa o noivo no altar ao perceber que não pode se casar com um homem velho o suficiente para ser seu avô, mesmo riquíssimo. O astro do hóquei John Kowalsky, sem saber, ajuda-a a escapar e só percebe que está ajudando a noiva do seu chefe quando já é tarde. Os dois passam a noite juntos, mas no dia seguinte, John dispensa Georgeanne, deixando-a com coração partido e sem rumo. Sete anos depois, os dois se reencontram e John fica sabendo que sua única noite de amor produziu uma filha, de cuja vida ele quer fazer parte. A paixão dele por Georgeanne renasce; mas será que ele vai se arriscar, outra vez, a incorrer na cólera do seu patrão? E ela? Vai aceitá-lo, depois de ter levado um fora dele?

INFORMAÇÕES SOBRE A
GERAÇÃO EDITORIAL

Para saber mais sobre os títulos e autores
da **GERAÇÃO EDITORIAL**,
visite o site www.geracaoeditorial.com.br
e curta as nossas redes sociais.

Além de informações sobre os próximos lançamentos,
você terá acesso a conteúdos exclusivos
e poderá participar de promoções e sorteios.

🏠 geracaoeditorial.com.br

f /geracaoeditorial

🐦 @geracaobooks

📷 @geracaoeditorial

Se quiser receber informações por *e-mail*,
basta se cadastrar diretamente no nosso *site*
ou enviar uma mensagem para
imprensa@geracaoeditorial.com.br

GERAÇÃO EDITORIAL

Rua Gomes Freire, 225 – Lapa
CEP: 05075-010 – São Paulo – SP
Telefax: (+ 55 11) 3256-4444
E-mail: geracaoeditorial@geracaoeditorial.com.br